Hela sanningen
inget annat än sanningen

Torbjörn Molander & Ken Carlsson

Hela sanningen inget annat än sanningen

En roman baserad på verkliga händelser

Fru Justitia håller i en balansvåg som symboliserar rättvisa
och ett svärd som symboliserar makt.
Ögonbindeln visar på att vi alla är lika inför lagen.
Men är vi verkligen det?

Förlag: BoD – Books on Demand, Stockholm, Sverige
Tryck: BoD – Books on Demand, Norderstedt, Tyskland
ISBN: 978-91-8027-034-2

Vi vill tacka alla som låtit sig intervjuas och bidragit med sanningen i denna bok.

To really feel the joy in life
You must suffer through the pain
When you surrender to the light
You can face the darkest days

If you open up your eyes
And you put your trust in love
On those cold and endless nights
You will never be alone

Passion glows within your heart
Like a furnace burning bright
Until you struggle through the dark
You'll never know that you're alive
Dream Theater – Illumination Theory
(Surrender, Trust & Passion) 2013

Prolog

September 2019

«Vad är det du säger, det kan väl inte vara sant? Har åklagaren sagt det till polisen? I så fall är det ju fritt fram för alla att ljuga rakt ut i domstol, eller jag menar i så fall begår ju åklagaren tjänstefel! Vad fan gör vi nu då?»

Tobias tittar uppgivet på Kenneth som tittar på pappret från polisens och Åklagarmyndighetens interna mejl och utbrister.

«Jag vet inte om jag ska skratta eller gråta. Titta här. Här skriver åklagaren att det lutar åt att dom tänker lägga ner målet innan dom gått igenom bevisen. Åklagaren skriver till och med att hon tappat bort bevisningen.»

«Åh, jag ser så dåligt utan glasögon. Kan du läsa för mig exakt vad det står?»

Kenneth nickar och läser direkt ur mejl de fått från utredaren, där hon skickat utdrag från sin logg till dem.

2019-10-15 ...det lutar åt att ärendet kommer läggas ned.
2019-10-17 Inspelningarna från förhandlingarna från tvistemålet synes ha kommit bort här på kammaren...

Kenneth tillägger med hes viskande röst.

«Otäckare än så här kan det inte bli, polisens utredare antecknade i förhöret att kommunalrådet ljuger under ed. Hon till och med skrev ned det på pappret.»

«Det var samma sak när polisen förhörde mig. Hon pekade på minst tre viktiga detaljer där kommunalrådet Alhagen ljög för domstolen. Och! Hon sa ordet mened, vilket är ett av de allvarligaste brotten man kan göra enligt polisen själva», tillägger Tobias.

«Paul kommer att gå i taket när han får veta det här», påpekar Kenneth.

«Ja han kommer bli galen. Efter att han vittnade i målet så är han tvärsäker på att polisen och åklagaren kommer göra sina jobb.»

De två vännerna ser på varandra. Det är kusligt tyst några minuter samtidigt som obehagliga och overkliga tankar rusar genom deras huvuden. Nu vet de att de är inträngda i ett hörn igen. Just nu, i denna stund skulle de kunna offra sin högra arm för att finna lösning på detta gigantiska problem, eller man kan kalla det ett gigantiskt brott.

Tobias bryter tystnaden.

«Det här är som en otäck thriller på TV, fast allting är på riktigt.»

Han tittar allvarligt på Kenneth och fortsätter prata som om han påannonserar en TV-serie.

«God afton, nu börjar del två. Följande har hänt i del ett. Maffian i kommunhuset lyckades muta rätt personer till tystnad. Dom båda offren, Kenneth och Tobias, gick rakt i fällan men lyckligtvis klarade dom livhanken. Den korrupta ligan är hårdare än granit. Dom grävde två gropar och spikade ihop två kistor. Groparna var två meter djupa. Utan empati planerar kommunledningen hur dom ska fortsätta dra in pengar och vilka som ska utses till bödlar för att undanröja Kenneth och Tobias.»

Kenneth rodnar lätt när han inser att Tobias just startat en verklig återblick spetsat med lite oskyldigt bakomliggande Al Caponehumor. Kenneth rätar upp överkroppen och sätter sig till rätta. Nu gäller det att lösa den svåraste gåtan i modern tid.

«Det ska jävlas in i det sista, sa han som spillde supen på dödsbädden. Att en åklagare blundar för uppenbart grova brott är ju för fan helt crazy. Men kör på Tobias. Jag är med, någon måste få stopp på den här jävla maffian. Vi får samla ihop en grupp med omutbara hårdingar», poängterar han med bestämdhet.

«Precis, och det jävligaste är att den så kallade maffian i kommunledningen har både tid och obegränsat med pengar.»

«Ja, tyvärr är det så och därför är dom väldigt uthålliga. Men fortsätt med resumén du började med om vad som hänt så får vi nog fram bra lösningar. Vi följer Grönros råd. Vi lyfter och tittar under varenda sten», påpekar Kenneth med förhoppning i rösten.

«Instämmer i det, brott ska aldrig löna sig. Även om de tar livet av oss, så ska dom få kämpa och få en ärlig femtonronders match som dom aldrig kommer glömma.»

Rond 1 Skräckvälde

Undrar om hon kommer? Vem är hon? Är hon från Nynäshamn eller är hon inflyttad? Vilket mod hon besitter om hon dyker upp. Tankarna susar i huvudet precis som Tobias Modin själv susar förbi skylten *SEGERSÄNG* på väg 73 mot Nynäshamn.

Trots hög volym med den ljuvliga Bowielåten «Life on Mars» på bilstereon arbetar hans hjärna med funderingar kring Rösten som några gånger ringt honom. Rösten var alltid vänlig och i varje samtal väldigt saklig, man skulle kunna säga väldigt professionell. Tobias kollega Kenneth Carling var också övertygad om att den hemliga insiderinformationen som den här Rösten framfört gällande kommunledningen stämmer. Flera detaljer som Rösten informerat dem om hade Kenneth kunnat kontrollera, och allt stämde.

Kenneth besitter en speciell begåvning att bena ut viktiga detaljer. Det var han som insåg att kvinnan som på egen risk och på eget bevåg kontaktat dem kan komma spela en viktig roll för hela kommunens framtid. Det var också Kenneth som gav henne namnet Rösten. Han tyckte det var passande eftersom hon bad om att få vara anonym när hon ringde Tobias första gången.

Det är lördag den andra april, året är 2016. De har bestämt att mötas på gräsmattan intill Lövhagens kafé. Om vädret tillåter kan de ta en kopp kaffe och sitta relativt diskret vid något av borden ute på den stora gräsmattan.

Lite spänd inför mötet med Rösten styr Tobias bilen mot den lilla idylliska stadens nya infart. Vägen leder förbi hamnen och han åker sakta förbi Gotlandsterminalen. Ingen av de stora färjorna är förtöjda. Mitt emot på hans högra sida syns skärgårdshotellets vita fasader. Han uppmärksammar platsen där den unika restaurangen Nynäs Krog låg.

Det är så sorgligt, restaurangen brann ned en natt i november 1995. Nu syns endast en trist parkeringsplats. Nynäs Krog var det alla turister och Gotlandsresenärer uppskattade mest när de kom till Nynäshamn. Fram till branden var Nynäs Krog också kommuninvånarnas nöjeslokal nummer ett. Många äktenskap har sin grund på det runda dansgolvet. Alla som idag är i medelåldern och unga pensionärer har många härliga minnen. Speciellt från lördagskvällarnas partyn och tisdagarna då det dukats upp för räkafton med pardans.

Sextio kronor var priset för att äta obegränsat med räkor. Jisses vilka tider det var, han minns också hur långa köer det var till helgernas danskvällar.

Tricket var att kompisar som var i tid hjälpte till att öppna upp någon dörr eller fönster i pubavdelningen som kallades bakfickan. Ibland hade vaktpersonalen koll även där, då fanns alternativet att ta sig via stuprännan in på herrtoaletten eller klättra in genom något fönster en våning upp. Ja, eller helt enkelt moloket vandra hem, lära av läxan och komma tidigare nästa lördag.

Han ler lite för sig själv kring minnena från krogen. Byggnaden var kulturmärkt och skulle byggas upp. Men tyvärr tyvärr, Nynäs Krog gick i graven för alltid.

Klockan är nästan två när de ska mötas så Tobias tar inte den magnifika ringvägen som slingrar sig längs havet. Han väljer närmsta vägen förbi Estö idrottsplats och Hamnvik. Synen av Estö idrottsplats är beklämmande. Här ligger anläggningen som skolade så många duktiga idrottare, främst inom fotboll och ishockey.

År efter år levererade staden spelare på elitnivå. Sedan flyttade politiken idrottsplatsen en bit utanför staden, dit barn och ungdomar inte själva kan ta sig. Efter det har kommunens kämpande föreningar fallit som ett blysänke i divisionerna. Den gamla fina idrottsplatsen ser till och med tristare ut än parkeringen där Nynäs Krog låg, innan den brann ner.

Härlig känsla ändå att passera det lilla Hamnviksbadet på väg ut mot Lövhagens reservat och kafé. Hamnviksbadet har alltid varit perfekt för unga föräldrar med sina bebisar där de kunnat leka och bada. Vattnet i viken tillhör Östersjön men det är alltid varmt i vattnet då det har ett unikt läge med ett smalt inlopp. Hamnvik kan faktiskt likställas med en stor härlig lagun.

Lövhagens reservat har en stor parkeringsplats. Idag är det lite folk ute, trots att vädret är skapligt och det är lite vår i luften.

En kvinna väntar i ena änden av parkeringen. Tobias känner på sig att det är Rösten. Han parkerar företagets trotjänare, en grön Mitsubishi Grandis, fem parkeringsrutor ifrån kvinnans position. De får nu ögonkontakt och han ser att kvinnan nickar till honom på ett sätt som visar att hon känner igen honom. Han kliver ur bilen och går sakta fram. Rösten går emot honom, han ser att hon håller ena armen om en väska. Hon sträcker fram handen och säger.

«Hej Tobias det är jag som kontaktat dig några gånger.»

«Hej, trevligt att träffas, hoppas jag får bjuda på kaffe och kanske en mazarin.»

«Tack det går bra, men jag avstår gärna mazarinen. Vi kan sitta inomhus va? Det är lite kallt ute fortfarande och det ser ut att vara väldigt få gäster kvar där inne. Dom stänger kafét klockan fyra så vi har gott om tid.»

De tar plats längst in i kafét. Rösten ser ut att vara mellan trettiofem och fyrtio år. Hon berättar att hon är inflyttad till Nynäshamn med man och ett barn. Det var så att hon sökte ett jobb på kommunen som hon fick. Kort efter det flyttade hon och maken hit. På ett ödmjukt sätt berättar och visar hon att hon har ett starkt CV med kompetens på relativt hög nivå från tjänster i större städer än Nynäshamn.

På telefon har hon tidigare berättat att hon slutat sin tjänst på kommunen, vilket gör att hon känner att hon kan visa sig och framför allt prata mer öppet om de onda krafter som styr inne i kommunhuset. Samtidigt som kvinnan tar fram dokument och några tidningar ur sin väska hämtar Tobias två muggar med kaffe. När han sätter sig ner ser han rubriken och en tydlig bild på den tidning som ligger överst.

Det står *SKRÄCKVÄLDE* med stora svarta bokstäver och det är en rubrik ovanför en bild på Nynäshamns kommunhus. Han ser också att Röstens ansikte intagit en något stramare karaktär. Hennes vänliga blå ögon har övergått till en grå nyans som gnistrar lite. Det märks tydligt att hon är störd över det hon just lagt på bordet mellan dem.

Det blir tyst vid bordet en stund. Spänningen i situationen gör att Tobias blir torr i munnen. Han viskar till kvinnan att han ska hämta ett varsitt glas vatten åt dem, hon nickar instämmande. Han reser sig och går till serveringen och återvänder till bordet med två glas vatten.

«Jag ser att du tagit med några nummer av lokaltidningen.»

«Ja, jag tänkte visa dig några reportage som tidningen gjorde förra året. Jag har också tagit med en lunta med dokument som kommer hjälpa er att förstå hur den här kommunledningen arbetar», säger kvinnan och hennes röst darrar lite.

«Kenneth och jag har tvingats koppla bort den där tidningen senaste åren. Vi har helt enkelt inte orkat med annat än att återhämta oss.»

«Det förstår jag och många med mig förstår också det. Det är otroligt att ni överlevt det ni gått igenom.»

«Går igenom, det är inte över ännu», tillägger Tobias.

«Bra att ni inte gett upp ännu. Det finns hopp. Vi vet att ni har rätt och att hela sanningen till slut kommer ifatt dom som skadat er.»

«Du säger vi. Vilka är vi?»

«Det är före detta kollegor till mig. Någon har liksom mig slutat, men flera arbetar fortfarande i kommunhuset. Men som jag har sagt tidigare så vill man vara anonym, du förstår snart varför», berättar Rösten, samtidigt känner de två att stämningen ändå lättar något.

«Okej, vad är det du vill visa mig idag?»

«Dokumenten jag har med mig här är jätteviktiga. Det är flera skrivna avtal som kommunledningen gjort med företag som de vill samverka med. Det är intyg på flera chefer som kommunledningen anställt. Det är folk från ledningens vänkrets som rekryteras till höga chefspositioner.»

Tobias tittar noga på några av dokumenten. Han bläddrar lite snabbare igenom bunten och noterar att det ser ut som flera konsulter anlitats av kommunen. Sista sidan ser ut som en samanställning av kostnader, så han ställer frågan.

«Det här Excel-dokumentet. Är det kostnader från de avtal som ligger med här?»

«Ja, men det är bara en bråkdel av vad kommunen betalar och de kostnaderna skenar utan kontroll fortfarande.»

«Vad menar du med okontrollerade kostnader?» undrar Tobias och tar sin första tugga på mazarinen.

«Vi vet att du och Kenneth är experter på upphandling, vi har läst era inlagor till domstolarna. Nu får ni information att Nynäshamns kommun inte upphandlar. Väldigt ofta gör dom inköp olagligt. Dom väljer att göra så med både produkter och tjänster.»

«Så du menar att avtalen, du har här, har gjorts i hemlighet och att företagen kan fakturera miljoner kronor år efter år?»

«Precis, några avtal i den här bunten är med konsultfirmor som fakturerar flera tusen kronor i timmen. Värst av allt. Vi som jobbar i huset vet inte ens vad konsulterna har där att göra och dom flesta av konsulterna sitter på sina kontor i Stockholm», förtydligar Rösten.

«Man blir ju stel av skräck. Hur mycket pengar tror ni det är som försvinner bort på det här sättet då?» undrar Tobias.

«Vi tror det är mer än hundra miljoner kronor per år. Vi vet redan att konsultkostnader från förra året var över femtio miljoner kronor», suckar kvinnan och tittar med ledsen min på Tobias.

Tobias tittar på några avtal i bunten.

«Några företag här känner jag igen. Ett av dom har till och med egen scen och event på Almedalen. Ser också ett kufiskt avtal med kommunjuristen Bo-Axel Bratt. Jag trodde att han var anställd av kommunen.»

«Bo-Axel var kommunjurist ett kort tag. Det är en otäck människa. Han kallas för slaktaren eftersom han är den som kommunledningen skickar in till personal som ifrågasätter ledningen. När han är klar med vederbörande så finns den inte kvar längre», tillägger Rösten.

«Fy fan. Vet du att jag mötte honom ett par gånger med handlingar som visar att Babsan och kommundirektören ﬁfﬂat med bluﬀbolag och ett hemligt kontrakt med Babsans bror?»

Rösten tittar på Tobias med sorgsna ögon.

«Jag känner till det. Det är allmänt känt högre upp i kommunhuset, men ingen vågar yppa ett ord. Gör du det så sitter slaktaren på din stol när du kommer tillbaka från din lunch, sedan har du avskedats. Ibland får du tre månader i lön som tack för din tystnad, ibland är du bara borta.»

«Jag förstår, korruptionen har ett system och det är större och starkare än vi anat. Men vad vill du att vi ska göra?»

«Ni behöver inte göra något, det är inte vår önskan. Vi vill varna er men samtidigt ge er ett litet hopp. Vi vet att Kenneth och du verkligen har stoppat en massa brott genom att ni vågade stå upp mot den här korruptionen.»

«Vad vill ni varna oss för?» undrar Tobias oroligt.

«Så ni vet. Babsan och några till i kommunledningen hatar er. De sprider ut att ni är inkompetenta rättshaverister och de har fått med sig många politiker i fullmäktige på att aldrig någonsin gå er till mötes. Även om det framkommer fler bevis på att kommunen brutit mot lagen och kränkt er.»

Tobias lutar sig tillbaka och tänker lite innan han ställer nästa fråga.

«Är det så att sossar och moderater gynnar varandra?»

«Ja, så är det. Moderaten Henry Bovenius och Babsan har sedan starten 2012 suttit i upphandlingsnämnden och med den unge liberalen Alhagen kontrollerar de hela kommunstyrelsen. Henry Bovenius syns i princip aldrig på sin plats. Det ryktas en massa om att han gör större business. Han är ju fastighetsägare och vad jag hört har han köpt två fastigheter i Nynäshamn av kommunen.»

«I så fall finns det ju ingen opposition», konstaterar Tobias med en suck.

«Det är riktigt, det finns varken demokrati eller rättvisa. De flesta politikerna är nöjda med sina arvoden. Det blir så att ju tystare man är, desto mer tjänar man.»

«Du nämnde att ni ville ge oss lite hopp. Vad kan det vara månne?» undrar Tobias nyfiket.

«Jo, det finns några ljusningar i himlaspelet. Ta med dig det till Kenneth. Även om dom förstört era liv med lögner i domstol och så vidare så har ni ruskat om i kommunledningen så att det står härliga till.»

«Det var som tusan», inflikar Tobias och nu ryker sista biten av mazarinen.

«Ja det har ni. Vi är helt säkra på att flera makthavare kommer att få kicken. Redan har tio personer självmant lämnat fullmäktige. Det är många med tanke på att det bara sitter fyrtioen politiker där.»

«Ojdå, det visste jag inte.»

«Men, bäst av allt. Rykten går att Babsan kommer tvingas avgå.»

Tobias som blir överraskad av beskedet frågar.

«Är det sant? Någon sa till mig att hon är på väg in i väggen, eftersom hon jobbar så mycket.»

«Det tror ingen på. Hennes problem är solklara, hon kan inte se folk i ögonen efter det hon gjorde mot er och efter att hon ordnat för sin bror. Sossarna är så splittrade av hennes agerande. Dom har tappat väljare och dom kommer tappa fler. Hennes tid som kommunalråd är helt klart förbi.»

«Tänk om hon tvingas gå. Du skulle bara veta hur kall hon var i rättssalen och i ett annat möte jag hade med henne.»

«Alla vet att Babsan hatar er för att ni upptäckte hennes egen lilla cirkus. Men till och med hennes mentor, Torgny Nordkvist, vill få bort henne. Så nu får hon smaka på partipiskan själv. Hoppas att ni får lite energi av det», tillägger Rösten.

«Det får vi, grova brott ska aldrig löna sig. Det är vårt motto. Vem vet kanske vi kan göra som Jesus, återuppstå från de döda.»

Båda skrattar gott och Tobias reser sig upp för att fylla på varsin påtår. Rösten ser att han tittar på tidningen med texten skräckvälde igen.

«Jag tog med några tidningar så att ni kan se att det finns anställda i kommunhuset som verkligen försöker rubba ledningen. Dom är rädda då de såg vad som hände med tjänstemannen Conny Dehlin.»

«Conny känner jag lite. Hörde att han blev sjuk eller att något hänt honom», påpekar Tobias undrande.

«Det var värre än så. Han fick en hjärtinfarkt. Han kritiserade kommunledningen och då spred dom ut massa, ursäkta ordet, osant skit om honom, sedan satte dom slaktaren Bratt på honom. Men inte ens han klarade av att kicka Conny. Till slut satte dom honom i ett tomt rum utan uppgifter i drygt ett år. De ville nog knäcka honom mentalt. Han fick en hjärtinfarkt, men han reste sig igen. Så du vet, han har varit aktiv sosse i Farsta länge. Där hade han en ansedd position för S. Många med mig tror att det där kommer slå tillbaka på Babsan. Hon kommer att få smaka på sin egen partipiska och karma»

Tobias, som nu har svårt att sitta still, utbrister.

«Känner att jag blir galen. Vad är det för folk som styr den här kommunen?»

«Det är tufft att arbeta där inne. Jag är så glad att jag fick napp på ett annat jobb.»

«Det förstår jag», inflikar Tobias.

«Här får du några tidningar som ni kan läsa om kultur och fritidschefen Conny Dehlin och några andra artiklar om hemska saker i kommunhuset.»

«Okej och tack, det ska jag göra», svarar Tobias och tar emot några nummer av lokaltidningen som i folkmun kallas Nynäsposten.

En lokal tobakshandlare kallade den för Gubbrallan. En kund frågade varför han kallar den så. Då svarade han att det aldrig står något i den.

«Det här numret vill jag överlämna för att ni ska se att det finns några tjänstemän i kommunhuset som agerar. Reportaget gjordes den sjuttonde mars 2015», säger Rösten allvarligt.

Det står SKRÄCKVÄLDE som rubrik. Tobias ber att få läsa hela artikeln nu. Han öppnar tidningen och läser med spänning artikeln om fem anonyma kommunanställda som läcker ut information om sin vardag som anställd under sittande kommunledning.

Flera tjänstemän berättar om den dåliga psykosociala arbetsmiljön på Nynäshamns kommun. De anser att arbetsmiljöproblemen måste diskuteras. Tjänstemännen som berättar har insyn i fyra av kommunens förvaltningar.

Ingen idyll. Bakom kommunhusets fasad förekommer trakasserier och hot, berättar kommunanställda som NP har talat med. Misstro, hot, trakasserier och utfrysning. Något av ett skräckvälde. Med dessa ord beskriver en tjänsteman ledningskulturen inom Nynäshamns kommun. – Situationen är ohållbar, säger tjänstemannen till NP.

Efter att Nynäshamns kultur- och fritidschef Conny Dehlin berättade för NP den 3/3 om den psykosociala arbetsmiljön i Nynäshamns kommun, träder även andra tjänstemän fram och berättar om sina upplevelser av arbetsklimatet på Nynäshamns kommun. – Jag är orolig för många människor, säger en tjänsteman, som vi här kallar tjänsteman A. Av rädsla för trakasserier vill tjänstemannen vara anonym.

Nynäshamns kommun har arbetat mycket med värdegrundsfrågor. De tillämpas bra på de lägre nivåerna i förvaltningarna. Värdegrundsorden är «öppenhet», «engagemang», «modig» och «respekt», något som ska ge tillit, men det känns främmande hos kommunens högsta tjänstemannaledning. Dess människosyn tycks vara det motsatta, säger tjänstemannen.

Arbetsklimatet försämrades drastiskt för några år sedan, säger tjänstemannen som har många år i kommunen bakom sig. – Anställda behandlas med misstro, mobbas, trakasseras, utsätts för pekpinnar och hot. Man talar illa om kolleger och anställda inom och utanför sin egen organisation. Chefer som får problem av något slag fryses ut. Också chefer som inte är lojala åker ut. Man letar efter problem som gör det möjligt att ge obekväma chefer sparken. Vi har sett en rad chefer sluta på det sättet. Det råder lite av ett skräckvälde.

Bristande stöd gör att exempelvis skolors lokala chefer har en orimlig psykosocial belastning, fortsätter tjänstemannen. – Det gör det svårt för skolan att bedriva en bra verksamhet. Exempel på detta är rektorer som slutar och föräldrar som placerar om sina barn.

Tjänstemannen pekar ut en handfull personer som ansvariga för det dåliga arbetsklimatet. – Jag har personligen inte blivit utsatt, men jag tänker varje dag; när blir det min tur?

Jag vill berätta det här eftersom jag är orolig för många andra. Situationen är ohållbar. En stor orsak till den tjänstemannaflykt som kommunen har haft är ledningskulturen som går stick i stäv med kommunens vilja att vara en attraktiv arbetsgivare.

«Det här är ju sjukt!» utbrister Tobias.

«Ja situationen för oss som jobbar i kommunhuset är fruktansvärd.»

«Här står om en annan tjänsteman, tjänsteman B som berättar att många anställda är sjukskrivna eller anlitar företagshälsovård för stödsamtal. Jag ryser. Jag mår så dåligt så jag klarar inte att läsa mer nu.»

Tobias pustar och tittar på kvinnan och fortsätter.

«Vad hände efter att det här kom ut i tidningen?»

«Inte mycket. Det mesta tystas ned. Men som jag sa, Babsan är ute i kylan och S är tvungna att städa. En sak är förutsägbart.»

«Vad är det?» undrar Tobias nyfiket.

«Ryker Babsan som kommunalråd ryker kommundirektören Engborg också.»

Tobias skrynklar ihop pannan och svarar.

«Ja just det, det är ju logiskt.»

«Inte nog med det. Ryker kommundirektören så är det lika logiskt att ett koppel av direktörens närmsta chefer behöver bytas ut också.»

«Så ni är säkra på att kommunhuset faller ihop snart?»

«Ja, det är i princip oundvikligt på grund av alla avslöjade regel- och lagbrott», instämmer Rösten.

Tobias tackar för all information och Rösten tackar honom för hans intresse och ber honom att hälsa Kenneth att många uppskattar och står bakom deras kamp för rättvisa. När de går mot parkeringen undrar Tobias hur det kom sig att hon kände igen honom på parkeringen. Hon svarar.

«I kommunhuset är både du och Kenneth kända. De flesta vet att ni värnar om kultur, ungdomar och det finns nog ingen som missat alla era dans- och musikaftnar när ni drev den stora krogen på Nynäsvägen bredvid kulturskolan.»

«Det var roligt att höra. Det ska jag berätta för Kenneth. Som du vet har vi har haft så stora problem senaste åren så vi har tyvärr glömt alla trevliga evenemang vårt företag utfört.»

Rösten ler mot Tobias när hon fortsätter.

«Min son spelar gitarr så jag har flera gånger besökt er musikaffär på Gullmarsplan. Jag har köpt både plektrum, gitarr och strängar av

Kenneth där. Ibland har han också levererat hem till mig i Nynäshamn. Därför känner jag igen Kenneth också. Ni hade så bra priser och Kenneth ordnade alltid fram plektrum och tillbehör som sonen tyckte om. Det var verkligen trevligt att handla av Kenneth. Så synd att ni inte kunde fortsätta er butik i Nynäshamn.»

«Ja, det är bedrövlig. Inte bara för att det är vi. Företagande inom kultur lyfter kommuner och ungdomsverksamhet skapar bra verksamhet inom alla områden», tillägger Tobias.

«Sedan vet jag att du ordnat för byggnationer av musikhus i landet och jag känner igen dig från era arbeten och seminarier om hållbarhet på Almedalsveckan i Visby. Jag jobbar också med ekonomi och hållbarhetsfrågor.»

«Intressant. Då får jag be om ursäkt att jag inte känner igen dig», säger Tobias och tar fram bilnyckeln.

«Ingen fara med det. Min roll är att hämta information, inte att synas. Men jag vill att ni ska veta att många i kommunen och i kommunhuset vet att ni blivit lurade. Ni har haft rätt i er sakfråga hela tiden.»

Rond 2 Hemliga fallskärmar

Barn- och utbildningsnämndens ordförande Paul Isaksson stönar högt.

«Hennes egen hybris?»

«Ja tyvärr, hon måste avgå nu, vi kommer förlora valet annars», påpekar Torgny Nordkvist med sin basfyllda röst.

«Men Babsan är ju vår bästa politiker förutom dig Torgny och du vill väl inte ta ansvaret över kommunen igen. Kan vi inte fokusera på hur vi kan rädda Babsan i stället?» envisas Isaksson.

«Droppen var när det uppdagades att hon ordnade lyxjobb åt sin bror från Skåne och sen ljög hon i ärendet om den där musikaffärn i domstolarna.»

«Men, om hon erkänner och ber om ursäkt då?»

«Det är tyvärr för sent, hon har tappat medlemmarnas förtroende. Vi riskerar att förlora valet till Moderaterna och det har ju aldrig hänt i Nynäshamn. Partiet är splittrat i två eller till och med tre delar på grund av det här», inflikar Tommy Jensen bistert.

De tre kommunpolitikerna nickar instämmande till varandra och Isaksson tar till orda igen.

«Okej, jag viker ner mig för det. Jag förstår att hon måste bort nu. Men hur kommer det bli med hennes fallskärm? Det ryktas i korridorerna att Babsan är tokförbannad. Hon missar tydligen högsta politikerpensionen om hon blir avsatt redan nu», upplyser Isaksson.

«Vi vet det. Men var lugn det kommer ordna sig för henne. När Babsan tillträdde anställde hon Engborg som kommundirektör. Det betyder att vår kommundirektör Engborg kan och kommer att skriva ett intyg till KPA pension. Dom snitsar till intyget så att det ser ut som om Babsan varit anställd politiker i minst tolv år utan mellanrum.»

«Men, intyget måste väl tas upp i kommunstyrelsen? Då kan ju någon i SD eller oppositionen upptäcka det», påpekar Isaksson.

De lite mer smarta och erfarna herrarna tittar lugnt med tindrande ögon på Isaksson och i stämningsfull harmoni säger de.

«Lugn Isaksson, vi gör som vi brukar göra. Vi styr ärenden dit vi vill. Allt behöver inte synas.»

Nordkvist har varit Babsans mentor och i många år var han kommunens så kallade starke man. Jensen hade nyligen tagit över partiets ordförandeklubba från deras nu sjuttiofemårige interne hjälte Torgny Nordkvist. Dock behöll Nordkvist posten som ordförande i kommunens bostadsbolag NYBO.

Isaksson är sossarnas upcoming guy, en så kallad lärjunge. Som sparkad och misslyckad chef på föräldrarnas sotarföretag tog Isaksson chansen att i stället lyckas inom politiken. Förresten «misslyckad» är ett relativt milt uttryck eftersom det i sammanhanget är välkänt att Isakssons föräldrar i princip tvingades försätta sitt kära sotarföretag i konkurs för att få stopp på sin sons bedrövliga ledarskap.

Tommy Jensen hade växt fram som den perfekte fixaren inom sossarna i Nynäshamn. Nu figurerar han på toppstolarna i kommunens fullmäktige och i kommunstyrelsen. Det var inte direkt förvånande att han blev den som övertog ordförandeskapet efter den sjuttiofemårige interne hjälten Nordkvist.

Det brutalt jäviga och omoraliska för oinvigda med den iskalle politikern Jensen är att han samtidigt pendlar mellan olika tjänster och anställningar i kommunhuset.

De tre tunga Socialdemokraterna studerar under tysthet varandras bistra miner. De vet att Babsan kommer att bli vansinnig när hon inom kort får definitivt besked att hon inte är önskvärd som partiets ledare längre och därför tvingas kliva av tronen.

Problemet blir gigantiskt för henne. Inte bara för att hennes anseende skadas. Faktum är att hon inte når fram till de sammanhängande tolv år som krävs för kommunalpolitikers helt fantastiska fallskärm.

Isakssons nyfikenhet gör att han bryter tystnaden.

«Vad kommer hända nu och hur genomförs det här?»

«Babsan kommer vara sjukskriven några månader. Läkare intygar att hon är utbränd. Intyget sträcker sig fram till hösten. Under de månaderna ska vi ta fram några kandidater som kan överta Babsans post som partiledare och kommunalråd», tillför Jensen.

«Det är där du kommer in. Vi är inne på att du blir den som tar över», mullrar Nordkvist med sin välkända bastyngda röst.

Jensen och Nordkvist tittar på Isaksson. De ser i hans blanka lite kalla blågrå ögon att han kämpar emot för att inte visa hur stolt och nöjd han är innerst inne. Trots att det är på bekostnad av Babsan. Jensen redogör vidare att det finns ytterligare några kandidater. Men de är säkra på att de kan se till att Isaksson vinner omröstningen och Jensen inflikar vidare att valberedningen kommer att kontakta Isaksson inom kort.

Isaksson vet att han nu som nämndordförande tjänar i runda slängar finfina 50 000 kronor i månaden. Han kommer givetvis tacka ja till detta uppdrag. Siffror han drömt om snurrar nu som ett glittrande pariserhjul inuti hans huvud. Med posten som ordförande i kommunstyrelsen rusar hans minimilön upp till samma nivå som riksdagsledamöter. Han njuter av tanken att sitta högst upp i kommunhuset och tjäna minst 65 000 kronor i månaden. Dessutom kommer han att nå härliga fallskärmar. Livet leker igen. Nu gäller det bara att häfta sig fast som heltidspolitiker i tolv år och han har ju redan några år i bagaget som ordförande i Barn- och utbildningsnämnden.

«Jag tolkar er som att vi nu avblåser operation rädda Babsan. Har ni informerat hennes man Jonny? Han har spridit ut till halva Nynäshamn på Facebook att Babsan är i toppform och att hon är kommunens hjältinna och så vidare», påpekar Isaksson.

«Vi känner till Jonnys bravader. Tyvärr går rykten att mycket av det han skriver på Speakers Corner i Nynäshamn är det i själva verket Babsan själv som skriver. Hur det än är, så skämmer deras texter ut partiet. Det har helt enkelt spårat ur», mullrar Nordkvist samtidigt som han drar sina fingrar genom sin stora kritvita kalufs.

Isaksson och Jensen vet att Nordkvist tidigare haft väldigt mörkt hår. Efter sextio år fyllda övergick det mörka till att bli grått och nu som plus sjuttio är det kritvitt. Dock lägger dom båda märke till att han vid den ansenliga åldern av fyllda sjuttiofem år ej erhållit några kala områden på huvudet. Hårväxten är påfallande tät över hela hans huvud.

Partiets ordförande Jensen känner sig manad att lägga ut texten så att Isaksson vet och att de är överens om hur sossarna ska fortsätta regera i kommunhuset.

«Kommundirektören Engborg och juristen Bratt ska bytas ut», börjar han.

«Jag förstår, de har busat färdigt. Blir det lagenlig rekrytering eller ska vi ersätta dom som när vi tillsätter konsulter?» undrar Isaksson.

«Helst inte konsulter nu. Vi anställer vänner som arbetar som vi vill», påpekar Jensen.

«Okej, har vi redan personer klara?»

«Du vet ju att jag fixat in Tore Forselius som förvaltningschef under din nämnd.»

«Ja, det vet jag.»

«Du kommer anställa honom som kommundirektör», förtydligar Jensen.

«I princip blir det ditt andra uppdrag. Först måste du köpa ut Engborg», inflikar Nordkvist.

«Det låter väldigt bra. Forselius och jag har ju arbetat bra ihop på Barn- och utbildningsnämnden», myser Isaksson med ett förnöjt leende.

«När det gäller Bratt så handlar det bara om att få honom ur kommunen för gott», fortsätter Jensen.

«Låter bra. Den jäveln har orsakat tillräckligt med skada. Ska bli ett sant nöje att ge honom foten», instämmer Isaksson och han känner hur det darrar till lite i blodådrorna inför mötet med direktör Engborg och juristen Bratt. Bratt som efter bara något år fick smeknamnet «Slaktaren i kommunhuset».

Allt materiel från musikaffären har flyttats från butiken på Gullmarsplan till Tobias förråd i Länna. Tobias och Kenneth har tvingats sälja ut det mesta innan flytten från Gullmarsplan. Då konkursen kryper närmare är de nu tvungna att sälja ut resterande lager till under inköpspris.

De har sedan ett par månader tillbaka anlitats som konsulter i ett företag som arbetar med hållbar och energieffektiv LED-belysning. Företaget har ett kontor, på ca 20 kvadratmeter, i ett kontorshotell beläget i Nynäshamn. De är alltså tillbaka där de började sitt företagande, i den lilla kuststaden Nynäshamn. Kontoret har en magnifik havsutsikt som sträcker sig långt ut över Mysingen och man kan skåda norra delarna av Bedarön. I anslutning till kontoret finns ett stort fint fikarum och flera större och mindre mötesrum. Fram till nedläggningen 2005 satt ledningen för Ericsson i de här lokalerna. Det finns också tillgång till lagerplats i källaren.

Tobias och Kenneth har funderingar på att hyra ett kontor och lagerplats för Musikevenemang Södertörns räkning, men det får bli först om ett par månader. Just nu tar LED-företaget upp all tid. Från kontoret sköter Kenneth företagets administrativa uppgifter. Tobias sköter upphandlingar och marknadsföring i LED-företaget. Allt som anbelangar debaclet i kommunhuset får de arbeta med på kvällstid och helger.

Tobias och Kenneth sitter kvar på kontoret en sen kväll och diskuterar hur de ska gå vidare när det gäller allt myglande de upptäckt i kommunhuset. Tobias föreslår att de kollar upp vad som hände med vänsterns ledare Marre Marks dokument. Dels de dokument hon fått av dem, dels de dokument hon själv tagit ut.

Kenneth säger att han kan göra en sammanställning på vad som hänt sedan 2013 och fram till nu för att ha en klar överblick vad Marre tidigare skrivit i mejl och på Facebook.

Skillnaden mellan de två som nu sitter och diskuterar är minnet. Den ena har fotografiskt minne och Kenneth har ungefär tio anteckningsblock fullklottrade med texter och hundratals filer med kommunala dokument på datorn. Den ena har ett klart logiskt tänkande och Kenneth har stundtals en karusell som går runt i huvudet. Men bara stundtals.

Kvällen efter sitter Kenneth i sitt sovrum med datorn framför sig. Tankarna far kring hur han ska hitta alla dokument om Marre. Andra och värre tankar kryper sig på. Han bor numera ensam i sitt hus. De tre barnen har flyttat ut och hans föräldrar, som bodde tillsammans med honom i huset i två år, flyttade till Halmstad våren 2015.

Konkursen som nafsar i hälarna gör att han bara har ett alternativ kvar. Att sälja huset som han har bott i under större delen av sitt liv. Det är rätt märkligt, tänker han, här har vi försökt göra en insats för kommunledningen och skattebetalarna i Nynäshamn och kommunledningen pissar på oss. Det är ingen i kommunhuset som tvingas flytta från sina hem, inte ens bluffbolagets ägare tvingas flytta.

Babsan bor kvar i sitt hus, Henry bor på en stor jävla herrgård, Alhagen har köpt ett stort fint hus i centrala Nynäshamn. Men Tobias och jag, vi måste sälja våra hus för att överleva. Vad är det för jävla rättvisa? Vad har vi gjort för fel? Är det brottsligt numera att anmäla brott?

Folk som man trodde bra om snackar numera skit om oss. Vännerna man haft, har blivit ganska lätträknade. Kenneth ruskar av sig otrevligheterna och går loss på sina vinylskivor. Han startar upp med Dream Theaters album «Black Clouds And Silver Linings» på en volym som får det att skallra i väggarna. Han sänker volymen något och börjar leta upp och skriva ned allt han hittar gällande Marre. Bland mejl och Facebooksidor hittar han intressanta konversationer med Vänsterpartiets ledare.

Han läser mejl från Marre, där hon skriver att hon hittat mer nepotism än hon trodde var möjligt och att hon ska gräva vidare. Hon har tagit kontakt med en journalist på Uppdrag granskning som hon känner privat. Marre avslutar mejlet med att hon lovar att höra av sig till Tobias.

I ett inlägg på Facebook skriver hon att det inte i lagens ögon är fel att Babsan tog in sin bror att hjälpa till under Jubileumsregattan 2012. Hon skriver vidare:

Det här med mutorna är en annan sak. Där lämnade vi över den informationen vi hade till revisorerna. De menar dock att det inget finns att ta i.

Kenneth har svarat själv till Marre:

Jag tolkar din tystnad som att du inte har för avsikt att träffa oss på Musikevenemang Södertörn, för att ha info från bägge sidor innan du uttalar dig på Facebook.

Han hittar också ett mejl där Tobias och Kenneth jagar Marre för att få svar på två frågor de ställt.

Fråga 1 Har du inte diariefört handlingarna du beskriver finns?

Fråga 2 Kan du sända / lämna över handlingarna till Musikevenemang Södertörn nu?

De får inget svar från Marre. I stället har de vänt sig till kommunen för att få ut dokumenten hon har granskat. Svaret som kom från kommunen löd.

De handlingar som ni efterfrågar har inte inkommit till kommunen, de är heller inte upprättade av kommunen. Handlingarna finns heller inte på annat sätt bevarande hos myndigheten.

Kenneth känner sig beklämd när han läser igenom konversationerna. Han lägger ned pennan och funderar lite. Hon skrev till oss 2013 att hon hittat mer brott än hon trodde var möjligt och hade kontaktat en vän som jobbade på Uppdrag granskning. Sedan la hon bara ned och vägrade att svara oss. Vad fan är det som händer? Fick hon jobb eller andra fördelar av Babsan för att ducka för allt. Med den tanken tittar han på klockan, den är 03.20. Helvete jag måste ju sova lite också, tänker han.

Kvällen efter sitter Tobias och Kenneth i fikarummet lite längre ned i kontorshotellets korridor. De tar en fika och går igenom Kenneths anteckningar om Marre från föregående kväll. Tobias tittar underfundigt på Kenneth som frågar.

«Hur tänker du?»

«Jag funderar på om vi ska skriva till Marre på Facebook, när vi mejlar till henne så svarar hon ju aldrig.»

Kenneth fyller på deras koppar och skrattar till lite.

«Jag får fan inget grepp om den där damen. Du vet när vi har suttit som åskådare på kommunfullmäktiges möten. När hon har begärt ordet, skrider hon fram till podiet som en uppblåst jävla drottning. Hon blickar ut över församlingen med en otroligt överlägsen min i det runda ansiktet. Hon står där och orerar ett tag, sedan skrider hon tillbaka till sin tron igen. Egentligen ska man ju inte bli arg eftersom teatern hon bjuder på är världsklass. Men hennes lilla parti har ju för fan bara två stolar i kommunfullmäktige.»

Tobias skrattar till men blir snabbt allvarlig.

«Jag tror det är intränat, hon är säkert nervös varje gång hon går upp i talarstolen. Men du har rätt, hon har en jäkla arrogant ton när hon står där bakom podiet. Jag tycker vi lägger ut en gliring på Speakers Corner sidan på Facebook om att hon inte svarar oss. Då måste hon göra något eftersom det är många som läser på den sidan.»

«Ja, det låter som en bra idé. Jag kör en fråga där senare i kväll när jag har kommit hem, så får vi se vad hon svarar, det lilla livet.»

De ställer in kopparna i diskmaskinen, samlar ihop sina väskor och tar hissen ned till bottenvåningen. Tobias tar bilen hem till Länna och Kenneth går de åttahundra meterna till sitt röda hus. På hemvägen funderar han på grupp E i fotbolls-EM, som börjar om ett par dagar. Belgien, Italien, Sverige och Irland, det finns inte en chans att vi går vidare från den gruppen.

Innan Kenneth går och lägger sig på kvällen skriver han en kommentar till Marre Mark på Speakers Cornersidan på Facebook.

Hej Du skulle svara oss...

På förmiddagen när övriga sitter i kontorshotellets fikarum kollar Kenneth på Facebooksidan, han ser att hennes svar har kommit.

Är jätteledsen över att jag inte har gjort det. Jag lovar dock återkomma. Har också vidarebefordrat ditt brev till styrelsen.

Han funderar på vad hon är ledsen över och vilken styrelse hon menar. Lovat att återkomma har hon ju gjort i flera år. Hur kan man som förtroendevald behandla invånare på det här sättet? Han går till fikarummet där diskussionerna om vilka man ska satsa pengar på i fotbolls-EM är i full gång. Frankrike och Tyskland står högst i kurs att vinna.

En vecka senare sitter Kenneth hemma framför datorn. Han loggar in på Facebook. Nu har Marre skrivit igen.

Om ni vill kan jag träffa er efter den 18/7. Jag går på semester imorgon annars hade vi kunnat göra det innan. Är det okej?

Taktiskt av henne, hon skrev inlägget 22:00. Varför i helvete skriver hon till oss natten innan hon går på semester? Hon är ju förtroendevald politiker i kommunen. Fy fan vad ruttet, hon har hållit sig undan i tre år och nu vill hon slippa undan igen. Hon strular medvetet för att hon inte vågar träffa oss. Kenneth bestämmer sig för att svarar henne innan han går och lägger sig.

Nej egentligen inte. Vi har försökt få ett svar sedan i februari. Vi har också liv som ska redas ut, vi gör inte detta för att vi tycker det är kul.

Vill bara att du ska veta det. Våra familjer har lidit nog på grund av det som pågått och pågår i kommunhuset. Ha det bra, Kenneth.

På kvällen två dagar senare bestämmer han sig för att pressa Marre igen. Han skriver ett inlägg.

Hej Marre. Vi har ställt två frågor till dig, de kan du väl svara på även om du gått på semester? Mvh Kenneth.

Sommaren går och han ser att hon deltar i en tråd om annat på Facebook. Han blir upprörd när han ser att hon deltar i andra trådar på Facebook under sin semester. Men hon svarar inte honom. Så han skriver i den gamla tråden igen.

Ser att du skriver på Facebook då kan du väl svara på våra två frågor.

Han får aldrig svar på sina frågor. Vänsterpartiets Marre Mark var smart. Hon använde den där musikaffärns dokument och sedan fanns dokumenten plötsligt inte längre.

Det visade sig att hon senare fick en plats i kommunstyrelsen som oppositionsråd. Hon fick ekonomiska fördelar av kommunledningen och belades med munkavle som alla andra i kommunhusets toppskikt, tänker han och går och lägger sig.

Rond 3 Agendan

Året är 2016. Det är två veckor till midsommar. Den så intelligente gentlemannen Arvid Grönros samlar ihop dokumenten han behöver för mötet med Paul Lönndal. Samtidigt förbereder Paul kaffebryggaren på sitt kontor för några stora koppar riktigt starkt kaffe från Gevalia.

Mötet de ska ha är efterlängtat. På varsitt håll har de i månader hämtat in fakta om hur deras kära kommun sköts. Båda är väldigt erfarna och pålästa huruvida en kommun ska skötas och drivas.

Frågor om invånares rättigheter och familjers välfärd är politiska frågor som alltid har legat Paul nära. Under tre år var han till och med engagerad partiledare för KD i Nynäshamn. Anledningen till att Grönros en dag kontaktade Paul var för att han läste en debattartikel som Paul gav ut. Artikeln var saklig och välskriven vilket föranledde den alltid nyfikne pensionären Grönros att kontakta Paul.

Första gången de två träffades var våren 2012. Efter det hade de tät kontakt och de hade stor respekt för varandras kunskaper. Grönros är ju inte bara läkare, han är även begåvad i juridikens värld. Fadern var advokat och Grönros bror var jurist, bland annat var brodern chefsjurist över Sveriges riksdag och över självaste Justitiekanslern.

Eftersom Paul är god vän med flera riksdagsledamöter och kommunalråd runtom i landet hade de ofta väldigt roande samtal om demokrati och rättvisa.

«God dag min käre Watson.»

Paul känner direkt igen rösten och skrattar till. Samtidigt snurrar han ett halvt varv på sin kontorsstol och ser sin vän Grönros stående i dörrhålet. Han gör som han alltid gör med sina vänner. Han går fram och ger Grönros en välkomnande kram.

«Hahaha, din rackare där. Då är du Sherlock Holmes då. Bra att du är i tid, jag har startat kaffebryggaren så vi får lite färskt kaffe», välkomnar Paul.

«Du är otrolig, du ska vara försiktig med kaffe i tid och otid», kontrar Grönros.

«Stopp! Nu ska du inte vara så där, doktorn. I så fall tar vi om det från början. Då får du gå ut och komma in igen. Jag är Watson och det är han som är doktorn. Du är Holmes. Holmes är ju bara en detektiv. Nu har doktor Watson just ordinerat kaffe, minst två stora koppar var.»

«Du, det var en alldeles enastående trevlig inledning av dig Watson. Jag stannar kvar och jag tackar med det allra ödmjukaste doktorn för både inbjudan och uppsträckningen.»

Det var en riktigt bra start på dagens möte. De skattar högt och gott. De har alltid gillat glimten i ögat komik på det här sättet och i goda kompisars lag är de båda två välkända för sina improviserade glädjefyllda entréer.

«Jag ser att du har många papper med dig. Vem av oss ska börja?» undrar Paul och fortsätter berätta att han hämtat information från flera personer i kommunhuset.

«Du kan börja, men först vill jag veta hur Kenneth och Tobias har det.»

«Det är inte så bra. Dom är fortfarande förkrossade efter alla lögner dom utsatts för. Och tyvärr så blir det nog konkurs och personlig konkurs för dom eftersom kommunen straffat dom med dom där kostnaderna för rättegången.»

«Det är fullständigt fel. Det är till och med tjänstefel av kommunjuristerna. Jag har samtalat med en jurist på Regeringskansliet», påpekar Grönros.

«Jag vet att du nämnt att du och en person till, bad kommunjuristerna att ta bort den räkningen när ni var på rättegången.»

«Javisst, vi gick fram till kommunjuristerna direkt efter rättegången och frågade vad tusan de håller på med. Kommunen är en myndighet och då kan de inte ta betalt för sina tjänstemän. Det kommunen gjort här är olagligt.», förklarar Grönros

«Så du menar att om dom hade anlitat en advokat, då hade dom rätt att lägga kostnaden på Kenneth och Tobias?»

«Exakt så är det. Det kan alla läsa i kommunallagen. Rubriken heter Självkostnadsprincipen. En sak har jag förstått Paul, kommunledningen vet om att det är så. Dom bötfäller Kenneth och Tobias medvetet i syfte att krossa dom. Det råder inga tvivel om det.»

«Fy faan, jag tror jag håller på att explodera!»

«Jo tack. Det kommer kanske jag också att göra. Av kaffet du serverar.»

«Vad säger du, är det starkt? Du kan få lite mjölk i om du vill.»

«Nej tack, men jag tar gärna två glas vatten. Ett att dricka och det andra för att späda ut kaffet i muggen. Sen måste jag som före detta doktor påpeka att antingen är din mage gjord av plåt eller så kommer du snart erhålla ett svart hål i din magsäck.»

«Hahaha, du har rätt Arvid. Jag dricker alldeles för mycket kaffe. Men jag spär ut det med lite mjölk ju.»

«Smart. Det är därför du brygger extra, extra starkt», fnissar Grönros och hans ögon glittrar som de alltid gör när han får in sina finurliga kommentarer.

Samtalet pågår i flera timmar. Paul berättar för Grönros att han bor granne med en politiker som också heter Paul. Politikern är ordförande i en nämnd för Socialdemokraterna och heter Paul Isaksson.

I det noggranna detektivarbete som de båda herrarna ägnat sig åt framgår tydliga tecken på att Babsan inom kort kommer att avgå. Paul är säker på att hans granne Paul Isaksson blir den som tar över och blir Nynäshamns högste politiker. Det kan inte bli bättre anser Grönros och han säger med sin lugna trevliga stämma det som Astrid Lindgren med sitt tydliga språk framhöll.

När människor med makt slutar lyssna på folk. Då är det dags att byta ut dom.

De båda hoppas och tror att den här Isaksson tar chansen att ställa ärendet med musikaffären till rätta. Dock är Grönros lite rädd för att Isaksson kommer vara styrd av andra eftersom han inte är från kommunen och att han dessutom är relativt oerfaren.

På den punkten tänker de lite olika. Paul som är en sann optimist tror stenhårt på att Isaksson kommer ersätta musikaffärns ekonomiska skador. Dessutom är Paul övertygad om att lösningen redan står för dörren eftersom kommunens anseende och ekonomi raseras på grund av det här ärendet.

Paul har haft långa samtal med flera beslutsfattare som håller med om att kommunen måste lösa ärendet med den där musikaffärn. Den senaste Paul haft positiva samtal med är liberalernas unge kommunalråd Dennis Alhagen. Till och med han har förstått att kommunledningen är ute på hal is.

Det är bara tre dagar till midsommar. Alhagen lutar sig tillbaka i sin svarta kontorsstol, han gungar lite bekvämt fram och tillbaka i stolen utan att tåspets och golv förlorar kontakt med varandra. Ganska skön känsla att vara kommunens högste politiker och ordförande i kommunstyrelsen tänker han och ler för sig själv.

Som vice ordförande har han bara fungerat som en nickedocka till Babsan. Men nu, när hon sjukskrivit sig för utbrändhet, ska Alhagen minsann visa hur skicklig han är och han ska visa att han klarar av att styra hela kommunen.

Idag hade han tänkt börja med att lösa ett av problemen som hotar stjälpa kommunen och hans egen karriär. Alhagen vet att han lovade den där musikaffärn att sätta stopp för bluffbolaget och allt annat olagligt som den där musikaffärn visade honom. Han minns så väl den dagen då Tobias ringde honom och berättade vilka dokument som plötsligt hamnade i musikaffärns epostlåda.

Alhagen var då ganska ny i kommunens toppskikt. Så när han med håret perfekt liggande samt iklädd en sprillans ny svindyr gråblå kavaj stegade in till kommunledningen och informerade om mutbrott i kommunhuset blev han direkt totalt överkörd.

På den tiden förstod han ju inte att kommunledningen var involverad och att de i princip styr i vilken plånbok varenda skattekrona ska hamna. Det är varmt. Han känner fukt under armarna. Han gungar några gånger fram och tillbaka i stolen sedan sätter han armbågarna på skrivbordet, samtidigt bläddrar han fram Paul Lönndal i mobilen och klickar på ring.

«Hej Dennis», svarar Paul glatt.

«Hej Paul, ursäkta att det tagit några dagar. Jag har haft fullt upp nu när Babsan är hemma och vilar upp sig», inleder Alhagen lite nervöst.

«Okej jag förstår. Men jag uppskattar att du hör av dig nu. Har du läst mina meddelanden?»

«Ja det har jag. Jag håller med dig. Kommunen måste ta ansvar och lösa ärendet med den där musikaffärn. Det blir bara värre och värre hela tiden.»

«Precis så är det. Och du vet hur jag funkar. I tre år var jag gruppledare för KD och jag gjorde säkert fel flera gånger. Det viktiga är att vi politiker alltid gör om och gör rätt när vi har ställt till det. Det är ju politiker som bestämmer och tjänstemän som utför besluten», tillför Paul med förhoppning att Alhagen tar mod till sig och löser ärendet med den där musikaffärn.

Alhagen tar ett djupt andetag innan han svarar.

«Ja, det har du rätt i Paul. Du är saknad i fullmäktige, just för att du alltid är så omtänksam och positiv. Det är uppfriskande att prata med dig», berömmer Alhagen, som samtidigt känner sig lugnare inför det känsliga ämnet de pratar om.

«Tack, det var snälla ord. Jag försökte bara göra mitt bästa. Som alla ska göra när man valt att vara förtroendevald. Men, sa du att Babsan är helt borta nu?»

«Nja, hon är sjukskriven. Troligen ganska länge.»

«Okej. Det innebär att du har hand om alla viktiga ärenden nu.»

«Ja så är det. Det är därför jag ringer dig. Du verkar ha kontakt med Kenneth och Tobias.»

Paul tittar med ett leende på Tobias och Kenneth och svarar.

«Det stämmer. Jag har granskat det kommunen gjort mot dom. Det gjorde mig ledsen och arg. Kenneth och Tobias har gjort allt rätt. Det är ju tydligt att några personer i kommunhuset sprider lögner och mörklägger sanningen medvetet och så kan vi inte ha det, eller hur?»

«Jag förstår hur du känner. Det har varit jobbigt länge. Så min fråga är om du kan hjälpa mig att ordna ett möte med herrarna?»

«Du kommer inte tro det är sant», utbrister Paul.

«Vad menar du nu?»

«De sitter här i mitt kök. Du kan få prata med dom nu.»

«Oj då, vilket sammanträffande.»

«Som jag skrev till dig så har jag och några affärsmän grundat ett företag som har avtal med de bästa tillverkarna i världen inom LED-belysning. Kenneth och Tobias är experter på belysning och även på upphandling så vi har tagit in dom som rådgivare i företaget.»

«Åh, det låter intressant.»

«Just nu är dom här hemma hos mig och vi planerar hur företaget ska hjälpa offentliga sektorn att genomföra testprojekt för energieffektiv hållbar belysning.»

«Det kan jag förstå. För några år sen var jag till deras musikaffär och såg några av produkterna de hade då. Kommunen har enorma kostnader på el och drift när det gäller belysning, så det skulle verkligen behövas sådan hållbar LED-belysning», tillägger Alhagen.

«Men nu tar vi en sak i taget. Först måste du se till att kommunen gör om och gör rätt mot den där musikaffärn.»

«Ja det är just därför jag ringer dig.»

«Bra, då lämnar jag över min mobil till Tobias så bestämmer ni nästa steg.»

Exalterad och förhoppningsfull lämnar Paul över sin mobil till Tobias, samtidigt viskar han till herrarna att Alhagen är i luren och han vill ha slut på tvisten.

‹Tobias.»

«Hej det är Dennis Alhagen. Jag ringde Paul för att söka er och ni var tydligen hos honom nu», inleder Alhagen och åter känner han svettdroppar bildas under skjortan, särskilt i området vid armhålorna.

«Hej Dennis, det var länge sedan vi pratade», inleder Tobias och bestämmer sig för att gå rakt på sak, så han fortsätter.

«Hoppas du förstår att vi är trasiga efter allt kommunen utsatt oss för. Du minns nog att vi gick till dig först då Andes Andes övertygade oss att du var en ärlig person och att du klättrade upp i högsta kommunledningen. Han menade att du är den som har modet att stoppa alla dessa mutor.»

«Ja, jag minns mycket väl att du ringde mig om det.»

«Det känns bra att du minns det. Hoppas att du förstår att vi aldrig menat något illa. Vi är helt vanliga invånare som valde att ta ansvar och visselblåsa.»

«Jo men det vet vi alla Tobias. Men saken blev allvarlig och kommunledningen intog en annan uppfattning som med facit i hand kanske inte var så bra för någon. Men låt oss glömma det nu så fokuserar vi på att lösa problemet i stället.»

Tobias ler vid bordet och svarar snabbt.

«Tack Dennis, det är det vi kämpat för i flera år. Menar du på fullaste allvar att du är beredd att betala den skada kommunen orsakat oss nu?»

«Ja, den här saken måste få ett slut nu och Babsan är sjukskriven så jag kan prioritera ärenden och möten under tiden hon är borta. Jag bestämmer inte allt, men som ordförande i kommunstyrelsen har jag stor makt i brådskande frågor. Ert ärende är ju självklart brådskande.»

«Okej jag förstår, hur vill du att vi ska göra då?»

«Vi bokar en tid, helst här i kommunhuset på våning sju. Det är midsommarafton på fredag så denna vecka blir svårt att hinna. Men torsdag den 30 juni kan jag. Funkar det för er?»

«Inga problem. Har vi annat så avbokar vi det. För oss är det här viktigare än allt annat, vi är ju på väg att bli uteliggare. Hur ska vi förbereda det här, vad vill du att vi tar med oss och måste vi komma båda två?»

«Nej då, det räcker om en av er kommer.»

«Okej, hur vill du att agendan ska se ut då?»

«Bra att du säger agenda, det är också så kommunstyrelsens dagordning heter. Det viktigaste är att ni presenterar några av de oegentligheter ni drabbats av. Sedan är det bra om ni räknar fram vad det kostat er.»

«Det låter ju bra. Ska jag ta med en faktura utan belopp som vi fyller i för hand eller hur tycker du betalningen ska gå till?» undrar Tobias.

Alhagen känner sig lite lättad över att Tobias är både vänlig och saklig. Han var rädd att få massor med skäll och bli uppsträckt som aldrig tidigare. I Pauls kök sitter Kenneth och Paul tysta och de andas knappt när de lyssnar på Tobias samtal med Alhagen.

Kenneth antecknar som vanligt, så att de inte missar något av de saker som de behöver ställa i ordning inför mötet med Alhagen. Spänningen är olidlig och nu får ingenting gå fel.

«Du kan ha fakturan klar. Det viktiga är att det finns en beräkning som klargör beloppet så vi kan förlika om det», poängterar Alhagen.

«Okej, ska vi skriva på fakturan att det rör sig om skadestånd och ränta på det?»

«Det kan du göra.»

«Det kan vara svårt att beräkna exakta räntor och skada, hur noga vill du att vi specificerar det?»

«Det är inte noga alls. Det är ju fråga om förlikning och vi avtalar om uppkomna skador. Om jag är nöjd med dokumentation och faktura så tar jag hand om det och diarieför det.»

«Oj, det låter fantastiskt. Det rinner tårar av lättnad på mina kinder nu. Då ses vi på torsdag nästa vecka då», avslutar Tobias och lämnar tillbaka mobilen till Paul.

«ÄNTLIGEN!» ropar Paul och ger Tobias och Kenneth en varsin kram.

«Jag tror knappt det är sant. Hur lyckades du med det här Paul?» undrar Kenneth.

«Det är inte bara min förtjänst. Grönros och Andes Andes har granskat och tagit ut många dokument ur kommunhuset. Jag har läst allt och vem som helst ser ju att kommunledningen bluffar med upphandlingar. Jag har också suttit med en god vän som är toppadvokat i Stockholm City. Han såg ju också att ni blivit kränkta», tillägger Paul.

«Åh tack som faan Paul. Men hur har du lyckats få Alhagen att ringa dig för att boka möte med oss?» undrar Tobias.

«Det var inte så svårt. Jag har haft möte med några av sossarna som jag känner. Jag har också suttit med Alhagens högra hand Nils Nilsson i Liberalerna och jag har haft långa samtal med Anna Pistone som tog över i KD efter mig. Alla har erkänt att det förekommer fiffel och det är kris i kommunhuset.»

«Men varför låter dom allt fortsätta? Det är ju inte vi som ska stoppa mutbrott och korruption som uppdagas», suckar Kenneth.

«Precis. Begriper dom inte att det är deras viktigaste ansvar. Om inte folkvalda politiker stoppar korruption rasar ju ekonomin på förvaltningarna och kommunen kommer sakta rasa ihop», inflikar Tobias och fortsätter.

«Vad har du sagt till dom?»

Paul har rest sig upp och börjar plocka undan kaffekoppar.

«Grabbar, en sak ska ni veta. Ni har stoppat massor av korruption och fiffel eftersom ni har modet som krävs. Dom här politikerna vågar inte göra som er. Jag misstänker att Babsan och Henry Bovenius hela tiden styrt kommunen utan att följa kommunallagen. Alla där ute förstår inte att kommunstyrelsens arbetsutskott styr nästan allt i kommunen», säger han med allvar i rösten.

«Okej, vilka sitter i det där arbetsutskottet då?» frågar Tobias och Kenneth nyfiket, nästan i kör.

«Där sitter bara tre politiker, de styr allt med kommundirektören och kommunjuristen är oftast med. Senaste åren är det Babsan, Henry och Alhagen som styr alla frågor och dom sätter agendan för kommunstyrelsen och ibland flyttar de upp frågorna på fullmäktiges dagordning också.»

«Och inte ens kommunjuristen vågar se till att de följer lagar och regler i arbetsutskottet», konstaterar Kenneth.

«Så är det. De är anställda av kommunledningen för att formulera och ordna för dessa tre toppolitikers vilja. Där skapas tystnadskulturen, lagar och regler kommer i andra hand. Ni förstår ju säkert också att några i kretsen gör karriär och tjänar sanslöst med pengar», poängterar Paul.

«Vad jag förstått så sitter dom på flera stolar också. Jag kollade på kommunens hemsida. Några sitter på mer än tio olika stolar», inflikar Tobias.

«Det här är ju helt otroligt. Någon borde ju skriva en bok om allt det här så att sanningen kommer fram», tillägger Kenneth och frågar Paul om han kommer att kunna fortsätta påverka politikerna han känner.

«Jag har varit tydlig och talat om för samtliga att historien kan vi inte göra något åt, men framtiden kan vi alltid påverka och göra bättre. Dom vet att jag aldrig ger mig förrän den här saken görs om och görs rätt. Jag håller med Grönros, demokratin måste försvaras varje dag», svarar Paul bestämt och tar en klunk av kaffet ur sin megastora favoritmugg.

Saken är löst, äntligen kan livet bli normalt igen.

De skakar hand i kommunhusets entré och Tobias håller Alhagens högerhand halvhårt och tittar honom djupt i ögonen. Efter mötet följdes de åt i hissen ned från sjunde våningen. Alhagen har lite bråttom. Han ska åka och klippa bandet på invigningen av en skatepark för barn och ungdomar vid den gamla nedlagda idrottsplatsen Estö IP, men han är lättad att genomgången av agendan med Tobias gick relativt bra.

Mötet hade varit konstruktivt. Agendan Kenneth och Tobias förberett innehöll allt från det otäcka med bluffbolaget och kommunens olagliga konsultavtal med slaktaren Bo-Axel Bratt. Alhagen fick också kopior på mängder av dokument som visade hur den gigantiska korruptionen brett ut sig under ledning av Babsan och hennes högra hand, kommundirektören Engborg.

Tobias håller Alhagens hand relativt hårt några sekunder till för att verkligen markera att ingenting får gå fel från kommunens sida igen.

«Klarar du av det här nu? För några år sen vek du ner dig.»

«Jag vet det, men nu måste den här saken bli löst.»

«Du vet att fakturan ska betalas inom tio dagar», påminner Tobias.

«Ja, det är inga problem. Fakturan och agendan med avtalet är troligen redan diariefört. Jag tar avtalet med kommunjuristen i morgon. Även om jag går på semester i morgon så är det inga problem för mig att gå hit på måndag och tisdag ifall kommunjuristen är upptagen i morgon.»

«Det låter bra och du lovar höra av dig om någonting behöver ändras», påvisar Tobias som nu förbereder sig att sakta släppa Alhagens högerhand.

«Ja det gör jag, men det ska inte vara några problem. Men det är formalia att kommunjuristen tar del av kommunens avtal och fakturan går för betalning per automatik», säger Alhagen och känner sig lättad att han kan svara korrekt och när han känner att Tobias sakta släpper hans hand. Herrarna nickar till varandra och de lämnar kommunhuset och går åt varsitt håll.

Mötet hade tagit lite mer än en timme. Alhagen tog emot och ledde Tobias till sjunde våningens lilla sammanträdesrum. Tobias inledde med att berätta att Kenneth för närvarande inte kunde delta på ansträngande möten i kommunhuset. Hans läkare har ordinerat lugna dagar efter att han fått veta att Kenneths blodtrycksmätare lyst eldrött några gånger om dagen.

Tobias informerade Alhagen att både Tobias och Kenneth inte bara åkt på ekonomiska skador, han berättade också att deras hälsa försämrats enormt efter att kommunledningen ljugit och spridit ut falska rykten om hela den här affären. Alhagen nickade förläget till Tobias eftersom han visste att det var allmänt känt bland höga tjänstemän och politiker i fullmäktige att Babsan och några till talat illa om herrarna från den där musikaffärn.

Efter två minuters kallprat, om Alhagens roll som högste politiker i kommunen nu när Babsan var sjukskriven, öppnades dörren till mötesrummet. In kom Babsans och Alhagens sekreterare Lisa Henning. Tobias blev först lite förvånad när Alhagen plötslig berättade att han bjudit in sekreteraren att delta på mötet. Men sedan tänkte han att det var väl bara bra att hon var med när de gick igenom agendan.

Kenneth hade som vanligt tänkt ett steg till. Om Alhagen på något sätt skulle fega ur igen, eller om Alhagen tog med kommunjuristen på mötet så hade han kopierat tre exemplar av agendan. Tobias välkomnade sekreteraren och överlämnade extra kopian till henne så att hon enkelt kunde göra sina anteckningar direkt på den. Hon tackade och tog emot agendan och lade den framför sig.

Mötets första fyrtiofem minuter var väldigt tunga för Alhagen. För honom kändes de som fyrtiofem timmar. Tobias gick sakligt igenom en mängd olagliga upphandlingar och flera rent ut sagt vidrigt olagliga kontrakt som kommunledningen fifflat med. Punkten fyra i agendan beskrev hur flera i kommunledningen medvetet ljugit under ed i tingsrätten.

Tobias följde agendan statiskt och Alhagen fick dokumenten serverade i sin hand ett i taget.

En ryslig olustig känsla gick genom Tobias kropp. Alhagen och Tobias satt mitt emot varandra och sekreteraren hade placerat sig vid gaveln av bordet. I ögonvrån såg Tobias att sekreteraren aldrig tittade på honom, när han gick igenom agendan och alla papper. Han märkte också att hon gjorde egna anteckningar på ett litet kollegieblock. Hon använde inte den korrekta mötesagendan hon fått av honom. Äh, vad är det att oroa sig för, tänkte han och fortsatte sin noggranna väg mot en välkomnade uppgörelse.

Punkten fem på agendan var punkten där Alhagen fick presenterat att den där musikaffärns skador stigit till mer än 7,2 miljoner kronor. Alhagen läste noga igenom alla de kostnader Tobias och Kenneth belastas med på grund av kommunens agerande.

Alhagen hade lite svårt att andas men när han hade läst klart sträckte han på sig och tittade på Tobias.

«Okej, jag förstår allt det här. Det står att ni förlorat era hus och att ni fått lida psykiskt.»

«Bara så du vet Dennis. Vi har aldrig velat någon något illa. Vi har tvingats in i kommunens cirkus eftersom det fifflades utav bara den i vår bransch. Du har nu fått bevis på att dina kollegor ljuger i domstolar och upphandlingar är olagliga och vi har bara varit visselblåsare. Hoppas att du förstår att det här i princip förstört våra liv. Det har raserat allt vi byggt upp i våra liv», betonade Tobias samtidigt som hans röst blev lite dov och raspig på grund av stundens allvar.

Alhagen och sekreteraren hörde på Tobias plötsliga röstförändring och de såg att hans ögon fylldes av vätska och att tårarna inte var långt borta.

«Jag vet att kommunen haft en lite annan inställning kring allt detta och det kanske inte varit så bra», inflikade Alhagen och pressade fram ett leende som han själv kände bara framstod som urlöjligt.

«Tänk efter själv. Kan man ha en annan inställning när någon stjäl skattebetalarnas pengar? Tack vare Kenneth och mig vet du att Babsan som kommunalråd ordnat uppdrag till sin bror, du vet att några i kommunledningen försörjt ett bluffbolag i sexton år. Du har fått information om att det förekommer mutor till revisorerna och att konsulter och kommunens upphandlingar i flera år tömmer kommuninvånarnas pengar. Tänk efter själv Dennis, med exakta bevis på allt det. Kan någon normalt funtad människa ha en inställning att det är helt okej?» påvisade Tobias långsamt med dov djup stämma och hans ögon sökte Alhagens ögon utan framgång.

Alhagen stirrade rakt ner på sina nyputsade svarta skor.

«Lugn Tobias, jag förstår vad du menar.»

«Bra, som jag sagt flera gånger. Ingen vill någon annan illa. Alla vet ju att vår skada är som en fis i rymden för kommunen. Det häpnadsväckande är ju att kommunledningen hela tiden fortsatt att mörka och skydda alla brott i det här. Det skapar bara politikerförakt och det är ju kommunen som är den stora förloraren», tillade Tobias.

«Ja det som ligger här på bordet kan ju ingen vara stolt över. Men jag ser att du har fakturan där. Kräver ni de framräknade 7,2 miljonerna?»

«Nej, vi gör faktiskt inte det. Eftersom du bad att få till detta möte för förlikning så erbjuder vi ett mindre belopp.»

Tobias lämnade över fakturan och Alhagen tog emot den och såg att det stod 4,5 miljoner kronor på den.

«Kenneth och jag satte oss ner och räknade fram exakt vad företaget behöver för att betala alla lån och skulder vi åkte på. Sedan räknade vi ut de belopp som behövs för att få tillbaka varulager och få företaget i samma balans som det var innan vi vart blåsta av kommunen.»

«Så 4,5 miljoner gör att ni kan köra vidare som vanligt?» undrade Alhagen.

«Ja, vi inser att vi aldrig kan få pengar så att vi kan köpa tillbaka våra hus, eller få betalt för all omsättning företaget förlorat sedan december 2011. Det var då jag ringde dig och berättade om alla mutor som damp ner i knät på oss. I så fall skulle kommunen vara skyldig oss upp mot 15 miljoner kronor.»

Det hade blivit tyst i rummet några sekunder. Den sista punkten på agendan handlade om de fördelar kommunen erhåller vid förlikning och information om starka företag, med ny hållbar teknik, som kan tänka sig etablera sig i kommunen om kommunen gör omtag och visar att den är företagarvänlig.

Tobias och Kenneth ville verkligen informera kommunledningen om flera fantastiska följder som kommer knacka på kommunens dörr.

«Så där. Nu är jag klar. Sista punkten är bara att vi skriver under att du mottagit fakturan och agendan, så att skadeståndsbeloppet är godkänt», avslutade Tobias.

«Bra att vi är klara, jag har lite bråttom till en invigning på Estö IP som snart börjar.»

«Det har ju varit tunga grejer att gå igenom men vi klarade det på en timme, så vi har verkligen varit effektiva. Vi har ju varsin agenda, så vi skriver väl på varsin och byter, då har vi ett varsitt exemplar.»

«Det gör vi», instämde Alhagen.

De skrev under var sin agenda och Alhagen bad sekreteraren gå till kommunstyrelsens registrator för att diarieföra dokumenten. Tobias tog sitt exemplar och stoppade ned det i sin väska samtidigt frågade han Alhagen om han trodde att han behöver kopior på fler dokument angående upphandlingarna som Babsans bror fixade till sina vänner i Skåne. Eller om han vill ha mer information om myglet i företaget Nynäshamns Stadskärneförening.

Det märktes tydligt att Alhagen inte ville ha mer information. Han var märkbart slutkörd av denna anspänning men ändå ganska nöjd att ha mötet avklarat. Smidigt avstyrde han frågorna och lugnade Tobias med att berätta att han just blivit invald i Stadskärneföreningens styrelse. Vilket innebär att han snart har hundraprocent insyn där också.

Just innan de två var på väg att lämna mötesrummet kom sekreteraren tillbaka och berättade att det var lite strul hos registratorn och att de undrade om Alhagen ville att alla dokument skulle diarieföras.

Alhagen frågade Tobias om han hade någon åsikt angående vilka dokument som skulle diarieföras eftersom flera dokument var av mycket allvarlig karaktär. Tobias svarade att han var väldigt glad att den här helt onödiga vendettan äntligen tar slut så ansvaret om diarieföring fick Alhagen i egenskap av kommunalråd ta själv. Tobias tillförde dock att agendan och fakturan var mycket viktiga dokument som givetvis måste diarieföras.

Snabbt tog Alhagen emot dokumenten som sekreteraren sträckte fram och han valde ut drygt tio av femtio dokument. Han lämnade tillbaka de utvalda dokumenten till sekreteraren och tillstyrkte att de skulle diarieföras. Han bad sekreteraren återkoppla till honom i ärendet senare på eftermiddagen. Sekreteraren lämnade rummet igen.

Alhagen gick till sitt rum för att hämta sin sax för invigningen och Tobias gick mot hissarna, där tryckte han på knappen med pil ned. Vid hissarna möttes de igen. Alhagen hade hoppats att hissen redan hämtat Tobias, men båda hissarna var längst ned i huset. Så det begavs sig så att de fick sällskap i samma hiss ned till kommunhusets entré.

Tobias håller Alhagens hand relativt hårt några sekunder till för att han verkligen vill markera att ingenting får gå fel från kommunens sida igen.

«Klarar du av det här nu? För några år sen vek du ner dig.»

«Jag vet det, men nu måste den här saken bli löst.»

«Du vet att fakturan ska betalas inom tio dagar», påminner Tobias.

«Ja, det är inga problem. Fakturan och agendan med avtalet är troligen redan diariefört. Jag tar avtalet med kommunjuristen i morgon. Även om jag går på semester i morgon så är det inga problem för mig att gå hit på måndag och tisdag, ifall kommunjuristen är upptagen i morgon.»

«Det låter bra och du lovar att höra av dig om någonting behöver ändras», påvisar Tobias som nu förbereder sig att sakta släppa Alhagens högerhand.

«Ja det gör jag, men det ska inte vara några problem. Men det är formalia att kommunjuristen tar del av kommunens avtal och fakturan går per automatik för betalning», säger Alhagen och känner sig lättad både över att han kan svara korrekt och att han känner att Tobias sakta släpper hans hand.

Herrarna nickar till varandra och de lämnar kommunhuset och går åt varsitt håll. Alhagen åker till invigningen och klipper bandet och blir intervjuad av lokaltidningen. Senare på eftermiddagen är han tillbaka i kommunhuset. Han känner sin egen svettlukt från armhålorna. Han vet att Babsan och kommundirektör Engborg kommer att piska och straffa honom nu när de vet från sekreteraren att han tänkt förlika med den där musikaffärn. Men de värsta skräckkänslorna kommer av att han återigen vet att kommunledningen mörkar alla brott och att de tänker göra allt för att krossa ägarna till den där musikaffärn.

Precis så blev det, Alhagens mardröm fortsätter. Trots att Babsan är sjukskriven blir han överkörd och han kan själv riktigt ta på sin egen feghet. Kommunledningen med Babsan och Henry i spetsen ger order att Alhagen tar semester och att han inte ska lyfta ett finger i ärendet igen. Agendan som Alhagen och Tobias undertecknade ska i papperskorgen och i stället diarieförs sekreterarens osignerade kopia.

Innan han lämnar byggnaden går han förbi kommunjuristen Fast och berättar att ärendet med den där musikaffärn blev bortraderat igen. De båda tittar på varandra en stund. De hade hoppats att saken med musikaffärn nu var ur världen. Den lösningen gör så att alla i kommunhuset kan börja arbeta för att få bort det bedrövliga anseendet som sänkt kommunen ner i trög tjockolja.

«Det här var inte bra, Dennis. Allt blir bara värre och värre. Vi tjänstemän kan inte jobba kvar här. Jag börjar söka andra jobb och det gör redan näringslivschefen, ekonomichefen, IT-chefen och några till», påpekar kommunjuristen.

«Jag förstår det, men du vet hur Babsan är och nu när hon har Henry vid sin sida så kan inget stoppa henne. Jag k..k..kan inget mer göra», stammar Alhagen.

Rond 4 Idolernas idol

«Åh vilken härlig dag ha ha ha haa, man blir så härligt glad ha ha ha haa.» Isaksson sjunger med i den för dagen perfekta sången som spelas i bilradion. Med vetskap att han blir kommunens högsta boss vrider han ratten på väg ut från gatan i det lilla samhället Ösmo, där han bor, mot Nynäshamns centrum där kommunhuset ligger.

I dag ska den orädde Tore Forselius och han själv smida planer om hur de ska överta makten och kommunstyrelseförvaltningen. I dag kommer han få det lite tufft men ändå kommer han få en härlig dag. Han vet att Forselius kommer ta chansen att ställa höga lönekrav nu när kommunledningen i kris lämnar skeppet. Men vad gör det när han själv kan säga som Neil Armstrong sa den 21 juli 1969 när han klev ur Apollo 11 på månen. Isaksson ler för sig själv och pratar till sig själv.

«Ett litet steg för en sotare men ett jättekliv för mänskligheten, när jag klättrar upp och sätter mig på kommunens högsta skorsten.»

Plötsligt når en tanke hans huvud. Från och med nu kommer han styra sossarnas skepp tillsammans med Jensen. Kan det vara så att Jensen delar pengar med Forselius?

Isaksson släpper ena handen från ratten, han sänker volymen på bilstereon. Sedan försöker han greppa och dra försiktigt i sin nyfriserade grå skäggstubb som rundar överläppen och hakan. Samtidig tänker han att det var klumpigt av Jensen att vara så angelägen att berätta för omgivningen att Forselius är en nära vän. Varje gång Forselius presenterades hoppade den annars lite smidige Jensen fram och berättade öppet att det var hans förtjänst att Forselius fick sina chefsjobb i kommunen.

Det hände till och med hemma hos Jensen, på hans födelsedagsfest. Skit det samma, tänker han för sig själv. Jag kommer nog snubbla över fler skumma rekryteringar. Det viktiga nu är att jag blir ett föredöme för de som krattat vägen för mig. För att lyckas i politiken måste man bli idol för sina idoler. Haha, det var en bra tanke igen, tycker han själv.

Mobilen ringer, Isaksson tar upp den ur kavajens innerficka. Han stelnar till när han ser namnet Jonny Hansson på displayen. Helvete! Babsans gubbe. Vad vill han? Är han vansinnig på mig nu när han vet att jag tar över och Babsan förvisas till rännstenen? Han vågar knappt trycka på den gröna touchknappen på mobilen men gör det ändå.

«Hallå Jonny, det var ett tag sedan. Hur är läget broder?»

«Tjenare Isaksson. Jo tack vi lever. Tänkte gratulera till dina framgångar.»

«Tack det var omtänksamt. Jag var säker på att ni skulle bli arga när ni tvingades bestämma er för att ge upp kampen. Hur tar Babsan det här då?»

«Hon är hårdnackad, det kommer gå bra. Kommunalråd och riksdagsmän får alltid något ekonomiskt bra att pyssla med som tack för sin lojalitet mot politik och parti.»

Isaksson pustar ut.

«Pust, det var skönt att höra. Hur är det med dig då? Du har ju kämpat lika hårt för Babsan som hon själv.»

«Över lag mår jag bra, men du vet ju att jag haft lite rörigt med arbeten sista tiden. Det blev ju till slut ordnat så att jag erhöll en hyfsad tjänst på kommunen.»

«Javisst ja, det har jag hört om», svarar Isaksson och känner att han har världens övertag.

Babsangrabben behöver ju för tusan hjälp, tänker han. Skulle det uppdagas att Jonny också fått en anställning bakvägen blir skandalen värre än värst.

«Det skulle kännas bra om du ser till att ingenting läcker och att mitt lilla projekt i kommunhuset kan fortsätta. Så jag hoppas det stannar mellan oss», anför Jonny ansträngd och han känner svetten rinner från bakhuvudet och nerför hans grova nacke.

«Var inte orolig Jonny. Jag och Jensen kommer att fortsätta i samma anda som Babsan och Nordkvist styrt kommunen. Ni är ju mina idoler och vi ska ställa upp för varandra. Jag kommer sparka ut några personer och höja upp några andra, när jag har gjort klart med nya och gamla kommundirektörerna.»

«Tack Isaksson. Skönt om vi kan ha samma fina relation som innan. Babsan har ju ställt upp för dig rätt mycket de senaste åren.»

«Jag vet det. Du vet att jag gjorde allt i min makt för att rädda Babsan men till slut gick det ju inte. Det var synd att den där musikaffärn fick allt hon gjort synligt för invånare och våra medlemmar.»

«Ja, den där jävla musikaffärn verkar ju ha fler liv än en katt med nio liv. Jag kan förstå våra medlemmar också. 2014 blev vårt sämsta valresultat någonsin.»

«Jag vet inte hur Babsan lyckades få med sig Alhagen och Liberalerna till oss. Men det blev i alla fall avgörande. Men hur det än är så måste vi växa nu och hålla kvar makten 2018. Det är bara två år dit», tillägger Isaksson.

«Hoppas det blir så. Det som är skönt med att Babsan slutar med politiken är att jag nu slipper alla jävla mardrömmar. Det tog rätt hårt på psyket att vi hela tiden tvingades krossa all kritik mot Babsan och partiet på Facebook och andra medier.»

Isaksson kör in i parkeringsgaraget vid kommunhuset, stänger av motorn och fortsätter samtalet.

«Jag såg det, särskilt på den där forumet Speakers Corner Nynäshamn. Jag kommer lägga ett förslag att vi i partiet går ur den sidan. Själv kommer jag att göra det oavsett vad andra tycker. Det kommer upp för mycket fakta där och vi kommer i sämre dager om vi försöker bemöta allt», påpekar han.

«Bra idé, för mig är det en befrielse att slippa det där. Det tog ju för fan halva arbetstiden för mig och Babsan att gå emot i alla trådar där. Nu drömmer jag lugnt igen.»

«Drömmer? Vad drömde du om förut då?» undrar Isaksson nyfiket.

«Alltså, det var helt galna drömmar. När jag blev ihop med Babsan visste jag att hon gillar lite bus i sängkammaren. Hon är inte direkt blyg och så. Det kanske du också hört, eller?»

«Njaa inte så mycket, jag kom ju hit från Haninge. Men du har ju sagt några gånger att du inte alltid orkar hålla ut lika länge som henne när ni älskar», viskar Isaksson tillbaka lite förläget.

«Ja jo, så har jag nog sagt. Men drömmarna jag fått den senaste tiden är verkligen råa och tuffa. Jag har faktiskt drömt att vi har en piska hängande bakom sovrumsdörren och när Babsan varit lite trängd i politiken så får jag sträcka ut mig på mage i sängen med rumpan bar. Sen kommer Babsan in i rummet och jag är den som får ta emot kritiken med piskan», förklarar Jonny.

«Åh fy tusan. Det där låter ju värre än mina sotardrömmar där jag snubblar och faller ner från hustak.»

«Oj, har du sådana där hemska drömmar du också?»

«Ja det händer. Men att bli piskad av sin sambo är nog lite värre», skrattar Isaksson.

«Ja kanske det. Jag tror det har att göra med makt och att piskan symboliserar partiet.»

«Partipiskan menar du?»

«Ja, tänk efter själv. Partiet i Nynäshamn går ut med människors värde ska främjas. Du har själv varit med i beslut om det.»

«Precis, vi socialdemokrater ska sätta människan före systemet, det beslutade vi enhälligt.»

«Tänk efter noga nu Isaksson. Nu vet du nog också om att kommunledningen förfalskat dokument så att den där musikaffären förlorade rättegångarna.»

Isaksson stelnar till. Trots att det är minst 23 grader varmt i bilen fryser han på en sekund till is. Orden FÖRFALSKAT DOKUMENT kom som två pistolskott i mobiltelefonen PANG PANG.

Tidigare har han fått en hint om förfalskningar och att musikaffärns ägare Tobias och Kenneth i princip ska förintas. Dock har inte höjdarna i partiet berättat hur många som vet om bedrägeriet. Han vet inte med säkerhet exakt vilka personer i kommunhuset som nästlat sig in i systemen för upphandlingar och ändrat siffror, vilket gav kommunens jurister möjlighet att sänka Tobias och Kenneth i domstolarna.

En tydlig order finns. Isaksson ska följa den systematisk. Den där musikaffärn och dess ägare Tobias Modin och Kenneth Carling ska under inga som helst omständigheter erhålla någon form av uppgörelse eller ens få andas ren luft mer i kommunen.

Isaksson har erhållit information att det finns ett så kallat hemligt beslut om den där musikaffärn och i det beslutet har Babsan fått med sig moderatledaren, tillika alliansens ledare, Henry Bovenius.

«Du blev tyst», väser Jonny konfunderat i luren.

«Förlåt, jag satt och tänkte lite bara. Vi kanske inte ska prata om den här saken på telefon. Egentligen gillar jag grabbarna i den musikaffärn. Men som du poängterar, jag och många andra vet att dom faktiskt blivit totalt blåsta av kommunen.»

«Vad kommer du göra nu när du tar över då?» undrar Jonny oroligt.

«Ni kan vara lugna. Jag kommer anställa Tore Forselius som kommundirektör. Han och jag lägger en plan där alla dörrar stängs. Hälsa Babsan att ni kan sova lugnt och drömma fina drömmar. Vi kommer att se till att ingen får veta om förfalskningar och hemliga upphandlingar.»

‹Tack Isaksson. Vi kommer ju inte fäkta tillsammans längre, men vi hörs säkert ändå titt som tätt. Babsan och jag kommer inte synas mer, men vi finns ju kvar i partiets utkant.»

Jäklar vilket samtal. Isaksson kliver ur bilen som han parkerat i garaget. Han går med långa raska steg över Banantorget, samtidigt drar han upp sitt passerkort till kommunhuset.

Med en härlig känsla nickar han till tjejerna i receptionen, de nickar välkomnande tillbaka. Han vet och de vet att han nu tar befälet över kommunen. Med raska steg fortsätter han till vänster in i den del som kallas den höga delen. Där tar han hissen till våning sju.

Väl på sin nya våning väntar hans nya sekreterare Lisa Henning. Hon har sedan några år tillbaka varit kommunalrådssekreterare åt Babsan och den unge liberalen Alhagen. Sekreteraren hälsar honom välkommen och visar honom till hans nya kontor. Vilken känsla och vilken utsikt! Han går fram till ett av fönstren och tittar ut över skärgården och utbrister.

«Kan man ha en bättre arbetsplats?»

«Nej, den är nog svårslagen», svarar hon.

Huset är åtta våningar högt, med kafeterian på våningen högst upp. Det ligger högt beläget så att man nästan ser ända över till Gotland.

«Det är verkligen fint här uppe och kyrkan här bredvid har också fin utsikt. Den ligger nog ännu högre upp», fortsätter sekreteraren. Hon tittar lite spänt på Isaksson men är samtidigt nyfiken på vilka sysslor hon kommer att få denna dag.

«Om några minuter ska jag träffa kommundirektören. Kan du ringa upp henne och be henne möta mig i lilla mötesrummet vid kaffemaskinen?»

«Visst det ordnar jag», svarar sekreteraren och försöker pila i väg, men Isaksson är inte klar med henne ännu.

«Kaffe tar vi själva och jag tror vi sitter själva där inne. Du vet ju att det kan bli lite hett i dom här förhandlingarna», säger han med bestämd blick till sekreteraren.

«Okej, vill du att jag lägger in förslag till avtal på bordet där eller vill du ha det nu?»

«Just det, jag kan ta det nu.»

Kommundirektör Britta Engborg kliver in i rummet och hon tar plats mitt emot Isaksson. Återigen lägger han märke till att hon är lång, troligen lite längre än honom. Han ser direkt att kommundirektör Engborg inte är på topphumör. Det är hon i och för sig aldrig, tänker han och ett snabbt leende glider över hans läppar.

Det är markant hur den mörkhåriga till vardags fräscha kvinnan på så kort tid blivit väldigt mycket äldre. Både ansikte och hår har intagit en trist grå nyans. Efter senaste drabbningen de hade om hennes uppsägning står det klart att hon inte vill lämna kommunhuset utan en saftig ekonomisk kompensation.

Isaksson är nu ganska nöjd med situationen. Först var han livrädd för henne. Han vet ju hur hon iskallt gjort närmare hundra så kallade hemliga avtal tillsammans med Babsan. Alla dessa dealer är gjorda med skattebetalarnas pengar. Men på något sätt känner han att han redan växt med uppgiften som kommunalråd efter Babsan. I dag är nog dagen han lägger kommundirektör Engborg på rygg. Han hoppas innerligt att hon efter detta möte är helt tillfredsställd så att han direkt efter kan anställa sin och Jensens vän Forselius.

Givetvis vet Engborg att hon och Babsan har kört på för hårt med allt och att det nu är allmänt känt i hela huset att de två inte längre är önskvärda. Engborg hade deklarerat till Isaksson att hon inte kommer läcka ut oegentligheter om hon får igenom sin fallskärm.

Direkt bestämmer de sig för att stryka det normala svenska kallpratet om väder eller dra en vals om hur bra man mår. Engborg är tydlig med att hon vill gå rakt på sak. Isaksson håller med henne och lägger fram sitt förslag till fallskärm på bordet. Engborg tar upp dokumentet. Hon ger Isaksson en iskall blick och börjar läsa.

Det isar till i hans kropp när han lägger märke till att hon som vanligt inte visar en min. Bakom glasögonen flyttas hennes ögon sakta från höger till vänster. Han ser att hon läser rad för rad noga. När hon kommit till fjärde sidan inser Isaksson, med lite segervittring, belåtet att hon kommer att ta budet. Hon visar ännu ingen min för att röja vad hon tänker. Hon kör på med sitt karaktäristiska strikta gråa och lite trista sätt men han märker, när hon läser, att hon inte stannar upp på någon punkt.

«Det här ser bra ut», säger hon när hon nått slutet av avtalet.

«Bra, jag har gjort i princip som du ville. Du får 1,5 miljoner kronor och du får skriva ditt eget betyg som hjälper dig i framtiden.»

«Tack för det. Jag ser att du använt samma mall som jag använt tidigare.»

«Jag håller det jag lovar. Du får pengarna som om du har fortsatt lön och jag kommer gå ut i media, särskilt Nynäsposten och tacka dig och ge dig beröm för dina år som kommundirektör här i Nynäshamn.»

«Jag lovar också att inte berätta någonting om saker som hänt här i huset.»

«Bra, då är vi helt överens. Vill du att jag skriver under först?» undrar Isaksson.

«Vi kan skriva på samtidigt eftersom vi ska ha varsitt exemplar.»

«Okej då gör vi det.»

«En sista fråga. Kommer du att visa mitt avtal för ledamöter i kommunstyrelsen och fullmäktige?» undrar Engborg och hennes blick är kolsvart.

«Eh, nej. Jag kommer fortsätta som du och Babsan gjort med dokumentation. Vi diarieför avtalen men det skickas inte vidare till någon. Den enda som får se och veta är Henry Bovenius.»

«Bra, då vet jag. Och Henry är med på det här då?» undrar Engborg.

«Ja, Henry har jag pratat med flera gånger. Han kommer att sakna Babsan lite, men han har ingenting emot fallskärmarna som du ordnat åt Babsan.»

«Känner du till om de andra fallskärmarna också?»

Isaksson funderar några sekunder och svarar.

«Som Henry brukar säga, vi lägger det till handlingarna. Skulle det komma invånarna till kännedom så rasar nog hela kommunhuset ned som när dom där flygplanen, den elfte september, flög in i World Trade Center.»

Jäklar vad skönt. Isaksson ringer upp Forselius och ber honom ta med sig Jensen och komma upp till sjunde våningen.

«Äntligen är vi av med Engborg, nu kan vi anställa dig», berättar Isaksson stolt.

«Det låter trevligt, men fackföreningarna sa ju nej till att du anställer mig», poängterar Forselius.

«Vi struntar i dom. Jag har pratat med Moderaterna och de har inga invändningar.»

«Aha, har du pratat med Henry? Vad sa han då?»

«Jag berättade att jag tänker strunta i lagar och regler och anställa dig som kommundirektör. Han svarade att det är helt okej för honom. Jag berättade också att fackföreningarna sagt nej eftersom det strider mot kommunens regler.»

«Berättade du att jag kräver 110 000 kronor i månaden också?»

«Japp, det är okej för Henry. Han påpekade att han visste att Engborg hade 90 000 kronor i månaden och att du saknar erfarenhet som kommundirektör. Men han hade inga invändningar mot att jag anställer dig.»

Jensen lyssnar och gillar det han hör.

«Grabbar, förklaringen är enkel.» Jensen ler lite och lutar sig bakåt och fortsätter.

«Tänk efter själva. Om Henry vinner valet 2018 så vill han själv välja den som får jobbet som kommundirektör, så det är givet att han låter dig anställa Forselius utan annonsering av tjänsten.»

«Mm, det blir samma sak som alla upphandlingar utan annonsering, som Babsan och Engborg dribblade med», inflikar Isaksson.

«Bra bra, då tar jag jobbet med start direkt då, eller?»

«Det blir nästan direkt. Engborg packar ur kontoret idag. Jag ska kontakta lokaltidningen så det blir en fin artikel om det här.»

«Det är lite formalia bara», myser Jensen med en nöjd blinkning till Forselius.

«Där sade du något, formalia. Är vi överens om min fallskärm? Den blir jävligt viktig för mig eftersom facken sagt nej. Om de driver frågan senare kommer jag få sparken», påvisar Forselius.

«Ja visst. Var lugn. Du får minst en halv miljon kronor. Här har du en smart fallskärm som ingen kommer märka, ja förutom Henry då», tillägger Isaksson och sträcker fram ett dokument och han fortsätter stolt sin styrning.

«Jag har ordnat en extra tjänst som heter «kvalificerad utredare», med 57 000 kronor extra i nio månader, som infaller om vi måste ge dig sparken», styrker Isaksson som vill få herrarna känna sig lugna.

Forselius och Jensen tar del av den hemliga fallskärmen och nickar nöjt till varandra.

«Jag har en fråga till innan jag måste till partiets expedition i Folkets Hus och informera Nordkvist», inflikar Jensen.

«Jag har också en fråga till, men börja du», kontrar Forselius.

«Hur gör vi med den där musikaffärn?»

«Åh fan, det var min fråga också.»

Isaksson skrattar till lite.

«Bra att ni tänker lika. Det kommer bli världens action med det. Fler och fler börjar förstå att kommunen diskriminerat företaget värre än värst. Men vi kommer ändå stå bakom Babsans beslut att kommunen inte betalar deras faktura.»

«Jag är i knipa när det gäller det där, det var ju jag som bestred deras faktura», tillägger Forselius.

«Det var väl bara bra att du gjorde det, de ska fan i mig inte ha några pengar, de har lagt sina näsor i blöt och hindrat oss från massa grejer», inflikar Jensen.

«Nej det är ett stort problem. Enligt kommunallagen kan bara politikerna besluta om bestridandet eftersom Alhagen bjöd in till möte här och han signerade och tog emot fakturan. Jag var sommarvikarie för Engborg. Jag ringde henne och berättade att Kenneth och Tobias skickat en påminnelse om att kommunen missat betala fakturan Alhagen godkänt och diariefört.»

«Vad hände då?» undrar Isaksson och Jensen som nu är på helspänn.

«Engborg gav mig order att bestrida fakturan.»

«Jisses, gjorde hon det? Trots att du var sommarvikarie. Inte ens hon själv har befogenhet att bestrida en faktura där kommunalråd undertecknat förlikning. Egentligen är det bara kommunstyrelsen och fullmäktige som kan göra det», viskar Isaksson.

«Det är inte nog med det», säger Forselius och fortsätter.

«Fakturan var på tio dagar och det hade gått mer än trettio dagar.»

«Satan i gatan. Det innebär faktiskt att kommunen godkänt fakturan», suckar Isaksson.

«Och hur i helvete löser vi det här?» frustar Jensen.

Forselius lutar sin korta kompakta kropp sakta framåt. Han tittar barskt rakt i ögonen på Isaksson. Jensen studerar situationen och de båda herrarna och lyssnar noga när Forselius helt lugnt säger.

«Ni tar det lugnt. Ni gör ingenting. Ni låter mig sköta rubbet. Ni valde mig för att jag ska döda och mota bort alla problem. Eller hur?»

Man kan nu ta på spänningen i det lilla sammanträdesrummet. De andra nickar instämmande och Forselius fortsätter.

«Om ni bara hanterar Henry och liberalerna Alhagen och Östling på bästa sätt så ska jag stoppa och tysta ner allt som inkommer i det ärendet. Tystnaden kommer sänka företaget helt och hållet.»

«Inga problem. Östling har fullt upp med att klara ordföranderollen i fullmäktige och han kör alltid sin princip «If you can't beat them, join them». När det gäller Alhagen så har han klantat sig så mycket och han kommer verkligen stänga igen truten. Det blir inga problem med Liberalerna, de är nu hundra procent lojala oss», säger Isaksson med stort självförtroende.

«Och Henry och Moderaterna då, kan han ställa till med problem?» undrar Forselius.

Isaksson lutar sig fram och slår handflatan i bordet tre gånger i takt till sitt svar.

«Nej nej nej. Han är säkrast av alla och är troligen också mest insyltad av alla. Det var bara han och Babsan som hade kontakt med upphandlingschefen Klamcavski. Henry var med och mörkade allt om bluffbolag och allt de där med Babsans bror. Henry och Babsan satt i upphandlingsnämnden och rullade tummarna i flera år. Så Henry har hjälpt till att stänga alla dörrar för den där musikaffärn.»

«Gott. Då går jag över till expeditionen och pratar med Nordkvist», avslutar Jensen och reser sig upp.

«Okej, hälsa honom att vi kommer styra upp kommunledningen på bästa sätt nu. Och bara så att ni vet. Nu ska jag gå ner och kasta ut slaktaren Bratt. Han får en faktura på en halv miljon betald sedan sätter han aldrig sina fossingar i Nynäshamn igen. Det ska jag bli man för.»

«Bra, han är ökänd och det står saker om honom på Facebook. Engborg och Babsan har gett honom flera hemliga kontrakt», tillägger Jensen.

«Inte nog med det. Dom anställde honom som chef ett år på HR-avdelningen och hans egen konsultfirma har bytt namn för att det inte ska upptäckas att han fortsätter fakturera. Han har kostat kommunen ett par miljoner och bara ställt till med problem, bra reklam för oss att kicka honom», poängterar Isaksson.

Forselius funderar en stund och vill redan nu inta rollen som en stark pålitlig kommundirektör men också en direktör som har förmågan att vara underhållande när det behövs en lugnande effekt, så han reser sig upp och säger.

«Kära vänner sade prästen, sedan hade han inga vänner.»

Varken Isaksson eller Jensen förstår om det är en rolig fras eller om budskapet är att dom inom snar framtid kommer stå utan vänner. Forselius märker att det kanske inte var den bästa avslutningsfrasen för stunden, men han fortsätter med direktiven han skulle komma till.

«En viktig sak från och med nu är att inga dokument eller svar till invånare skickas ut innan jag fått läsa frågorna och det är jag som ger direktiv hur kommunens svar formuleras till invånarna. Vi vet att flera personer, och särskilt en man vid namn Andes Andes gräver i hur vi anställer och sköter upphandlingar.»

«Jättebra, vi måste få stopp på invånare som begär ut handlingar», avslutar Isaksson.

Telefonen ringer och Svenne svarar.

«Hej, du har kommit till Sven på Nynäshamn kommuns fastighetsavdelning. Vad kan jag hjälpa till med?»

«Hej Sven, det är Bettan på Kompetenscenter. Vi har ett element som låter lite konstigt, kan du skicka någon att kolla det?»

«Jamen tjenare Bettan, självklart. Jag sätter en gubbe på det direkt.

«Tackar, det är lokalen på tredje våningen längst bort till höger.»

«Det fixar vi, Bettan.»

«Tack Svenne, du är en klippa.»

Svenne ringer omedelbart upp Petter och ber honom fixa det på direkten. Petter går dit eftersom det bara ligger hundra meter bort. Han hinner det innan tvåfikat. Petter går till den anvisade lokalen, öppnar dörren och kommer helt av sig vid synen som möter honom.

På ett skrivbord i ena änden av lokalen ligger en halvnaken kvinna som han tror sig känna igen som skolchefen. Lutad över henne står en gråhårig och gråskäggig gammal man, med byxor och kalsonger vid fotknölarna. Han är i full färd med att bearbeta kvinnan på skrivbordet. Kvinnan, som är svettig och högröd i ansiktet, skriker.

«Vad i helvete, har du inte lärt dig att knacka?»

Mannen över henne fumlar med kalsonger och byxor och lyckas efter några försök dra upp dem över den svettiga baken. Petter tappar inte fattningen utan han skrattar till och säger.

«Jag fick order att lufta ett element här inne, men det kanske är det ni håller på att fixa?»

«Försvinn», skriker kvinnan medan hon letar efter sina kläder bakom skrivbordet.

«Jag kan återkomma lite senare va? När ni är lite mer anständigt klädda», säger Petter med ett stort grin och tänker, det här blir en bra historia att berätta vid fikabordet. Han skrattar högt ute i korridoren.

De två turturduvorna i rummet hör hans skratt eka i korridoren under flera sekunder.

«Jaha, vad gör vi nu då? Det här kommer ju garanterat att komma ut.»

«Ta det lugnt Anita, det här förnekar vi om det skulle komma ut. Om det är något jag lärt mig så är det att allt går att tysta ner i den här kommunen. Det gäller bara att ha rätt kontakter och det har jag. Du anar inte hur mycket jag fått att försvinna. Du har väl inte glömt att jag är kommunfullmäktiges ordförande?»

Anita, som har fått på sig kläderna, är fortfarande eldröd i ansiktet av själva kärleksakten, men framför allt av skammen att bli påkommen mitt under den heliga akten.

«Ta det lugnt, ta det lugnt? Kommer det här fram så kommer jag få sparken!»

Mannen lägger armen om den upprörda kvinnan och säger med lugn röst.

«Kommer det här ut ligger jag också jäkligt risigt till. Jag ska dra i alla trådar jag kan för att tysta ned det här, så ta det lugnt bara».

Kvinnan tittar på honom, men tvivlar på att hon kommer bli lång-varig på tjänsten hon innehar.

Rond 5 Dansa som en fjäril, sticka som ett bi

Mannen ligger stilla på sängen. Det vita håret står på ända. Han är iklädd en vit skjorta som är uppknäppt till hälften och ett par svarta gabardinbyxor. Han har en endagars skäggstubb. Ansiktet är fridfullt, mannen tar sig en välbehövlig eftermiddagslur. Det plingar till i Ericssonmobilen som ligger på nattduksbordet. Han reser sig sakta och fumlar efter telefonen, får grepp om den och svarar.

«Ja hej, det är en yrvaken Grönros som talar i den här änden.»

«Hej Arvid, det är Paul i den här änden.»

«Nämen, vad trevligt. Vad vill herr Lönndal så här på eftermiddagen då?»

«Jo, jag träffade Kenneth och Tobias i går. Dom visade upp en del dokument som handlar om hur kommunen ingått förlikning med företaget som hyrde en av restaurangerna nere i hamnen åren 2012–2013. Jag har fått dokumenten och skulle vilja ha lite råd av dig.»

«Självklart Paul, vi träffas idag om du vill?»

«Javisst, jag slutar om ungefär en timme och kan vara på centrum några minuter efter det. Ska vi ses på Jannis Café vid Banantorget om en timme?»

«Jag rullar ned på cykeln så ses vi där.»

«Finemang.»

Paul sitter vid ett fönsterbord på Jannis Café och tittar upp mot kommunhuset. Det är släckt i de flesta fönstren. Klockan är ju kvart i fem, så de flesta har gjort sitt för dagen och släckt ned sina kontor. Han ser att det dock lyser i vissa fönster på sjätte och sjunde våningen. Plötsligt ser han en skepnad glida förbi med fladdrande rock. Det är Grönros. Paul tänker att han påminner om Clint Eastwood som i filmen «The Outlaw Josey Wales» sakta rider in i en westernstad. Han är skön den där Grönros.

Paul är 45 år och är ungefär en och åttio lång och i bra form. Han har en halvmörk hårman och hans ansikte ser alltid ut att när som helst kunna spricka upp i ett leende. Paul är en positiv person som alla blir glada av att träffa.

Dörren till kaféet slås upp.

«Hallå Paul» hojtar Clint, nej Arvid Grönros.

«Hej Arvid. Du är skön du. Det påminde om en gammal western-film när du kom glidande på cykeln», hojtar Paul tillbaka och skrattar högt.

«Tänker du på John Wayne?» frågar Grönros med ett stort leende.

«Nej, lite modernare, jag tänkte nog mer på Clint Eastwood.»

«Ja, det var ju också en fin komplimang, jag tackar för det Paul.»

De bägge männen går fram till disken och beställer en varsin kaffe. Idag är det ägaren själv som står bakom disken. Han ler och frågar vad de önskar. Paul som är en gottegris beställer ett wienerbröd och en kopp kaffe. Arvid tar en dammsugare till sitt kaffe. De tar plats vid fönsterbordet.

Grönros tittar med plirande ögon på mannen som sitter mittemot.

«Jaha, vad var det för dokument du pratade om?»

Paul tar upp en ljusbrun läderportfölj och plockar fram en liten bunt med dokument.

«Jag fick det här av Tobias och Kenneth. Dom har fått ett tips på ett skumt ärende av någon välvillig anonym person i kommunhuset, som ibland kontaktar dom. Det är ganska märklig läsning.»

Grönros tittar igenom dokumenten, han tittar upp mot de tända fönstren i kommunhuset och sedan allvarligt tillbaka på Paul.

«Oj då, det här ser ju allvarligt ut. Om jag inte missminner mig har jag hört om det här ärendet när jag besökte ett kommunfullmäktige-möte. Men att det var två skomakare från Södertälje som var firma-tecknare och drev restaurangen, det har inte berättats. Så det hade jag ingen aning om.»

«Jaha, har du varit på fullmäktige och hört om det här ärendet?» undrar Paul.

«Javisst, jag besöker alla fullmäktigemöten. Men jag har förstått att känsliga ärenden mörkas för allmänheten, till och med i fullmäktige. Den där ordföranden Östling ska ju agera precis som talmannen i riksdagen, men han framstår ju mer eller mindre som en hovnarr.»

De tittar noga igenom de fyra dokumenten som Paul tagit fram. Det ena är kommunstyrelsens beslut att föreslå till kommunfullmäktige att göra en avskrivning på 1,1 miljoner kronor för hyra. Det andra är kommunfullmäktiges beslut att göra detsamma. Vilket bland andra politikerna Bovenius, Babsan och Alhagen yrkat bifall till.

Det tredje dokumentet är ett Facebookinlägg av oppositionsrådet Henry Bovenius, där han skriver.

Jag hade en del synpunkter på hanteringen, inte minst med tanke på att firmatecknarna i restaurangbolaget var två personer med varsitt skomakeri och ingen annan koppling till restaurangverksamhet. Vi gick med på förlikningen som även innefattade en hel del inventarier och restaurangutrustning. Vi gjorde det för att det var den sannolikt enda vägen att få besittning av restauranglokalerna och det fanns även kopplingar till nätverk i Södertälje enligt uppgift.

Det fjärde och sista dokumentet är ett mejl från musikaffärn till Henry Bovenius.

Hej Henry. Jag läste ditt inlägg på Speakers Corner ang. förlikning med restaurangen och höll på att ramla av stolen. Ponera att vi har kopplingar till HA eller Bandidos, ni kan få ett antal gitarrer, förstärkare och strängar, vi får 1,5 miljoner. Så tolkar jag att det har skett i det du skriver.

Man ska vara eller umgås med kriminella för att ha chans till förlikning. Är det någon på kommunen som blivit hotad eller har man undersökt om det finns kopplingar till nätverk i Södertälje? Vi vet ett fall där man efter 3 år fortfarande inte undersökt om ett bluffföretag har kopplingar till Skatteverket. Du sa till oss att ni inte kan göra en förlikning med Musikevenemang Södertörn eftersom ni inte fått något förslag. Vi kan gärna träffa dig så ska du få ett seriöst förlikningsförslag som ni kan ta beslut om utan de som är jäviga i frågan.

Grönros tittar noga på dokumentet och läser Henrys svar högt.

Hej. Den ev. kopplingen till Södertäljenätverken var väl just eventuell, men vad det huvudsakligen handlade om var att det bedömdes kunna ta mycket lång tid att föra en process och med osäker utgång. En förlikning bedömdes alltså som lönsam för kommunen. Avtalet med dem var tecknat av tidigare hyresgäst och följde med när kommunen köpte fastigheten. Betr. hot och liknande så kan jag inte minnas att jag hört något om det.

Jag kan ju gärna träffa Er, men har inget som helst mandat att förhandla för kommunen, vilket väl är det jag sagt tidigare också. Det är kommunchefen eller den hon delegerar till, som kan förhandla.

De två männen sitter tysta en lång stund, sedan tar Grönros till orda.

«Agerandet de har gjort med de här restaurangägarna är exakt vad de skulle gjort med Tobias och Kenneths företag. Jag förstår inte var skon klämmer när det gäller dem. Jo, det gör jag nog när jag tänker efter. I grabbarnas fall är det någon som måste bära hundhuvudet. I ärendet med restaurangen i hamnen kan kommunledningen glida undan sina ansvar. Henrys svar är ju uppåt väggarna. Det här är tjänstefel av mister Henry. Ärenden om enskilda får inte delegeras. Det ska enligt kommunallagen och förvaltningslagen beslutas av kommunfullmäktige. Det gäller i bägge ärendena, inget annat.»

«Jag förstår det nu. Då är det uppenbart att Henry är i lag med Babsan om att helt enkelt knäcka musikaffärn», inflikar Paul.

«Men kommunen har alltså inte fått in någon hyra av Södertäljeföretaget på fjorton månader! Det är ju ofattbart hur de kunde de låta det gå så långt», ryter en uppenbart irriterad Grönros.

Paul tittar bekymrat på Grönros.

«Varför skriver Henry att det finns kopplingar till nätverk i Södertälje och sedan skriver han att den eventuella kopplingen var just eventuell?»

Grönros tittar på Paul och svarar.

«Du vet väl att den här mister Henry, han skriver aldrig klartext. Han svävar alltid på sakfrågan på ett besynnerligt vis.»

Grönros ler mot Paul och fortsätter.

«Jag börjar förstå att mister Henry garanterat har många skelett i garderoben. När jag tänker efter tror jag aldrig att jag har fått några vettiga eller raka svar av honom. Han slingrar sig på i stort sett varje fråga jag har ställt till honom. Det var bättre när man pratade med förre planeringschefen Berglind, han hade i alla fall passion, även om han för det mesta var snett ute. Han kunde gorma så att man förstod att han hade känslor. Men inte mister Henry inte, han är iskall.»

«Det är bra att veta var man har vissa av herrarna uppe i huset», säger Paul och tänker till och tittar upp mot kommunhuset där det nu är mörkt i alla fönster.

Grönros avbryter hans funderingar.

«Hörru du Paul, kan jag behålla dom här dokumenten? Jag vill gärna läsa igenom dom en gång till och tänka igenom några saker lite grann.»

Paul tar på sig jackan och ställer undan kaffekoppar och fat och svarar.

«Javisst, behåll dom du. Du kan kontakta Tobias och Kenneth också, dom kanske har mer intressant information.»

«Bra Paul då ses vi snart igen, jag säger god afton till dig och hälsa din fina familj».

«Tack, det ska jag göra. Jag sätter mig i bilen nu och du hoppar upp i sadeln igen då Clintan.»

De ger varandra ett leende och försvinner åt olika håll i mörkret. Banantorget är ödsligt nu och det syns tydligt att torget gör sig definitivt bättre i mörker än i dagsljus.

Den röda lastbilen med en robust kran och förlängt flak susar fram på väg 73 från Västerhaninge mot Globen. Hytten är som alltid ren och i bästa skick. Andes Andes är noga med att hålla värdet på lastbilen uppe eftersom firman vart femte år investerar i en ny lastbil. Varje månad tvättar han och smörjer vitala rörliga delar så att den stora röda pärlan alltid är i toppskick.

Antingen byts den in eller så säljer firman lastbilen till någon annan firma som behöver en robust välvårdad lastbil med kran. På hyttdörren står i snygg text företagsnamnet GR Borr och Berg. Andes Andes lyfter och levererar sprängmattor, dynamit och krabbor på byggarbetsplatser kring hela Stockholms län. Krabba är det gamla hederliga namnet på stora bergborrmaskiner.

Trots att livet leker är Andes Andes inte i harmoni. Jobbet går bra. Han har kört bil och lastbil prickfritt i många år, vilket är värdefullt i branschen. Lastbilskort och prickfri körning betyder att han är behövlig för olika typer av svåra transporter, även när han väljer att gå i pension. Han har cirka fem år kvar dit.

Nyligen träffade han sitt livs kärlek och de har just flyttat ihop. Tillsammans bestämde de att han lämnar Nynäshamn och att de bor tillsammans i hennes trivsamma lägenhet i västerort, ett par mil syd sydväst om centrala Stockholm.

Varje dag i lastbilshytten kommer tankarna på hur de gamla kompisarna Kenneth och Tobias fått sina liv förstörda av några oärliga politiker och kommunchefer i Nynäshamns kommun. Flera gånger har Andes Andes begärt ut offentliga dokument som solklart visar att kommunledningen allt som oftast fifflar och bryter mot lagar och kommunala regelverk.

Ofta grubblar han över det otäcka i att kommunledningen i Nynäshamn också fått veta att de fuskar och bryter mot regler. I och med att de vet exakt vilka dokument de tvingats skicka till honom, så har ju kommunledningen exakt koll på Andes Andes och de dokumenten han begärt ut. Ändå rättar de inte till felen och inte heller felen mot hans gamla fotbollskompisar. Tvärt om, kommunledningen fortsätter med skum business och de väljer i hemlighet vilka som får uppdrag och betalt.

Andes Andes tänker tillbaka på när han för några år sen begärde ut kommundirektörens upphandlingar. Det visades sig att kommundirektör Engborg hade förnyat mer än sextio ramavtal i hemlighet, helt utan annonsering av upphandlingarna. Massor av företag utestängdes från att lämna in sina offerter. Troligen var det rekord och det största brott en kommundirektör i Sverige någonsin gjort.

När han svänger av motorvägen vid Länna för att pausa med en kaffe på en bensinmack, tänker han. Tack för att grundlagarna finns, lagar som gör det möjligt för medborgare att begära ut alla kommunala dokument. Offentlighetsprincipen har funnits i Sverige sedan 1766 och regleras i Sverige i grundlagen Tryckfrihetsförordningen. Utan offentlighetsprincipen skulle ingen korruption kunna avslöjas av medborgarna. Det vill säga, han själv och ingen annan invånare skulle få ta del av dokumenten som finns i kommunens diarium.

Det jävliga nu är att kommunen vägrar att lämna ut de senaste uppgifterna han begärt ut. Andes Andes blev tvingad att ta juridisk rådgivning för att veta hur han skulle gå vidare. Det visade sig att medborgare kan överklaga kommunledningens fula tilltag att inte lämna ut efterfrågade dokument. Det var inte så svårt, man skriver till kommunen att de ska skicka ärendet till Kammarrätten. Inom cirka tre veckor dömer då kammarättsdomare huruvida kommunen har rätt eller fel att hindra medborgare att få ta del av dokumenten.

Andes Andes sätter sig till rätta på hög höjd i sin hytt med varm gofika. Han äter också en härligt grillad chorizokorv med stark senap och ett skapligt lager med rostad lök från macken. När han sneglar på sin Iphone 7 som ligger på laddning på passagerarsätet bredvid, ser han att mobilen blinkar. Den indikerar att han fått ett meddelande.

Han ställer kaffet i kaffehållaren mellan sätena och grabbar tag i sin Iphone. Jäklar vad spännande tänker han när han ser att meddelandet kommer från kommunen.

«Det var som faan, fjorton av niohundra», säger Andes Andes för sig själv.

Kammarrätten har dömt kommunen att skicka fjorton av niohundra dokument till Andes Andes. Han läser i beslutet att kommunen hävdat att många av dokumenten han efterfrågat har de inte förvarat och då kan inte Kammarrätten döma om de dokumenten.

Tyvärr fanns också dokument med mejlkonversationer angående Kenneths och Tobias företag med som kommunen inte behövde lämna ut. Eftersom kommunen hävdade att de mejlen också innehöll privata detaljer. Bedrövligt, hur kan de få sekretess på sina arbetsmejl när det står att ämnet är Musikevenemang Södertörn, tänker han för sig själv. Eftersom chorizon nu är placerad i diafragman tar han den tjocka muggen och läppjar lite av det fortfarande varma goda kaffet.

Det märkliga är att jurister påvisar att en myndighet eller kommun inte ska undanhålla några dokument om det inte är så att de kan skada rikets säkerhet. Kommunen är en myndighet och kan alltid maska namn på personer som inte är offentligt anställda. På så sätt finns inget att dölja för allmänheten. Niohundra dokument som ska vara offentliga handlingar vill kommunen nu hindra från att komma i Andes Andes händer. Han förstår nu att han återigen prickat en mängd av ruffel och båg i kommunhuset.

«Tjena, Kenneth här!»

«Hallå, nu har jag fått spader på riktigt!» nästan vrålar Andes Andes i luren.

«Lugn, lugn», väser Kenneth och ber sin gamla kompis berätta vad som hänt.

«Du minns att jag gick till Kammarrätten för att få ut dokument om dig och Tobias i kommunens diarium!»

«Ja, det minns jag. Har du fått svar?»

«Japp, men inte alla konversationer om er, det behövde fulingarna inte lämna ut. Kammarrätten gick på att det är någon typ av arbetsmaterial. Kommunen lyckades få sekretess på det. Men, jag fick ut några andra grejer som är värsta bedrägeriet.»

«Okej, vad är det för något då?» undrar Kenneth nyfiket och samtidigt lite sorgset eftersom han hör att viktig information om han själv och Tobias hålls inlåsta.

«Du vet ju vem fullmäktiges ordförande Östling är. Tobias och du har ju haft möte med honom», påvisar Andes Andes väldigt exalterad.

«Ja, jag var till och med hem till honom med pappersbevis på att kommunledningen fifflar och ljuger om oss. Men när jag gick från honom fick jag känslan att han kastade in alla bevisen i sin öppna spis», inflikar Kenneth och minns hur det puffa till i Östlings skorsten när han gick därifrån den kvällen.

«Den jäveln leder ju för fan en skum företagargrupp som styr och ställer i kommunledningen. Jag har just fått ut hans mejl till nya kommundirektören. Och det är inte det värsta. Det går kopior till moderaten Henry Bovenius och sossen Paul Isaksson.»

«Det var det jävligaste. Men vad står det i mejlen då?» undrar Kenneth.

«Han skriver att hans grupp vill att kommundirektören ska höja lönen på näringslivschefen så att han ska stanna kvar. Det framgår i mejlen att nästan alla höga chefer slutar nu, ett helt gäng har sagt upp sig.»

«Ojojoj, då stämmer det Rösten berättade för Tobias.»

«Rösten? Vad menar du med Rösten?»

«Det är en kvinna som jobbat länge i kommunhuset. Hon vill vara anonym, så vi kallar henne Rösten», berättar Kenneth och fortsätter.

«Hon och några av hennes kollegor är lojala skattebetalare som vill få stopp på allt mygel. Hon har sagt till Tobias att det råder rena skräckväldet i kommunhuset. Och att flera personer på höga poster kommer att fly nu när Babsan och Engborg avskedas.»

«Jaha, det var ju riktigt bra att fler vill få slut på mutor och jävelskap. Men det är ju bedrövligt att dom måste vara anonyma», inflikar Andes Andes som blir mer och mer upprörd.

«Ja, så är det tydligen när det blir korrupt. Visslar du fel låt så får du ett helvete. Vuxenmobbning är inte ovanligt i kommunhuset.»

«Du Kenneth, sedan fick jag ut några helt vansinniga papper. Kommunledningen stjäl miljoner av skattebetalarnas pengar och jag är säker på att flera politiker vet om det, men ingen säger någonting.»

«Va fan säger du? Hur då stjäl pengar?» undrar Kenneth och han känner att Andes Andes i andra änden är på väg att spricka av ilska.

«Håll i dig nu.»

«Okej, men jag har inget att hålla mig i. Men jag lägger mig ned på rygg nu så kan jag inte slå mig när jag faller ihop.»

«Du vet den här nye sossen Isaksson som tog över efter Babsan. Först sparkar han kommundirektören Engborg. Samtidigt ger han henne 1,5 miljoner kronor i fickan, så att hon blir nöjd.»

«Näe, är det sant», stönar Kenneth som nu knappt tror sina öron.

«Ja och det här görs utan beslut i vare sig fullmäktige eller kommunstyrelsen. Enligt kommunallagen måste alla ärenden av större vikt tas i kommunstyrelsen och fullmäktige. Det här är ren stöld av skattebetalarnas pengar.»

«Det var som fan. Det var hon som hjälpte Babsan med kontrakt med Babsans bror från Malmö. Sedan ljög hon och Babsan om det i lokalpressen och dom lurade tingsrätten om det också. Menar du att Isaksson gav henne en och en halv miljon, som tack för allt som hon har gjort?»

«Yes, jag har det svart på vitt. Men det är inte allt, det blir värre.»

Kenneth, nu liggande på golvet undrar.

«Jaha, handlar det också om mutor?»

«Det kan man lugnt säga och i dubbel bemärkelse. Den där Isaksson har tydligen inga skrupler alls. Han ger den nya kommundirektören en lönehöjning på över femtio tusen i månanden. Den nye kommundirektören heter Forselius. Det är Jensens och numera också Isakssons vän. Han kom in bakvägen tidigare på Barn- och utbildningsnämnden», svarar Andes Andes ilsket.

«Sa du lönehöjning med 50 000 i månaden?» flämtar Kenneth.

«Ja. Han hade 57 000 i månaden som chef på den nämnden och Isaksson har nu lyft upp honom och ger honom 110 000 kronor i månaden som dirre, fast han aldrig varit på så hög nivån. Egentligen är han ju helt grön.»

«Tur att man redan ligger ner. Nu förstår jag hur det kommer sig att vi blev blåsta. Givande och tagande av mutor pågår konstant och mönstret är så tajt att ingen läcker någonstans.»

«Nu säger jag det igen. Yes, jag har det svart på vitt men det är inte allt, det blir faktisk ännu värre», påvisar Andes Andes exalterat.

«Nä, lägg av. Jag vet inte om jag klarar mer. Dom stjäl ju miljoner av skattebetalarnas pengar.»

Kenneth stönar och stånkar. Han vrider sig på golvet från ryggläge till framstupa sidoläge eller i en position som mest liknar fosterställning. Sedan öppnar han sin mun och knölar han ur sig orden.

«Det kan väl för faan inte bli värre!»

«Isaksson har också gett sin nye direktör en extra skyddsfallskärm.»

«Vad innebär det då?»

«Isaksson ger Forselius 57 000 kronor i minst nio månader om dom tvingas sparka honom. Det står i dokumenten att cirka tio fackföreningar inte har godkänt anställningen. Isaksson och Forselius vet mycket väl att det dom gör är olagligt. Så Isaksson skapar en ny tjänst till Forselius som inte finns. En tjänst som han kallar *Kvalificerad utredare.*»

«Jag dör snart», kvider Kenneth förtvivlat från golvet. I tankarna inser han att Tobias och han själv sakta kommer förintas av den här gigantiska korruptionen. Han vet mycket väl att män och kvinnor som besitter modet att ta sådana hiskeliga belopp från folket aldrig kommer att erkänna sina fel. De har hittat fantastiska möjligheter att gynna sig själva. Stålarna flödar så fint när de tillsätts och även när de tvingas gå.

Andes Andes känner de destruktiva vibrationerna genom mobilen. Men han är fast besluten att inte låta några bedragare i maktposition komma undan med säckar av skattebetalarnas pengar utan fight.

«Ryck upp dig nu. Sedan ringer du Grönros, Paul och Tobias. Berätta för dom att vi har vrålheta dokument med grova mutbrott i kommunhuset. Vi måste bilda ett starkt team som aldrig viker ner sig för dom här bedragarna. Jag förstår att du och Tobias blir uppgivna nu, men vi gör som Muhammad Ali mot George Foreman. Biter ihop, hänger på repen och tar emot alla tunga kroppsslag och när läget öppnar sig går vi på knock out.»

«Du har rätt. Vi måste göra som Ali. Dansa som en fjäril, sticka som ett bi.»

«Härligt Kenneth, det är precis vad jag ville höra. Nu vet vi att dom låtsas vara förtroendevalda, men i själva verket driver dom en sidobusiness där dom delar dom på flera miljoner kronor. Och ingenting av det syns på i dagordningar eller i protokoll.»

«Fy faan vad bedrövligt. Vi som trodde att den här Isaksson var rekorderlig eftersom sossarna valde honom och sparkade Babsan. Men nu visar det sig att han är lika falsk och maktgalen som henne.»

«Det är lätt att kolla upp», tillstår Andes Andes och fortsätter driva på.

«Stan är liten och vi känner folk som i sin tur känner dom. Innan jag ringde dig kollade jag med en kvinnlig vän i Ösmo som berättade att den där Tommy Jensen går runt och skryter om att det är han som tagit hit den nya kommundirektören Forselius. Dom pluggade till lärare ihop på någon skola i Stockholm. Hon berättade för mig att Jensen själv tagit plats i kommunstyrelsen och att han figurerar i Barn- och utbildningsnämnden. Samtidigt jobbar han som tjänsteman i kommunhuset. Han har flera tveksamma affärer på sitt samvete.»

Andes Andes är nu ännu ilsknare och Kenneth svarar honom.

«Du hör ju själv. Det är ju rena straffsparken för Moderaterna att avsätta dom här svinen.»

«Glöm det Kenneth. Deras store ledare Henry är nöjd med läget. Han är insyltad i allt. Han är med på Isakssons olagliga anställningar och fallskärmar. Jag ser i mejlkonversationerna att dom skickar kopior till honom också. Han godkänner allt i det tysta och håvar själv in mer än femtio tusen kronor i månaden som oppositionsråd. Så glöm honom, han är en penningmaskin utan samvete. Det fattar man direkt när man ser alla dokument.»

«Och det andra oppositionsrådet Marre från Vänstern har också tystnat efter att hon fick en god lön och en varm stol i kommunstyrelsen, till den breda rumpan. Rösten berättade att Marre snart kommer få ett chefsjobb på socialförvaltningen. Då blir lönen ännu högre till henne», upplyser Kenneth.

«Du ser ju själv. Fräckheten har inga gränser längre. Vi måste ta ut fler handlingar ur diariet och sätta stopp för alla satans mutor. Vi lägger på nu så ringer du teamet och jag ska lyssna på radio P4 i lastbilen nu. Dom nämnde i vinjetten att det ska bli ett reportage om upphandling av rektorer i Nynäshamn.»

«Okej, vi hörs i morgon bitti», avslutar Kenneth.

Andes Andes skruvar snabbt upp ljudet på bilradion. Han lyssnar noga på reportaget som handlar om hur skolchefen i Nynäshamn rekryterat rektorer till skolor genom en slags upphandling. Han tycker allt i reportaget låter för bra för att vara sant.

Hm, han drar fingrarna i sitt korta hakskägg och funderar så det knakar. Upphandling och Nynäshamn, det är säkert något skumt med det här också. Bäst att skicka ett mejl till kommunstyrelseförvaltningen och be dem skicka alla underlag och avtal på allt som har med rektorer att göra.

Han tar fram sin Iphone igen och skriver sin begäran om handlingarna. Sedan googlar han på kommunens skolchef Anita Einarsson, som nyhetsradion intervjuade. Det visar sig att hon är skriven och medlem i Moderaterna i Tyresö. Han söker vidare på Google och gissa om Andes Andes vrålar högt i hytten när han hittar en artikel från lokala tidningen i Åkersberga.

«Nä, dra mig baklänges. Vad faan är det här?»

Han läser artikeln och det visar sig att Anita Einarsson, upphandlingschef, får sparken, men kommunen betalar ut 800 000 kronor till henne. Han pratar högt med sig själv.

«800 000 kronor i fickan efter att hon misskött lagen om offentlig upphandling. Klart som korvspad att en som är van att fiffla får ett chefsjobb i Nynäshamn.»

Han tittar på klockan och ser att rasten är slut och att det är dags att åka ut på Värmdö och lyfta av krabban som står på flaket.

Samtidigt har Kenneth kommit på fötter igen. Han har ringt teamvännerna Paul och Grönros och informerat dem om att nya kommunalrådet Isaksson, fullmäktiges ordförande Östling och den nya kommundirektören Forselius redan har börjat införa en mängd givande och tagande av mutor, på högsta våningen i kommunhuset.

Grönros var som vanligt lugn och lyssnade noga samtidigt som han antecknade namn och summor på pengar, som i hemlighet och utan lagenliga beslut rullar ut ur kommunhuset. Han tackade Kenneth för den viktiga informationen med tillägget att vi har alla ett stort ansvar. Även om det blir svårare och svårare ute i kommuner så måste demokratin försvaras varje dag.

Till sist bestämde de att Grönros bokar ett möte med Östling och oppositionsledaren Henry Bovenius. Taktiken är att Grönros visar upp sin allra trevligaste sida. Han älskar ju möten av den här karaktären. Hans mångåriga tjänst som förhandlare för Sveriges läkarkår har gjort honom till expert när det gäller tilltrasslade situationer.

Spänningen från Kenneths axlar lättar något efter samtalet med den erfarne hedersmannen Arvid Grönros. Han kommer att dansa som en fjäril och sticka som ett bi, tänker Kenneth och ler lite för sig själv.

Samtalet med Paul blir inte lugnt. När Paul får höra att den nya kommunledningen fortsätter i samma stil som Babsan och Engborg går han upp i limningen.

«Mitt huvud brinner. Hur faaan vågar dom och vad är det dom inte förstår?» utbrister han.

Nu står helt klart att den nye ledaren Isaksson kommer bli nyckelperson i tvisten med Tobias och Kenneth. Paul känner Isaksson lite grann i och med att de bor nära varandra, i det lilla samhället Ösmo. Därför känner sig Paul väldigt manad att möta Isaksson.

Tanken är att boka ett möte, så att Isaksson får träffa Tobias och Kenneth. Paul, som är en obotlig optimist, tror fortfarande att om sanningen kommer på Isakssons bord från Tobias och Kenneth så kommer Isaksson att betala kommunens skuld till Tobias och Kenneths företag.

Tobias svarade inte så Kenneth skickade ett sms att han ska ringa upp honom snarast. Efter två timmar ringer Tobias.

«Tjenare, hur är läget?» svarar Kenneth och samtidigt hör han att Tobias skrattar hejdlöst i andra änden.

«Ha ha ha. Jag tror tamejfan att jag är på väg att dö», hojtar Tobias.

«Samma här, idag hade jag en nära döden upplevelse. Jag fick ligga i fosterställning i tjugo minuter. Men det fanns inget att skratta åt i det läget. Upplevelsen var som ren tortyr och gäller pågående mutbrott», inflikar Kenneth och han kan inte låta bli att fnissa lite när han hör att Tobias kämpar för att samla ihop sig.

«Rösten ringde mig för en stund sen och vilken jäkla grej hon berättade om Östling och kommunens skolchef.»

«Okej, vad handlade det om då?» undrar Kenneth nyfiket och känner något av ett sammanträffande genom sitt tidigare samtal med Andes Andes angående den här skumgubben Östling.

«Den där Östling är en riktig ful gubbe. Han kan inte hålla fingrarna i styr.»

«Näe, menar du att han smörar med skolchefen?»

«Det är värre än så. Han går all in med henne.»

«Det var som fan. Han är ju gift, gubbjäveln!» suckar Kenneth frustrerat.

«Jag tror han är körd snart. Skolchefen är tydligen kring fyrtio bast och Östling är ju för bövelen sjuttio, typ.»

«Hur vet Rösten om det här då?» undrar Kenneth.

«Det är allmänt känt nu. De blev ertappade i en av hennes lokaler. Rösten berättade att skolchefen har ansvar för kontor och studielokaler i gamla sjukhuset. Östling hänger visst med henne där. Han dribblar också med möten i skolchefens lokaler med några företag som kommunen gillar. Tydligen kärade han ner sig i henne och hon är visst duktig på att klia rätt karl på ryggen.»

«Ett sånt jävla svin! Och honom litade vi på. När jag stod på hans trappa sa han att de som fifflar ska få sina straff!»

Det blir tyst i lurarna en lång stund. Sedan tar Kenneth taktpinnen och rapporterar allt om de givna mutorna och Östlings brev till nya kommunchefen Forselius, oppositionsledaren Henry Bovenius och kommunalrådet Paul Isaksson. Allt hade Andes Andes fått fram tack vare att han överklagade kommunens sekretessbeslut hos Kammarrätten i Stockholm. Han hör hur luften går ur Tobias.

Rond 6 I huvudet på en korrupt

Det händer att en människa mördar en annan människa. Oftast är det då uppenbart vem som begått det hemska brottet. Men det finns mord där mördaren är både smart, iskall och dessutom planerat noga för att komma undan. Det är då kriminalarna tar till omvänd psykologi för att lösa brottet.

Det otäcka är väl det som *triggar* en människa att begå ett så grovt brott. Det är en mycket viktig detalj för kriminalpolisen och åklagaren att lista ut. Det viktigaste i alla välplanerade brott är att finna *motivet*. Finner man *motivet* till mordet finner man oftast mördaren.

Men det finns en kategori av mycket grova brott som väldigt sällan granskas och klaras upp trots att *motivet* är givet och alla vet om *motivet* eftersom det bara finns två. Det ena *motivet* är att erövra makt och det andra *motivet* är att roffa åt sig av andras pengar. Ofta är det lättförtjänta pengar, korrupta pengar. Korrupta pengar är pengar som inte syns utåt.

Klockan närmar sig tio på kvällen. Paul och Andes Andes sitter på olika håll men funderar på samma sak, nämligen vad som egentligen pågår i kommunhuset i Nynäshamn. Paul sitter hemma i köket i Ösmo funderar och Andes Andes halvligger i TV-soffan hemma i västerort. Flera tankar vandrar runt i deras huvuden, den senaste tanken är att det är dags att släcka lamporna och gå och knyta sig.

Kenneth hade på Grönros inrådan sms:at en viktig debattartikel skriven av Miss Fearless. Grönros vill att hela teamet, med Paul och Andes Andes i fronten, ska läsa och utbilda sig om de mutbrott som Inga-Britt Ahlenius skriver artiklar om. I flera kretsar är Inga-Britt Ahlenius världsberömd och hon är känd som helt orädd. Det var hon som satte stopp för den stora korruptionen i självaste FN.

Beundrad av experter i stora delar i världen fick hon sitt smeknamn Miss Fearless, just för att hon är orädd. Med sin fantastiska skicklighet avslöjade hon mutor och hon såg till att korrupta toppledare åkte ut ur FN-skrapan med dunder och brak.

Miss Fearless förklarar i artikeln att korruption inte är ovanligt i svenska kommuner. Hon påvisar även på sitt eminenta och stenhårda sätt att korruption i stat och kommun är ingenting annat än stöld av skattebetalarnas pengar.

Budskapet Grönros vill förmedla till teamet är att många vänner och bekanta inte riktigt tar ordet korruption på fullaste allvar. Korruption är ett vidrigt brott. Enligt Grönros är det faktiskt ett av mänsklighetens värsta brott då det krossar allt i omgivningen och konsekvenserna blir att det uppstår kedjor av andra grova brott. Mord och grova stölder ökar oftast och korruption leder givetvis till att viktiga saker i samhället blir eftersatta.

Men det värsta för samhället är när fel personer i maktposition lyckas med att ge några vänner fördelar och sedan komma undan med det. På något sätt *triggas* de av den egna framgången och de får ett kvitto på att det med lätthet går att stärka sitt falska imperium.

I Västerort drar Andes Andes täcket upp till hakan och med en puss på kinden till tjejen sin, säger han god natt och sov gott älskling. Samtidigt tänker han på Grönros ord om hur de ska kunna stoppa de fruktansvärda mutbrotten som fortfarande eskalerar och som pågått så länge i Nynäshamns kommun.

Det var jäkligt intressant att läsa om den svenska järnladyn Inga-Britt Ahlenius och hennes egna artiklar, tänker Paul när han spottat ut tandkrämen och drar sig mot sovrummet där hans fina Kiara troget väntar på att han ska komma och lägga sig. Frugan jobbar natt men familjens kloka labrador Kiara ser till att barnen och Paul inte är uppe för sent.

Paul ger Kiara en stor blöt godnatt puss på nosen och säger till henne att han nu inser att kommunledningen medvetet eller omedvetet begår mängder av grova brott. Han förklarar för Kiara hur enkelt det varit för kommunledningen att bygga upp en hårdnackad sekt där man ger varandra olika typer av tjänster och förmåner. Kiara tittar som alltid instämmande med snälla ögon när husse pratar med henne. Sedan hoppar hon upp i sängen och rullar ihop sig bredvid honom. Kiara somnar alltid först.

Andes Andes och Paul förstår Grönros taktik som går ut på att de i det egna teamet måste förstå att det som Kenneth och Tobias blivit offer för, är en bastant grupp kriminella människor. Det handlar om människor i fina kläder som serverar varandra tjänster och gynnar vänner och vänners vänner med kontrakt i miljonklassen.

Låtsaspolitiken framställs och samtidigt tömmer kommunledningen utan samvete en kappsäck full med pengar. Kappsäcken med pengar fylls månadsvis på med skattepengar från alla hårt arbetande invånare som varje dag kämpar på sina arbeten.

Invånarna skickar en tjugolapp av varje intjänad hundring rakt i kommunens kappsäck som sedan kontrolleras till hundra procent av kommunledningen. I Nynäshamns kommun lägger invånarna in 1,2 miljarder kronor per år i kappsäcken, så den är ofta full med eftertraktade pengar.

Kenneth och Tobias har snubblat över mutor, som leder rakt in i sektens kärna med chefer och förtroendevalda. Det betyder att kommunledningen kommer att göra allt i sin makt för att mörka och tysta ned varenda en av de givande och tagande av mutor som varit.

Den kloke och erfarne gentlemannen Grönros har noggrant granskat allt materiel teamet lyckats få ut ur kommunhuset. Han vill nu att teamet inser att det här kommer att bli den tuffaste utmaning de någonsin försökt sig på. Bevismaterialet bekräftar mängder av helt vansinniga mutbrott. Tyvärr är det också solklart att kommunledningen saknar empati för enskilda invånare och riksdagens regelverk.

Grönros är mycket beläst, han är rutinerad och han har varit med om kriminella ting förr. Det är tålamod som gäller nu. Korruption handlar alltid om makt, pengar, pengar, pengar och ännu mer pengar. Han vet att de inblandade är ofta mästare på att slinka undan och ingen i innersta kretsen erkänner. De erkänner inte ens när de avslöjas med fingrarna i syltburken. De korrupta använder alltid sitt väl beprövade stridsmedel, tystnad, så långt det går. Tystnaden gör att maskineriet hela tiden rullar vidare.

Ett av de största problemen när det gäller mutbrott och stöld av skattemedel är att åklagare näst intill aldrig ingriper. Till stor del beror det på att det är politiker som är målsägande och de anmäler ju inte andra politiker. Det krävs mod att anmäla kollegor, så resultatet blir att man låter tystnadskulturen fortsätta regera.

Åklagarna utreder bara då anmälan påvisar att det finns anmodan till att brott begåtts och att det finns någon tydlig skada på grund av brottet. Grönros har redan besökt polisstationen i Nynäshamn för att polisen ska informera åklagare att han anmäler det fruktansvärda brottet mened. Han har begärt att bli förhörd av polis där han styrker att kommunledningen ljög under sanningsförsäkran i tingsrätten.

Syftet med lögnerna var givna. Det handlade om att sänka Kenneth och Tobias företag som hade upptäckt flera fall av värsta sortens mutbrott i kommunledningen.

Eftersom varken polis eller åklagare återkopplade till honom insåg den kloke Grönros att den här saken är extremt känslig. Mened är nämligen ett av de allvarligaste brotten som finns. Därför är både polis och åklagare ålagda att prioritera anmälningar om det, men de sker alltså inte.

Grönros lägger därför till en smart plan till sina vänner som han tror kommer att ställa allt till rätta. Han vill också förmedla till teamet att korruption är ett utslitet ord som inte längre hjälper medborgare någonting. Ordet korruption är numera ungefär lika vanligt och givet som att tomten kommer på julafton.

Allt handlar om *givande och tagande av mutor,* tänker Andes Andes och bestämmer sig för att aldrig släppa taget om detta djävulska som invånarna i Nynäshamn ovetande hamnat i. Han somnar med tankarna att aldrig ge sig förrän de som stjäl invånarnas pengar är avsatta.

Samtidigt, i Ösmo, hör Paul att Kiara slumrat in och hon börjar dra timmerstockar. Paul tycker sig också höra och framför allt, han förstår Grönros genomtänkta budskap. Vi måste förstå att detta handlar om *givande och tagande av mutor.*

Ibland handlar det om mindre tjänster och mindre summor skattepengar som rullar under bordet. Ibland flödar det stora summor pengar ända upp på direktörsnivå. Det är fan också, tänker han. Korruptionen har ju växt fast som pesten i väggarna i kommunhuset. Men en sak är säker, det får bära eller brista, men han är fast besluten att sätta stopp på det laglösa maskineriet.

«Det är 2017 nu. Det betyder att vi kommer regera hela kommunen tillsammans i nästan två år till. Valet är i september 2018 och då måste vi tamejfan hålla ihop i alla frågor «, påvisar Isaksson skarpt och den förhållandevis unge Alhagen nickar instämmande fast han egentligen inte håller med.

Det är onsdag och Isaksson och Alhagen är lite tidiga till kommunstyrelsens arbetsutskottsmöte. De diskuterar några saker som länge stört dem själva och deras partier. Snart kommer den tredje och sista politikern i arbetsutskottet att ansluta. Det är moderatledaren Henry Bovenius.

När Henry är i rummet vill Isaksson och Alhagen inte prata högt om allt. Även om Henry i princip alltid hjälper sossar och liberaler att tysta ner alla oegentligheter som ploppat upp senaste åren. De är medvetna om att Henry gillade Babsan och hennes sätt att styra kommunen. Alla som känner Henry, vet att han är länge varit tillfreds med att vara oppositionsråd. Det innebär feta arvoden, Henrys politikerlön från kommunen är cirka 700 000 kronor per år.

Det är känt att han nästan aldrig är på oppositionens kontor i kommunhuset. Han har ju ett par egna fastighetsbolag att sköta och han är också politiker i Region Stockholm. Det är nog ingen som vet hur mycket pengar Henry tjänar på sina fastighetsbolag. Men alla känner till att han köpte fastigheterna av kommunen.

Fastigheterna består av en stor gård med säteri vid Nynäshamns golfbana och den andra fastigheten ligger i centrala Nynäshamn. Den fastigheten har en mängd lägenheter och butikslokaler som Henry hyr ut.

Både Isaksson och Alhagen känner på sig att Henry kommer få skarpa order från Moderaterna i Stockholm att vinna valet 2018. Det blir nämligen en viktig skalp för det blå partiet att skylta med. Socialdemokraterna har styrt Nynäshamns kommun i över hundra år, men senaste valet minskade man kraftigt på grund av att invånarna upptäckte att deras förre partiledare Babsan var involverad i korruption.

Sedan 2010 har sossarna tvingats samverka med Liberalerna för att behålla makten. Det har ju passat den oerfarne läraren Alhagen som handsken. I flera år har han fått vara heltidspolitiker för sitt lilla parti, som vice ordförande bredvid självaste Babsan. Han fick till och med titeln kommunalråd, precis som henne.

Som ny lärare tjänade Alhagen närmare 30 000 kronor i månaden men som heltidspolitiker i kommunhuset kvitterar han nu ut runt 60 000 kronor i månanden. Bara Babsan och kommundirektören tjänar mer. Inte illa pinkat av en trähäst som har till uppgift att bara skritta med.

Han trivdes i rollen som kommunalråd och han gillade klädkoden. Dock mår han bara skit nu. Babsan fick på grund av girighet avgå och nu ska han kampera ihop med Isaksson som vill att Alhagen gör exakt som Isaksson vill. Det är så tydligt att sossarna vill styra själv med sin skarpa partipiska även om det finns ett samarbetsavtal mellan partierna.

Alhagen är trött och utbränd på allt det här med musikafärn, det bästa är att kommunen drar tillbaka det tunga artilleriet och betalar företagets skador. Men Isaksson är inne på att hämnas och att krossa Kenneth och Tobias. Redan på det här första mötet med Isaksson märker Alhagen att Isakssons idol verkar vara general Custer. Alhagen tänker tillbaka i tiden när han studerade till lärare.

Han minns general George Armstrong Custer som den galne ledaren som stupade i det legendariska slaget vid Little Big Horn. Motståndarna var en koalition indiankrigare som leddes av hövdingarna Sitting Bull och Crazy Horse. Custer och samtliga hans drygt tvåhundra soldater dödades, däribland Custers egna bröder.

George Armstrong Custer gick i graven på grund av att han i övermod gick till attack utan att vänta in arméns förstärkningstrupper. Redan innan slaget vid Little Big Horn var Custer inkallad till krigsrätt eftersom han i egenintresse lämnat sitt fort i strid mot amerikanska arméns regelverk.

Allt pekar på att Isaksson kommer gå fram precis som Babsan och General Custer. Alhagen vet att han kommer bli tvungen att vara en god lagspelare fram till valet 2018. Säkerligen blir det ännu jävligare, därför att under samma tid kommer Henry att försöka locka över Liberalerna till sin högerallians. Fy tusan tänker Alhagen, det blir som att välja mellan pest och kolera.

Dörren öppnas och moderatledaren Henry Bovenius stegar långsamt in i mötesrummet på våning sju i kommunhuset. Idag är han iklädd blå jeans och som så ofta en mörkblå kavaj och en ljus skjorta under kavajen. Hans byxor sitter aldrig snyggt eftersom hans lite lönnfeta mage gör att byxorna hamnar antingen för högt eller för lågt och det ser helt enkelt chabbigt ut.

Håret som är tunt och i oordning ligger snett över huvudet. Henry har hög panna och han besitter en originell rosa kindfärg som till och från rinner ner och lyser upp hans hals och ibland stiger den och han blir lätt rosa högt upp på pannan också.

Isaksson och Alhagen säger god morgon till honom och de lägger märke till att Henry för dagen ser ut att vara lugn och samlad, det är ett gott tecken.

Isaksson tar upp mobilen och skickar ett sms till kommundirektören Forselius att han också kan komma en våning upp så att herrskapet hinner prata sidobusiness innan kommunstyrelsens arbetsutskotts ordinarie möte börjar.

Det är ganska fantastisk att kommunen styrs av tre heltidsanställda politiker och kommundirektören är med för att genomföra det som de här toppolitikerna bestämmer. Ansvaret för de tre politikerna motsvarar ett företag som omsätter 1,5 miljarder kronor. 1,2 miljarder kommer direkt från invånarnas plånböcker och ungefär 300 miljoner kronor överförs årligen från det kommunala bostadsbolaget.

Skattebetalarna skjuter in och är de facto ägare till varje krona och varje fastighet i bokföringen. Sedan ska politikerna fördela beslut och medel lagenligt och demokratiskt. Politikerna har ganska stor frihet hur de driver kommunens verksamheter, men de får aldrig bryta mot grundlagar som regeringsformen, kommunallagen och lagen om offentlig upphandling.

Tillsammans bildar lagarna ett enkelt system till förtroendevalda politiker och höga tjänstemän att förvalta skattepengar till alla invånares bästa och samhällsnyttan.

Lagarna är enkla att följa eftersom de i grund bygger på opartiskhet och allas lika rätt. Vilket betyder att man som representant för kommuner och offentligt anställd aldrig får diskriminera medborgare eller ge någon medborgare fördelar.

Nynäshamns kommun är en relativt liten kommun med 27 000 invånare, men ändå har kommunen 2 000 anställda och allt styrs från det här rummet på våning sju i kommunhuset. Det finns också elva politiker kommunstyrelsen och fyrtioen politiker i kommunens fullmäktige.

Några politiker sitter på dubbla stolar, så det är inte femtiotvå politiker som har inflytande. Poängen är att demokratin är väldigt svag, i slutändan styrs skeppet bara av de tre i kommunstyrelsens arbetsutskott. Resten av politikerna gör i princip ingenting annat än instämmer med de här tre musketörerna.

Kommunernas högst beslutande organ är fullmäktige och där träffas man endast tio gånger per år. Enligt grundlagarna är det bara fullmäktige som kan besluta om invånare och ärenden av speciell beskaffenhet.

Mängder av granskningar pekar på att de viktigaste ärendena inte ens kommer till fullmäktige. Besluten tas i stället av de tre musketörerna i kommunstyrelsens arbetsutskott. Tyvärr är det mesta i fullmäktige ingenting annat en ett spel för galleriet.

Många förtroendevalda politiker gillar att systemet är som det är. Arvoden från möten kommer regelbundet och det är ju bra om dagordningen innehåller så lite som möjligt.

Dörren till möteslokalen öppnas igen och Forselius stegar in. Han ler mot Henry när han ser att denne har tagit plats bredvid Alhagen. Forselius sätter sig till vänster, vid sidan av Isaksson. Mötesrummet är ganska stort, så bredvid i det här fallet betyder ändå nästan två meter ifrån Isaksson som givetvis belamrat sig i den magnifika ordförandestolen, på gaveln av det jättestora mötesbordet. Alhagen och Henry har placerat sig till höger om ordförande Isaksson.

Det är nu en ganska bister stämning i mötesrummet. Alla utom Henry tittar allvarligt på varandra. Henry är givetvis också medveten om kommunledningens problematik, men han har lugnt tagit fram sin mobil och han läser lite ur några trådar på Facebook.

De fyra herrarna vet mycket väl att det som de ska avhandla inom närmsta timmen inte får nå allmänheten. Skulle något läcka ut riskerar de och högsta cheferna att få skaka fängelsegaller i minst två år. Straffet för *grovt givande och tagande av mutor* och *tjänstefel* är minst två års fängelse. Även om de skulle klara sig från de djupa fängelsehålorna skulle ändå tidernas största politiska fiasko vara ett faktum.

Isaksson inleder med att be herrarna hålla hög moral och högt i tak med anledning av rådande omständigheter i kommunledningen. Samtidigt som han vänder blicken mot Henry påpekar han att de är lika mycket indragna allihop. Henry njuter av spänning och han gillar skumma affärer, så han nickar lugnt och instämmande till Isaksson.

Henry är lugn i sin taktik, när frågor kommer svarar han alltid och poängterar för invånare att han bara är oppositionsråd och i opposition kan man inte göra mycket mot sossar, liberaler och miljöpartister som har majoritet.

Verkligheten och sanningen är givetvis tvärt om. Det är oppositionen som kan och ska påvisa majoritetens brister, tjänstefel och när kommunledningen bryter mot lagar och så vidare. Uppstår korruption och mutor så är det en självklarhet att det är oppositionen som ska krossa brotten och anmäla kommunledningen. Utan granskande oppositionsarbete kan råttor alltid dansa bland delikatesser på köksbordet.

Forselius ber att få inleda med lite övergripande viktig information om att många chefer på kommunstyrelseförvaltningen sagt upp sig med omedelbar verkan. De har ordnat anställningar i andra kommuner. Han nämner bland annat att det rör sig om ekonomichefen som går över till grannkommunen Botkyrka. Han berättar att näringslivschefen, planeringschefen, IT-chefen, personalchefen, kommunikationschefen, fastighetschefen och till och med kommunjuristen tänker sticka från kommunen.

Henry som saknar empati flinar lite skadeglatt och tänker för sig själv att nu lämnar några av råttorna skeppet. Han ser att Isaksson lider men att han inte tänker lipa eller klaga över förlusten av att cheferna lämnar kommunledningen.

Isaksson tittar skarpt tillbaka mot Henry och frågar rakt ut om han har något emot att Forselius ordnar ny bemanning som Forselius och Isaksson själva väljer ut. Han inflikar också att de listat ut ett sätt att kringgå lag och fullmäktiges regler angående chefsrekrytering.

«Gör som ni själva behagar», svarar Henry med belåtenhet och påpekar att det är precis så han själv vill göra om han vinner valet nästa år.

Isaksson tackar för det. Församlingen vet att det tidigare fanns en välsignelse mellan Babsan och Henry. Nu är det även klart att Henry och Isaksson är blodsbröder när det gäller hemliga kontrakt och att tillsätta vänner och bekanta på strategiska positioner i kommunhuset.

Alhagen sitter som vanligt helt tyst och bara lyssnar. Han tänker, vad i hela friden är det som triggar de här gubbarna att ta så stora risker. Det skulle vara intressant att öppna deras huvuden och titta där inuti för att förstå hur de tänker. Det är givet att det handlar om makt och att de vill tjäna väldigt stora summor pengar. Men det intressanta är ju att veta hur det ser ut inuti huvudet på de personer som med berått mod stjäl andras pengar.

Det är från idag och de närmaste månaderna som Isaksson måste bevisa att han klarar den högsta maktpositionen. Han vill rista in sitt namn snyggt och prydligt i huset. Han vill göra sitt övertagande ståtligt och snyggt så att de här heltidspolitikerna följer hans väg och inte vänder honom ryggen. Nu är det dags att lägga några klassiska mutor på bordet.

I kommunhuset skämtas det ibland om en chef som vid flera tillfällen somnar under pågående möten. På det här mötet kommer Forselius inte att somna. Så här klarvaken som han är nu har han aldrig tidigare varit.

Forselius förstår att det nu är solklart att han kommer att öka sin lön från 57 000 till 110 000 kronor i månaden. Nu har han svart på vitt att Henry stödjer förslaget och att Isaksson och han själv undertecknar tjänsten utan att någonting redovisas i kommunstyrelsen eller i fullmäktige. Herrskapet vet att hans kontrakt och den extra fallskärmen är olagligt så det skriker om det. Forselius vet också att hans uppgift är att vara kommunalråden till lags varje dag i tre år. Sedan entledigas han av självaste Pensionsmyndigheten.

Henry är så nyfiken på de andra hemliga kontrakten, som sossarna undertecknat, att han knappt kan sitta still. Alhagen inser att han inte kan sitta och tänka på hederlighet längre. Nu är det andra gången han hamnar i skarpt läge och har två val.

1. Lämna rummet, bli lojal mot invånarna och anmäla *givande och tagande av mutor.*

2. Sitta kvar i rummet och tjäna fantastiska pengar.

Förra skarpa läget var för några år sedan, när Alhagen lovade den där musikaffärn att han var mannen som skulle stoppa bluffbolaget och mutbrotten som musikaffärn serverade honom. Då som nu vek han ner sig för det onda. För honom har makt och pengar har blivit ett beroende.

Han känner sig förgiftad av ondskan. Till och med lite äcklad av sitt eget huvuds innandöme, som från och med nu kan likställas med Henrys och Babsans empatilösa insidor. Men egentligen gör det ju ingenting, så länge pengarna fortsätter flyta in som de gör nu, blir livet mer och mer njutningsfullt.

«Mina herrar, det som inte får komma till någons kännedom är att vi har använt några miljoner kronor till chefer och personal som vi måste bli kvitt», säger Isaksson.

«Ja, det har vi alla förstått. Det kommer så klart inte redovisas i bokföring, budget eller till fullmäktige förstår jag», inflikar Henry och ser fortsatt belåten ut.

«Det stämmer. Forselius ser till att lönekontoret och ekonomichefen betalar ut pengarna och att dom också håller truten. Det här kommer att gå bra. Folk blir alltid lojala när dom blir befordrade och får rejäla löneökningar», poängterar Isaksson.

«Vi har en bra plan och jag kommer personligen se till att ingen personal antecknar vad som sägs i specifika ärenden i sina datorer. De får bara anteckna stödord på vanliga post it lappar. På det viset kommer ingenting läcka ut ur huset», påpekar Forselius.

«Det låter som en tuff plan, men den är bra om alla följer den», ler Henry och tänker tillbaka på tiden när han som ung och tuff, agerade indrivare i Sundbyberg.

Länge har Alhagen suttit tyst och bara lyssnat. Det är dags för honom att ge sin syn på saken. För honom blir framtiden känslig, vilket betyder att texter och innehåll i offentliga dokument måste krympas ordentligt.

«Det är väldigt bra om vi på bred front kan minska ner informationen från nämndernas och kommunstyrelsens dagordning och protokoll också. Allmänheten förstår oftast inte hur vi måste arbeta, därför är det bra att vi skär ner så mycket som möjligt på underlag och text i våra beslut.»

«Det har du rätt i. Fler invånare har börjat begära ut protokoll och även läsa dem på kommunens hemsida», instämmer Isaksson och tillägger att så kommer de göra.

«Eftersom jag tillträtt som kommundirektör så tar jag den saken med kommunstyrelsens och nämndernas sekreterare. Dessutom har jag redan givit nya order i huset att inga dokument eller svar till invånare lämnar kommunhuset, innan jag läst frågorna och bestämt hur vi ska svara. Jag kommer att lägga sekretess på så mycket som möjligt. Särskilt på alla frågor om kommunens upphandlingar», informerar Forselius. Samtidigt sträcker han på ryggen så att det ska synas att han menar allvar med att han kommer utestänga invånarna från så mycket offentliga handlingar som möjligt.

«Det blir bra, hoppas att invånarna inte vet att de kan skriva till Kammarrätten för att få ut våra dokument. Då åker vi på att lämna ut allt ändå», påpekar Henry.

«Vi har tänkt på det också. Vi kommer då svara Kammarrätten att vi inte sparat dokumenten. Så det känsligaste handlingarna kommer vi antagligen aldrig behöva lämna ut», tillägger Forselius lite kaxigt.

«Smart», inflikar Alhagen och smilar belåtet, eftersom han mår bra när allmänheten ingenting vet.

Henry sticker ut hakan och byter ämne.

«Ni säger att kommunjuristen slutar, hur gör vi med det, har vi någon påläggskalv?»

«Sedan den där musikaffärn upptäckte hur kommunen upphandlar, har tre duktiga kommunjurister lämnat kommunen», påvisar Isaksson och fortsätter.

«Men nu har vi en långsiktig lösning. Våra unga tjejer Yvette och Sandra som kommunen använt som utredare har läst på distans på juristlinjen. Vi anställer dom som kommunjurister och som kanslichef lyfter vi upp en annan rookie vid namn Conny Wahlgren.»

«Det blir ju bra. Dom är ju trevliga ungdomar allihop och kommer göra precis som de blir tillsagda», poängterar Henry med lite överlägsenhet i tonen. Forselius tar ordet.

«Ja, vi kommer att fortsätta kringgå regelverken så att vi kan anställa de vi vill. Precis som med min tjänst som kommundirektör. Vi är noga med att skriva in att tjänsterna är tillfälliga. Efter några månader skriver vi in att dom är fast anställda. Om vi har ögonen på oss, ber vi personen vi tänker anställa skriva in sig hos ett rekryteringsbolag som vi har avtal med, så tar vi in personen den vägen. På så sätt blir det lätt att gå runt regelverken när vi vill anställa chefer», säger Forselius med ett smile och lite ökad kaxighet.

«Jättesmart, och allmänheten kommer inte att märka någonting», inflikar Alhagen som är nöjd och belåten med anställningstekniken.

«Nog om anställningar. Vi kommer att fortsätta styra kommunledningen, men nu ska vi vara smartare än våra föregångare», påpekar Isaksson.

«Okej, jag har ingenting emot det. Hur var det med fallskärmarna och de hemliga avtalen?» undrar Henry exalterat och är nyfiken på avskedade pampars mutor.

«Det är superviktigt att det här stannar i rummet, ingenting av detta får komma till allmänheten. Det vill jag ha ert ord på», kräver Isaksson.

«Ja», svarar Alhagen.

«Jepp», svarar Forselius.

«Självklart har du mitt ord också», svarar Henry.

Herrarna i kommunstyrelsens arbetsutskott är överens. Information om pengar som kommunledningen helt enkelt stulit från skattebetalarna får aldrig läcka ut. Det är till och med viktigt att de hemliga fallskärmarna och dessa stora utbetalningar inte heller visas för kommunstyrelsen eller fullmäktige.

Det kan finnas politiker i andra partier som får för sig att kommunen ska följa lagarna och anmäla bedrägerierna. Stöld av skattebetalarnas pengar i miljonklassen kommer åklagare att betrakta som grovt, vilket betyder att påföljden för bedragarna ger minst två år i fängelse.

Den redan spända tonen i mötesrummet eskalerar nu till en grad som kan likställas med att kommunhusets väggklockor och luftkonditioneringen vänder om och går baklänges. Alla atmosfäriska kroppars rörelser som i form av atomer och molekyler sugs ut ur rummet. Kvar är endast de tre politikerna, den nye kommundirektören och vakuum.

Isaksson tittar på de övriga för att se deras reaktion på vad han nu kommer att säga.

«Saken är den att när jag sparkade vår förra direktör Engborg, ordnade jag så att hon får 1,5 miljoner kronor i fickan och hon fick skriva sitt eget betyg».

Det är så tyst i rummet nu att de kan höra varandras puls. Även Henry som är van vid väldigt skumma affärer känner av vakuumet och han har svårt att få ner luft i lungsystemet.

«Jag sparkade också Babsans jurist på HR avdelningen Bo-Axel Bratt. Han fick 500 000 kronor», fortsätter Isaksson och tittar mot Alhagen för att få medhåll.

«Det var det väl värt. Alla i huset var ju rädda för honom», pustar Alhagen tagen av beloppen.

De börjar vänja sig vid den tryckta stämningen men spänningen lättar nu något. Forselius tillägger att han snart kommer att betala ut 800 000 kronor till socialchefen som också klantat sig med flertalet olagliga upphandlingar inom hemtjänst och personlig assistans.

«Angående ny chef på socialen så gör vi som med Forselius, vi lyfter upp en underchef som vi vet kommer vara lojal», förklarar Isaksson.

«Vi börjar förstå. Rensa och betala för njutningsfull tystnad», väser Henry som njuter av spänningen och nu har antagit sin lätt rosa nyans i ansiktet igen.

«Då vet vi att tjänstemännen får generösa avgångsvederlag och ingenting redovisas för fullmäktige eller allmänheten. Men hur blir det för Babsan? Hon var jättearg för att hon inte når tolv års tjänstgöring och missar högsta pensionsersättning för politiker», undrar Alhagen.

Frågan om Babsans hemliga ersättning slog ner som en blixt i rummet. Fönstren skallrade och det tunga mötesbordet hoppade till som från en skakning som nått upp till nivån 4,5 på Richterskalan.

«Ni kan vara lugna, Babsan är nog jäkligt nöjd och tillfredsställd nu. Som tack för att hon anställde Engborg år 2011 som kommundirektör, så har Engborg förfalskat ett intyg till Babsan och skickat in till kommunernas pensionsbolag KPA. Hon har intygat att Babsan varit heltidspolitiker 12 år», förklarar Isaksson.

«Oj oj, det var s..s..so..so..som f..f..f..fasen», Henry pausar och sväljer, han stammar.

«Hu..hu..hur länge var Babsan a..av..avlönad politiker då?» undrar Henry.

De andra tittar blygsamt ner i golvet, för att hjälpa Henry komma till skott. De vet att Henry plötsligt kan börja stamma när han blir nervös. De vet också att Henry hjälpt Babsan att hålla stånd när det avslöjades att Babsan ordnat de hemliga kontrakten till sin bror i Malmö.

Kommunledningen har stor respekt för Henry eftersom han med sin förbluffande smidiga teknik hjälpt deras kollegor undkomma de gigantiska mutorna med bluffbolaget, samtidigt som de tillsammans lyckades förinta Kenneth och Tobias som en solig dag upptäckte bedrägerierna.

Isaksson samlar sig och försöker flytta sina andetag från bröstkorgen ner till magen så att inte han också börjar stamma, sedan pressar han fram orden.

«I verkligheten var hon politiker i 9 år och några månader, vilket är för kort tid för högsta ersättningsgraden.»

«Jisses, så nu får hon massor av pengar utbetalt av KPA. Redan nu alltså, och i många år framöver», viskar Alhagen.

«Japp, så är det. Ni kan läsa det falska intyget här», informerar Isaksson och lämnar intyget till Alhagen. Sedan läser de var och en under tystnad.

Ärende

Babsan Ljunglöf avslutar sitt uppdrag som kommunstyrelseordförande 2016-10-31 och är berättigad till förmåner enligt PBF med övergångsbestämmelser. Babsan Ljunglöf hade uppdrag på betydande del av heltid under perioden 2001-01-01 till 2003-07-31 vilket enligt Övergångsbestämmelserna innebär att det inte finns någon nedre åldersgräns för visstidspension. Sammanlagd uppdragstid överstiger tolv år vilket krävs för fulla förmåner. Beräkning av visstidspension görs av KPA på uppdrag av kommunen.

Beslut

Kommunchefen beslutar enlig delegation att bevilja visstidspension för Babsan Ljunglöf i enlighet med ansökan.

Britta Engborg, Kommunchef.

Moralhaveristerna på våning sju i kommunhuset lägger märke till att intyget har förts in i kommunens arkiv genom bakdörren. Intyget är vad man kallar topphemligt.

Målet är att stora summor pengar varje månad i över 20 år förs in på Babsans lönekonto. Framför allt är meningen att ingen levande människa ska upptäcka jäv, tjänstefel så att de själva också smidigt undkommer bedrägerierna.

En mängd hemliga avgångsvederlag i miljonklassen försvinner, som radioaktivt avfall från kärnkraftverk ner i den mörka berggrunden, dvs in i kommunens arkiv. Stölderna av skattebetalarnas pengar är nu fulländat och framför allt obemärkt. Punkt slut.

Rond 7 Människan före systemet

Snabbare än blixten trycker han till med pekfingret på den röda punkten med en telefonlur på. Sedan tar han mobilen mot vänster öra och säger hallå bara för att säkerställa att Isaksson inte är kvar i andra änden.

«Äntligen, nu kommer allt ordna sig», jublar Paul samtidigt som han kränger på sig vinterjackan. Han nästan sliter åt sig dataväskan som ligger på stolen bredvid och ber sin gamle vän Andreas Erlandsson om ursäkt men att han måste ila.

«Härligt, hälsa grabbarna. Sedan tar vi en lunch allihop efter mötet med Isaksson», inflikar Andreas.

Paul rusar ut från lunchrestaurangen och mot bilen. Snabbt i med nyckeln och precis som det står i instruktionsböckerna, vrider han nyckeln åt höger och motorn går i gång. Ett snabbt vrid på huvudet bakåt, *check* ingen bil inom synhåll. Backväxeln är redan i. Upp med kopplingen, lagom tryck med högerfoten, halvvarvet vrid på ratten och bilen svänger i en snygg båge ut på vägen.

På mindre än fyra sekunder har Paul backat ut bilen på vägen och nu är det dags att lägga i ettans växel. Gaspedalen trycks ner i takt med att bilen accelererar, varvräknaren går väldigt snabbt upp till fyra tusen varv. Däcken har bra fäste, det är inte speciellt halt idag. Han hoppar över tvåan och lägger snyggt i trean och strax därefter smeker han in fyrans växel. Motorns varvtal är nu under tvåtusen.

He he, hållbar ekonomikörning med maximal tillåten fart, tänker Paul som myser och ler bakom ratten hela vägen till Kenneths bostad, ett par kilometer bort. Där ska han berätta att det tog några veckor och en hel del tjatande. Men nu har han lyckats rigga ett möte med kommunens nya kommunalråd Isaksson åt Kenneth och Tobias.

Andreas Erlandsson ser Paul lämna restaurangen fullpumpad med optimism. Andreas har rest ner från Värmdö till Nynäshamn för att ge Paul goda råd nu när det är känt att kommunen valt att inte betala musikaffärns faktura. En längre tid har Paul grubblat fram och tillbaka. Det var ju kommunalrådet Alhagen som bjöd in till förlikning. Det var Alhagen själv som mottog fakturan och signerade för betalning. Andreas och Paul har träffats för att de vill göra allt de kan för att hitta en lösning så att Kenneth och Tobias ska slippa stämma kommunen igen.

I Kenneths lilla lägenhet på Nynäsvägen sitter Kenneth och Tobias och studerar mängder av offentliga handlingar som Andes Andes, Paul och Grönros beställt från kommunens diarium.

Tipsen de fått från Rösten och några anställda i kommunhuset tycks stämma till hundra procent.

Kommunledningen har ett listigt system för att kringgå den svenska lagstiftningen så att de kan gynna vänner och bekanta med olika uppdrag. Nu står det klart att kommunledningen även gör hemliga fallskärmar till vissa politiker och höga chefer.

I klartext, kommunledningen tar stora summor pengar, från alla ovetande hårt arbetande skattebetalare och stoppar pengarna rakt ner i fickan på toppchefer, när dessa lämnar sina anställningar.

Kort sagt. De tar från invånarna och ger till de rika.

«Fy faan, det här är ju också helt crazy», fräser Tobias när han läser hur kommunen försörjt några konsulter med flera miljoner kronor.

«Jag fattar inte att det är möjligt. Det rör sig om minst 50 miljoner kronor om året», instämmer Kenneth.

«Dom här konsultfirmorna har inte upphandlats, ändå vräker kommunen in stålar på deras konton.»

«Och när jag tittar på de utredningar som gjorts så står det att kommunanställda på förvaltningarna är förtvivlade över alla konsulter och de stora kostnader som det medfört», påpekar Kenneth och fortsätter informera Tobias att Sveriges kommuner och regioner (SKR) också genomfört en granskning om hur Nynäshamns kommun mår.

«Vad skriver SKR då?» undrar Tobias.

«Att i princip allt är åt helvete i kommunhuset.»

Plingplong, hörs det från dörrklockan. De tittar förvånat på varandra. Vem kan det vara så här mitt på dagen. Kenneth går för att öppna. När han tar i handtaget känner han att någon på andra sidan har bråttom, besökaren drar ner handtaget och rycker dörren till sig så att den öppnas blixtsnabbt. Utanför står en uppjagad men leende kamrat.

«Hej vännen. Är Tobias här och har du något kaffe hemma?»

Jisses vilken fart tänker Kenneth lite paff och backar in i hallen samtidigt som han får en stor björnkram av Paul, som på någon tiondels sekund efter deras gemensamma dörröppning tagit sig från trapphuset in i Kenneths hall.

«Ja kaffe har jag och Tobias sitter där inne vardagsrummet», svarar Kenneth och pekar bakåt.

«Bra, dundra på några koppar kaffe så ska jag berätta en fantastisk nyhet», beordrar Paul lyriskt samtidigt som han tar ett ordentligt tag i Kenneths biceps och ruskar om honom som bara den.

«Ha ha, din rackare där. Vilket tempo du har. Vad har du lyckats med nu då?» skrattar Kenneth.

«Jag har fixat möte med Isaksson åt er. Han sa till mig att han är öppen för att ordna upp allting.»

«Är det verkligen sant Paul? Vi klarar inga fler motgångar. Förut sa du att han inte ens behagade svara när du ringt honom», flämtar Kenneth förhoppningsfullt undrande.

«Jag vet det vännen. Men jag gav aldrig upp. Jag har jagat honom flera gånger i veckan. Han bad om ursäkt. Han har haft fullt upp sedan han tog över efter Babsan. Men nu är det äntligen dags. Nu kommer allt bli bra igen», utbrister Paul samtidigt som han kliver in i vardagsrummet för att ge Tobias en björnkram också.

I vardagsrummet sitter de med varsin mugg svart kaffe framför sig, nja Paul har sin mugg som vanligt klistrad i handen. Han är troligen kommunmästare i kaffedrickning. Och Kenneth kör ju med kokkaffe, vilket maximerar både doften och smaken. Paul älskar när det serveras kokkaffe, då behöver han inte späda ut kaffet med mjölk, det är bara att njuta.

Paul berättar hur han envist sökt nya kommunalrådet Isaksson för att denne ska styra upp det fruktansvärda som kommunen utsatt Kenneth och Tobias för. Paul berättar också att han fått reda på att fastighetschefen Mats Bark och chefen på kultur- och fritidsförvaltningen Conny Dehlin äntligen fått sina upprättelser. Kenneth och Tobias lyssnar till Paul som påminner om hur de två cheferna diskriminerats av kommunledningen på grund av att de krävt att kommunledningen ska följa lagar och regler.

Pauls poäng är att Isaksson påvisat att kommunen måste göra om och rätta till ärenden som blivit fel. Annars växer problemen och kommunens anseende raseras och politikerföraktet bara växer.

«Isaksson berättade att sossarna i Nynäshamn till och med implementerat en ny viktig regel som de ska jobba med», tillägger Paul och han ser mycket glad ut.

«Och hur lyder den regeln då?» undrar Kenneth lite misstänksamt.

«Regeln är väldigt bra. Han sa att sossarna *alltid ska sätta människan före systemet.*»

Det blir tyst en stund. Tobias tittar på Kenneth och sedan på Paul och säger.

«Om dom ska hålla det löftet så är den här Isaksson tvungen att se till att vår faktura blir betald.»

«Men lugn i stormen nu. För ett halvår sedan trodde vi att Alhagen skulle skipa rättvisa och betala oss. Men i stället svek han ju allting igen», påminner Kenneth och ser lagom glad ut.

«Jo jag kommer ihåg det. Jag berättade det för Isaksson. Jag berättade också att ni blir tvungna att gå till tingsrätten och kräva era pengar igen om kommunen fortsätter dumma sig», inflikar Paul och fortsätter, med sin positiva inställning berätta att Isaksson sagt att ingen tjänar på fler domstolsprocesser.

«Okej. Bra och stort tack Paul. Du är helt fantastisk som alltid kämpar för invånares rättvisa. Hur ska mötet gå till och vad ska vi visa honom?» undrar Tobias.

«Isaksson vill höra från er vad som hänt och han vill se dokument som påvisar oegentligheter».

«Från det ena till det andra, Paul. Andes Andes har fått ut en SKR utredning. Var du med i den?» undrar Kenneth.

«Ja, jag träffade en jurist från SKR. Eller vad ska man säga, det var en gammal avdankad pensionerad jurist som fick uppdraget. Jag har också läst utredningen och det står att många saker inte är bra. Men i det stora hela är hela utredningen ett fiasko», påpekar Paul och det syns att han blir upprörd.

«Vad gick det ut på då?» undrar Tobias nyfiket.

«Det är så många interna problem i kommunens verksamhet, det vill säga allt är så korrupt. Jag bad att få delta med mina i iakttagelser. Bland annat lyfte jag fram hur kommunledningen hanterat ert ärende», berättar Paul.

«Ojdå, vad tyckte pensionerade juristen om det då?» undrar Kenneth med stor nyfikenhet.

«Han sa att det var förjävligt och att han hade intervjuat många i kommunhuset som berättat samma sak och även andra saker som är käpprätt åt helvete i kommunhuset.»

«Vi har också läst utredningen nu och det verkar som om dom förskönar allting. Dock står det att kommunledningen måste förbättra sig väsentligt. Men det står inte som du berättar nu», poängterar Kenneth.

«Det är det jag säger. Dom mörkar ju allt olagligt, dom mörkar allt om bluffbolaget. Dom mörkar allt om upphandlingarna och allt om olagliga pengar till företaget Stadskärneföreningen. Jag blev så besviken», tillägger Paul.

«Vad kommer hända med den utredningen nu då?» frågar Kenneth.

«Det vet jag inte. Men jag ringde den där pensionären från SKR och frågade varför han inte tagit upp någonting av alla bevis han fick av mig. Då svarade fanskapet att det finns två utredningar. En hemlig, alltså bara för kommunledningen och en som dom kan visa upp för allmänheten.»

«Va faan säger du? Myglar SKR också? Man tuppar ju snart av», suckar Tobias.

«Han sa också att jag måste förstå att det är kommunen som har anlitat SKR. Då måste SKR vara snälla eftersom det är kommunen som betalar. Det är rena kartellen alltsammans. Jag var inte snäll mot honom i telefonen, men det hjälper ju inte. Kommunen kan ju bara köra vidare som om ingenting har hänt», konstaterar Paul sorgset.

«Ja det är ju själva fan. När du gör sådana uppoffringar och påvisar klockrena bedrägerier, ändå kommer tjuvarna undan. Jag har sagt det förut och jag säger det igen. Tänk om skattebetalarna i kommunen visste hur deras pengar hamnar i olika plånböcker», säger Kenneth och tar sista slurken kaffe ur sin mugg.

«Innan du kom Paul, gjorde jag en liten sammanställning. Bara så du vet. Andes Andes har fått ut en jäkla massa dokument och olagliga avtal. Det du ser på bordet här innehåller minst 50 miljoner kronor som betalats ut i så kallade hemliga och olagliga avtal», menar Tobias bistert.

«Vad säger du? Är det så mycket?» utbrister Paul.

«Ja så är det. Och värst av allt, det förekommer att kommunledningen sparkar chefer som inte följt lagar och regler. Men i stället för att anmäla tjänstefelen så får cheferna massa extra månadslöner. Det rör sig om flera miljonbelopp rakt ner i fickan till vissa chefer», viskar Tobias med hes röst och tittar Paul rakt i ögonen.

Paul tittar sorgset tillbaka på Tobias och viskar.

«Jag förstår varför. Dom köper deras tystnad.»

Receptionisten ler vänligt mot Tobias, när han kliver in i kommunhusets entré.

«Hej mitt namn är Tobias Modin. Jag har ett inbokat möte med kommunalrådet Isaksson.»

«Välkommen. Ser här att du är väntad. Gå till hissen till vänster där borta och åk upp till våning sju så väntar Isaksson där», säger receptionisten och pekar åt det håll Tobias ska gå.

Nervositeten börjar smyga sig på Tobias när han kliver ur hissen på våning sju. Men han är fylld av förhoppning att livet äntligen blir rättvist igen. Han tänker på Kenneth som natten innan hade drabbats av grym huvudvärk av anspänningen inför mötet.

Han tittar på sig själv i hissens spegel, rättar till håret lite grann och känner att utsidan är okej. Det är värre på insidan. Tobias tänker att det hänger på honom nu. Det måste bli bra med Isaksson idag. Isaksson vet säkert hur jävligt kommunledningen behandlat dem. Deras liv ligger i kommunalrådets händer nu.

Entrédörren till kommunledningens våning öppnas av Isakssons och Alhagens sekreterare Lisa Henning. Hon hälsar Tobias välkommen och ber honom sitta ner i soffan intill kommunalrådens lilla mötesrum så kommer Isaksson inom kort inhämta honom.

Efter cirka fem minuter öppnas mötesdörren. Det är näringslivschefen som kommer ut. Han möter Tobias med blicken men vågar inte hålla kvar ögonkontakten. Näringslivschefen minns det tidigare mötet han haft med Tobias och Kenneth. Han vet så väl att han svikit deras företag. De hade visat upp dokument som visade hur kommunledningen i flera år fifflat med upphandlingar.

Innan mötet hade näringslivschefen intygat att han inte var rädd för att agera när det gäller korruption. Lite skrytsamt berättade han att han några år tidigare varit delaktig i att reda upp en korruptionshärva i en annan kommun. Han lovade efter mötet att ordna upp musikaffärns ärende också.

«Hej, det var inte igår. Hoppas allt är bra med dig», hälsar Tobias vänligt trots att han känner att han ville ge näringslivschefen en rejäl uppsträckning.

«Hej, jo tack det är bra. Är lite stressad bara», svarar näringslivschefen och skyndar sig mot trapphuset och hissarna.

Gå i väg du, din fegis, tänker Tobias och ser att kommunalrådet Isaksson sitter i mötesrummet och vinkar på att han kan komma in. Sekreteraren ansluter också, hon undrar om herrarna önskar en kopp kaffe. Båda tackar ja till erbjudandet.

Det är andra gången sekreteraren möter Tobias med blicken. Han har bestämt att bara vara trevlig och inte ta upp någonting med henne angående mötet för drygt ett halvår sedan då hon satt med på förlikningsmötet med Alhagen.

Tobias iakttar sekreteraren och han märker tydligt att hon spelar sin oskyldiga roll exemplariskt. Hon småkvittrar och låtsas oberörd trots att hon sett när Tobias lagt fram mängder av bevis på hur kollegor till henne begått tjänstefel med bland annat försörjning av bluffbolag och anlitande av släkting, konsulter osv osv.

«Ursäkta att du fick vänta lite», börjar Isaksson.

«Ingen fara. Det var faktiskt skönt att sitta ner några minuter. Jag kan börja med att erkänna att jag är väldigt nervös. Som du säkert vet är Kenneths och mitt liv totalförstört.»

«Jo, jag har förstått att den här saken tagit hårt på er. Är du här själv eller kommer Kenneth också?» undrar Isaksson.

«Tyvärr kan Kenneth inte närvara idag. Som jag sa, anspänningen blev för stor. Men vi har tillsammans tagit fram dokument och lagt upp en agenda för dagens möte.»

«Okej. Jag förstår. Jag ser att du lagt fram en hel del papper. Du ska få presentera allt. Men först vill jag ställa en fråga om det är okej?» undrar Isaksson som planerat att verka smart och intresserad.

«Ja visst, vi svarar gärna på alla frågor»

«Jag har tänkt på er ibland. Vad är det som gör att ni aldrig ger upp?»

«Det är mycket enkelt. Vi har inte gjort fel och kommunen har inte gjort rätt.»

«Jo, men är det inte för riskabelt att gå vidare. Jag har ju själv drivit företag i sotarbranschen. Ibland förlorade jag kontrakt trots att jag var säker på att mitt företag lagt det bästa anbudet. Då tog jag beslutet att gå vidare i stället för att processa, eftersom det är så liten chans att få rätt i domstolen», poängterar Isaksson.

«Självklart kunde vi svalt att kommunen bröt mot lagen och lagt oss platt. Men vi är rakryggade män som står upp för orättvisor. Vi valde att stoppa bluffbolag och de korrupta affärer din föregångare Babsan och några till sysslade med», replikerar Tobias.

Isaksson stelnar till och känner att hans taktik är på väg att misslyckas. Han känner tydligt att Tobias har på fötter och nog inte kommer att vika ner sig.

«Jag förstår, låt oss titta på dina dokument», föreslår Isaksson och han ser till att vara stadig på rösten.

«Hoppas du förstår att ingen normal människa går till domstol, om de skulle ha fel. Vi är helt normala skattebetalare som har följt alla regler. Vi vann upphandlingar men kommunen lurade oss och det visade sig finnas massor av hemliga, olagliga inköp», fortsätter Tobias och flikar in att det känns bedrövligt att de nu måste sitta här hos honom med mössan i handen.

«Vi ska se vad vi kan göra. Vad är er önskan att kommunen ska göra nu då?» undrar Isaksson.

«Det är mycket enkelt. Ni kan betala fakturan som Alhagen undertecknade och dra tillbaka de olagliga kostnaderna kommunen lagt på oss», påvisar Tobias.

«Jag förstår, det är ju mycket enkelt. Har du fakturan och Alhagens påskrift med dig?»

«Visst. Jag har dom här.»

Tobias visar Isaksson fakturan och Alhagens underskrift som betyder att kommunen godkänt fakturan.

Mötet pågår i över två timmar. Isaksson får även ta del av en mängd dokument som bevisar att kommunen systematiskt bryter mot lagen om offentlig upphandling. Dokumenten visar också hur revisorerna ofta har gett kritik till kommunledningen och revisorerna är tydliga med att kommunen måste sluta med olagliga upphandlingar.

Isaksson är givetvis medveten och informerad om de saker Tobias presenterar, men han låtsas flera gånger bli förvånad och irriterad över hur kollegorna skött kommunen. Då och då under mötet suckar Isaksson och drar någon svordom över dokument som styrker lagbrott och tjänstefel.

I lugn och lagom takt drar också Tobias fram hemliga upphandlingar med konsulter som tömt kommunkassan på miljonbelopp. Bland annat är det en personalchef och kommunjuristen Bo-Axel Bratt. Isaksson tar tillfället i akt och tillstyrker att han sparkat Bratt. Hans ord är att den mannen sätter aldrig mer sin fot i mitt kommunhus. Tobias visar tummen upp, men innerst inne tänker han. Mitt kommunhus, är kommunhuset Isakssons?

Presentationen för närmar sig slutet. Tobias känner sig nöjd med det han visat för nya kommunalrådet. Trots galet kriminella dokument på bordet har stämningen hela tiden varit god. Känslan är att ingenting annat än ett lyckligt slut äntligen står för dörren. Det var värt den enorma ansträngningen att stå upp för fosterlandet och splittra den snuskiga korruption som under flera år dominerat Nynäshamns kommun.

Isaksson undrar hur framtiden kan komma att se ut. Kan företaget resa sig efter allt de gått igenom? Tobias tar då fram en folder ur sin väska och visar Isaksson vilka möjligheter företaget kan bidra med inom belysning, miljö och kultur. Isaksson medger att det verkligen ser imponerande ut och att han förstår att det hänger på att kommunen gör rätt för sig.

Två timmar har gått. Isaksson håller med Tobias om att det skulle vara förödande för kommunen om parterna åter möts i tingsrätten på grund av att kommunen vägrar betalar företagets skador. Isaksson ber att få några dagar på sig. Han lugnar Tobias med att han bara behöver överlägga lite med kollegor innan han kan säga definitivt ja till fakturan.

«Javisst ja. Jag har ju glömt ta fram agendan för mötet», tillstår Tobias och tar fram ett dokument till.

Isaksson stelnar till, han blir blodröd i ansiktet och hans läppar blir hårda som granit. Det här hade han inte väntat sig. Helvete också. Han förstår nu att Tobias vill ha påskrivet och diariefört att de gått igenom alla olagliga dokument.

«Vad är det här?» fräser Isaksson.

«En agenda med det vi pratat om. Det är väl bra att vi skriver under på det vi haft möte om».

«Det här känns inte bra alls. Jag ville ha ett förutsättningslöst möte utan formell dagordning.»

Isakssons ögon har plötsligt blivit gråbleka och snustorra. Tobias märker att luften gick ur kommunalrådet som nyss varit så trevlig och självsäker. Plötsligt förvandlas personen framför honom från att vara Stålmannen som lätt tar kommunen till skyarna. Han skröt hur han sparkat ut kommundirektör och kommunjurist. Men nu blev en korrekt agenda grön kryptonit och den fick Stålmannen att förvandlas till en hopknycklad sopsäck.

«Okej, då får jag be om ursäkt. Det var inte meningen att såra dig. Som vanlig invånare och i nöd så tror man ju att ni här på myndigheten alltid följer lagar och att ni alltid värdesätter öppenhet och transparens. Jag förstår att det här mötet är så känsligt för dig, så du behöver inte skriva på agendan. Jag kan lägga tillbaka den i väskan igen», inflikar Tobias vänligt. Samtidigt inser han att Isaksson nu har stora problem.

«Eh, okej. Jag skriver på pappret men jag vill skriva in några saker», frustar Isaksson och tar fram sin finpenna ur kavajens innerficka. Sedan kladdar han in några meningar på agendan.

Tobias noterar att kommunalrådet skakar av frustration. Han får tillbaka agendan och ser att det går att läsa Isakssons tillägg. De båda skriver under agendan.

Isaksson vill nu avbryta mötet och han kallar på sekreteraren för att be henne att kopiera agendan så att kommunen och Tobias har var sitt undertecknat dokument. Hon får även ta hand om de övriga dokumenten han erhållit av Tobias.

«Jag kommer att återkomma till dig inom ett par dagar», avslutar Isaksson och sträcker fram höger hand.

«Tack. Det blir bra. Vi har väntat så länge på just den här dan. Det är skönt att den äntligen kom. Nu hoppas vi, för alla involverade tjänstemän och för kommunens bästa, att du ordnar den här saken. Precis som du ordnat de andra sakerna du berättat om», poängterar Tobias och samtidigt kramar han kommunalrådets högerhand ordentligt.

Tobias noterar att politikern inte har modet att möta hans blick. Fegheten lyser igenom Isakssons ihopsjunkna hållning och hans ögon har blivit vattniga, de är riktade vid sidan av Tobias vänstra axel. Pinsamt tänker Tobias. Två timmar tog det för mannen att bli som ett barn.

Receptionisten ler vänligt mot Tobias när han kommer ut från hissen. Han vandrar ut på det dystra grå banantorget utanför kommunhuset. Han tar fram sin Iphone 6 och pinglar upp Kenneth.

«Yes! Hur gick det?» svarar och frågar Kenneth. Han har väntat nervöst i drygt två timmar med sin Iphone 6 i handen hela tiden.

«Han blåser oss. Han har blåst Paul också. Han kommer att blåsa hela kommunen åt helvete.»

«Jag hade det på känn. Då måste vi gå till domstolen igen då», konstaterar Kenneth.

«Ja tyvärr, vi har inget annat val. Kan du ringa Paul och fråga om han är beredd att vittna?»

«Fixar det. Men fy faan, hur kan den jäveln gå ut offentligt med att han ska sätta människor före systemet?»

Blåsningen

Det fina gamla strävsamma paret promenerar genom Nynäshamns centrum. Klockan är nästan sju på kvällen. De är ute med sin lilla trevliga vovve, en Jack Russell terrier. Paret bor i ett av höghusen på området som kallas Heimdal. Ett trevligt område som ligger på en höjd. Husen uppfördes 1948. Den finske arkitekten Alvar Aalto och hans svenska kollega Albin Stark ritade husen och planerade området.

Heimdalshusen är ett av de områden som man ser först utifrån havet. Sitter man exempelvis på Gotlandsbåten och ser husen på Heimdal så vet man att det är cirka en timme tills man kliver i land i Nynäshamn. Vid närmare eftertanke så kan det också vara två och en halv timme tills man kliver i land i Visby hamn på Gotland.

Paret brukar ta sina promenader med sin lille Jack Russel längs Nickstaviken. Den här kvällen kände de för lite omväxling och gick i stället gångvägen ner till Idunvägen och vek sedan av till Centralgatan som leder genom centrum. Det gamla paret förundras av hur mörkt och öde stadens centrum är. Mitt i centrum leder en gågata till Banantorget, vid torget ligger kommunhuset och Folkets Hus. Bredvid Folkets Hus leder en gångväg till äldreboendet Rosengården.

De bestämmer sig för att vika av in på gågatan mot Banantorget och sedan gå till Rosengården för att ta en titt på hur det fina området vid äldreboendet ser ut på kvällen. De vet ju inte med säkerhet, men om några år kanske det är deras tur att hyra in sig på något av rummen på Rosengården.

När de kommer fram till Banantorget ser de kommunhuset på vänster sida. De fortsätter cirka tjugo meter till. Där stannar de till en stund för att titta på det otroligt trista gråa stentorget. Men främst stannar paret till för att på lagom håll beskåda kommunhuset.

Himlen är klar och mörkret har börjat infalla. Torget har några stolpar med belysning, i övrigt är det mörkt och dystert runt torget. Det lyser svagt i kommunhusets entré. Troligen någon som jobbar över, eller så har de helt enkelt glöm att släcka lampan i receptionen efter arbetsdagens slut.

«Någon tittar på oss», viskar mannen till sin fru.

Hustrun ser sig om. Men hon ser inte en enda människa så hon viskar tillbaka att maken inte ska skrämmas. Ingen människa syns i deras närhet och den lille Jack Russel har inte uppmärksammat någon människa förutom husse och matte. Han sitter lugnt bredvid och väntar på att de ska gå vidare.

«Om du tittar näst högst upp i kommunhuset så ser du en skugga i fönstret till vänster om hörnet på huset. Jag är säker på att det är skuggan av en människa», viskar mannen till sin hustru.

«Ja, nu ser jag, det ser ut som en man. Gud vad otäckt. Varför står han där uppe och glor ut genom fönstret?»

«Det undrar jag också. Hela huset är kolsvart. Troligen är det något av våra kommunalråd. Om jag inte minns fel så är det på den våningen toppolitikerna sitter med sina partipiskor och skräms så att folk där inne gör som dom vill», viskar mannen som fäst blicken på skuggan där uppe i fönstret.

«Kom vi vänder och går hem, jag vill inte vara kvar här.»

«Ska vi inte gå vägen förbi Rosengården som du ville alldeles nyss?»

«Nej, vi går tillbaka och hem igen. Jag har läst i tidningen att det är rena skräckväldet inne i det där huset och det ryktas att höga politiker lurar till sig massvis med pengar till sig själva och sina vänner», viskar hustrun som samtidigt tar tag i sin makes arm för att dra med honom och Jack Russel från platsen.

«Okej älskling. Vi går hem och tar ett glas bubbel och tittar lite på TV i stället. Man blir bara deprimerad när man tänker på folket i toppen av det där kommunhuset. Jag blev lite förundrad av skuggan i fönstret där uppe. Undrar hur länge han har stått där och spejar ut över stan?»

«Strunta i det och kom nu. Dom där människorna tänker aldrig på dig. Dom är bara ute för att tjäna pengar och göra karriär med våra pengar», viskar hustrun irriterat och det gamla strävsamma paret börjar gå hemåt.

«Grannen som bor på våningen under oss jobbar någonstans på kommunen. Han säger ofta att det är gott om skumma affärer högst där uppe i kommunhuset. Alla vet, men ingen törs eller vill säga något».

«Bra att dom håller sig för sig själva där uppe. Skulle sådana kommungubbar eller kärringar vara ute på vanliga företag skulle företaget braka ihop. Det är så sant som det är sagt. Så han som står där uppe i fönstret kan gott stanna kvar där uppe. Där han gör han minst skada», säger frun irriterat när de lämnar platsen. Mm, det är nog tvärt om, tänker mannen.

Usch vilken dag och vilken mina jag gick på idag Det kommer att bli tufft med den där musikaffärn. Isaksson tänker tillbaka på mötet med Tobias. Hur fan kunde han ha dokument på alla olagliga upphandlingar? Han hade lagt upp alla konsultfakturor på bordet också.

Jag visste att dom vet en del, men den där förbannande musikaffärn hade koll på allt. Han tittar på klockan, den är tio över sju på kvällen. Hela våningen är mörklagd, det är bara en liten kontorslampa som lyser svagt i rummet. Undrar om jag är ensam kvar i hela huset tänker Isaksson där han står vid fönstret och spanar ut över Nynäshamn.

Det som började så bra kan nu vända sig emot honom. Det gick så lätt att bli av med Babsans kommundirektör och i stället tillsätta hans och Jensens lojala kamrat Forselius. Den första fick en och 1,5 miljoner under bordet och den andre fick 50 000 kronor mer i månaden. Och nu är hela makten min, tänker Isaksson nöjt samtidigt som han blickar ner på Banantorget nedanför.

Hm, nu har jag stått framför fönstret i nästan en timme och jag har fortfarande inte kommit på hur jag ska skriva till Tobias, jag bara grubblar och grubblar. Om jag tänker efter lite smartare så går det ju faktiskt inte att skriva till honom. De har ju rätt i precis allting, men de vet inte att jag kommer att blåsa dem totalt.

Allt är så stilla där nere på torget. Ganska skönt att ingen ser mig och hör mina tankar. Men oj, något rör sig, jag ser skuggor. Är det folk ute och går? På gågatan från norr uppmärksammar Isaksson ett äldre par som med sin hund är på väg att passera torget och Folkets hus. Plötsligt stannar de till. De vänder sig mot kommunhuset och står helt stilla. Den lilla hunden sätter sig lugnt bredvid.

Isaksson ser att det växelvis ryker från parets munnar, det är ganska kallt ute, så han förstår att paret pratar med varandra. Undrar om de ser mig här uppe i fönstret? Nej, antagligen är de bara ute på en skön kvällspromenad och tar sig lite tid att beundra vårt maffiga kommunhus. Förmodligen vet de ingenting om vad vi sysslar med här uppe i huset. Plötsligt händer det något. Isaksson ser hur kvinnan tar tag i mannens arm och hon visar bestämt att hon vill vända och gå tillbaka till gågatan som leder till Centralgatan och centrum.

«Ja gå hem ni. Jag kommer bli kvar här uppe någon timme till. Jag måste hitta på ett sätt att få stopp på den där musikaffärn utan att ni invånare kräver min avgång», påpekar Isaksson och märker att han pratar till sig själv.

«Jäklar vad bra, nu har jag lösningen!» Han fortsätter prata tydligt till sig själv. «Saken blir ju som med paret där ute på torget. Dom kan inte höra mig bakom fönstret och dom kan inte nå mig här uppe. Om de ser något så är det bara en skugga dom ser.

Jag vet, och alla här i huset vet att Tobias och Kenneth har rätt, och att de har gjort rätt i allt. De är ordentligt kränkta på flera sätt. Men jag håller bara tyst och struntar i att meddela kommunstyrelsen eller fullmäktige så kvävs ärendet igen. Jag håller helt enkelt tyst om allt, då kommer ingenting att hända. ... tiga är ju guld.»

Samtidigt på Nynäsvägen hemma hos Kenneth, sitter Tobias och Kenneth. De diskuterar fram och tillbaka hur de ska agera. Det är klart som korvspad, även om korvspad är lite grumligt, att kommunalrådet Isakssons avsikt är att blåsa herrarna.

Det är väl själva fan att det inte går att lita på någon enda politiker i kommunen. De sparkar en korrupt och då tror alla att nu äntligen blir det ordning. Men inte då, direkt kommer nästa in och är lika korrupt, om inte värre. Mutorna bara flödar där uppe i kommunhuset.

«Det blir allt tydligare att det är som Grönros säger. Vi har att göra med finfina kriminella, det är därför vi inte når fram. Först låtsas dom vara trevliga och får veta allt vi har fått fram, sedan kommer tystnaden. Precis som i en sekt», påpekar Tobias.

«Ja, Grönros har ju rutin och så mycket kunskap. Han har ju en brorson som jobbar med interna problem inom polisen, så han vet mycket om trix i myndigheter.»

«Han har ju rätt i att om man ska förstå varför vissa undanhåller sanningen och roffar åt sig, måste man tänka som en kriminell. Och det kan inte vi vanliga människor.»

«Från det ena till det andra. Ska vi skicka in en stämningsansökan till tingsrätten nu på direkten?» undrar Kenneth.

«Vi väntar några dagar. Han sa att han ska höra av sig. Det är jag säker på att han inte kommer att göra, jag såg på hans hållning att han ljög. Så jag tänker att jag mejlar honom om ett par dagar och påminner om det han bestämde», föreslår Tobias.

«Det låter bra. Men sedan måste vi agera tuffare. Om han blåser oss och fixar pengar i fickan till dom som blåste oss, då ska han fan inte få det lätt», tycker Kenneth.

«Det kommer att bli tufft för honom. Gör han så här så kommer dom att förlora valet nästa år. Det blir en straffspark för Moderaterna att ta över kommunen.»

Kenneth kommer plötsligt ihåg en sak.

«Bara så att du vet, Andes Andes har fått ut papper på att Isaksson stoppat en och en halv miljon i fickan på förre kommundirektören och samtidigt anställde han kompisen Forselius som ny kommundirektör.»

«Jag hörde det. Vad ska man säga, de leker med skattebetalarnas pengar. Vi måste få stopp på den här kriminaliteten. De tar ju skattebetalarnas pengar och ger varandra under bordet», tillägger Tobias.

«Den nye kommundirektören har ingen som helst erfarenhet av att vara direktör. Ändå ökade Isaksson hans lön från 57 000 i månaden till 110 000 i månaden. Inte nog med det. sossarnas ordförande Jenssen är gammal skolkamrat med nya direktören, så de har känt varandra länge.»

«Så det stämmer att Isaksson och Jenssen styr sossarna nu? Håller dom på att anställa vänner och bekanta värre än vad Babsan gjorde?» undrar Tobias.

«Ja tyvärr, det är ingen skillnad på dom. Enligt säkra källor bara tar de av kommunens skattemedel och fördelar pengarna efter eget behag», tillägger Kenneth.

«Det sorgliga är att den där moderatledaren Henry Bovenius verkar gilla det som pågår. Vi invånare tror att partierna alltid tar chansen att gå i luven på varandra. Den bittra sanningen är att det inte är olika partier när det kommer till löneförmåner och arvoden. Då håller dom ihop som om det bara finns ett enda parti.»

«Panamapartiet!»

«Hahaha, Panamapartiet, vad fick du det ifrån?» undrar Tobias.

«Jag vet inte allt om det här ännu. Men det har läckt ut att Henry Bovenius hållit på med penningtvätt. Det verkar som om han försökt lura Skatteverket med att få undan 100 miljoner kronor till ett konto i Panama.»

«Nää, dra mig baklänges. Jag vet att Panama blev värsta skatteparadiset och att Skatteverket tvingats lägga många miljoner av skattebetalarnas pengar till att jaga tre-fyrahundra svenskar som smitit dit med grova pengar», poängterar Tobias.

«Japp. Henry Bovenius är en av de skattesmitarna. Men Skatteverket har tydligen hittat honom nu.»

«Sådana där slipsbovar klarar sig alltid. Du ser hur jävla fräcka dom är. Henry tjänar ju enorma pengar från skattebetalarna, nu gör fanskapet allt för att inte betala lagenlig skatt själv.»

«Det är helt otroligt. Karln har 100 miljoner kronor. Då borde han ju ha råd att betala lite skatt för det han tar ut till sig och familjen», menar Kenneth och hopplösheten går nästan att ta på i hans lilla vardagsrum.

«Som Grönros sa. Kriminella tänker annorlunda.»

Rond 8 Förfalskningen

«Vafan är det här?» vrålar Kenneth. Paul Lönndal som sitter bredvid honom ramlar av stolen. När han kommit upp igen tittar han chockad på Kenneth, som vanligtvis är lugn och sansad, och ryter.

«Ta det lugnt! Vad är det med dig?»

Kenneth håller upp ett dokument i luften och ber Paul att hämta Tobias. De måste se det här alla tre, nu på direkten. Tobias kommer in på kontoret. Kenneth viftar upprört med dokumentet och ryter.

«Dom har ju för fan lurat oss! Vi måste få tag i den jäveln som ligger bakom det här!»

«Vad menar du? Hur då lurat?» undrar Tobias.

Tobias och Paul försöker lugna Kenneth. Tobias tar dokumentet och läser. Först blir han röd i ansiktet sedan börjar han gråta. Kenneth som nu lugnat ner sig lite, lägger armen om sin kamrat. Paul ser frågande på dem och undrar vad det står i dokumentet. Kenneth ger Tobias en servett och väser fram.

«Samla ihop dig Tobias. Vi ska fixa det här, om vi så ska dö på kuppen.»

Tobias grabbar tag i servetten, han torkar tårarna och snyter sig. Han läser igenom de två dokumenteten en gång till. Det är upphandlings-chefen Klamcavski som har skrivit till tingsrätten 2014. Tobias läser högt så att Paul också får reda på exakt vad det handlar om.

Av bilaga 1 framgår det att båda de anbudsgivare som blev godkända efter anbudsutvärderingen lämnade pris som inte översteg maxpriset om 300 000 kronor. Med andra ord har inte kommunen agerat fel i denna del.

Tobias visar Paul bilaga 1 som tingsrätten dömt efter. Tobias pekar på de belopp som två företag offererat i upphandlingen om ljud, ljus och scen på Jubileumsregattan.

«Här står det att ena bolaget från Malmö lämnade ett pris på 299 000 kronor och det andra bolaget lämnade ett pris på 300 000 kronor. «Ja det ser jag», inflikar Paul efter att ha tittat noga på siffrorna.

«Men om du tittar här på kommunens original så ser du att bolaget från Malmö lämnat ett pris på 399 000 kronor och det andra bolaget lämnat ett pris på 525 000 kronor. Jag kan inte tro att det här är sant. Dom har ju förfalskat siffrorna med över 100 000 kronor. Kommunen har minskat beloppet så att det ser ut som att företaget från Malmö låg under maxpriset och vann upphandlingen. Dom har alltså skickat in den här förfalskningen till domstolen.»

«Det är ju helt otroligt. Samtidigt diskvalificerade kommunen er trots att ni var det enda bolaget som klarade maxbeloppet och dessutom klarade ni alla krav. Hur fan vågar dom göra det? Nu brinner det i skallen», grymtar Paul ilsket.

Tobias svarar.

«Jag vet inte, men den här jävla kommunen verkar går över lik för att inte korrupta affärer ska avslöjas. En sak kan vi konstatera, en sådan här förfalskning kan bara Henry och Babsan ha ordnat fram. Det är dom två som styr upphandlingsnämnden och kommunstyrelsen. Upphandlingschefen Klamcavski skulle aldrig våga göra det här själv, det måste vara på deras order.»

«Javisst fan är det en förfalskning och kommunen har skickat in den till chefsdomaren i tingsrätten. Jag fattade inte vad den manlige domaren som var bisittare svamlade om när rättegången 2014 avslutades. Han sa ju något om olika belopp. När jag gick fram till honom så tog han bort en bilaga, det måste varit den här förfalskningen. Vi visste ju ingenting. Men chefsdomaren visste om det här hela tiden», förklarar Kenneth som nu ilsknar till igen.

Tobias nickar instämmande.

«Jag kommer ihåg att chefsdomaren Maylis Ohgren tittade konstigt på den manliga domaren och skakade lite diskret på huvudet. Hon måste ju ha vetat om förfalskningen. Vilken jävla bitch, nu förstår jag att hon gjorde allt för att kommunen inte skulle förlora rättegången.»

Paul tar dokumentet ur Tobias hand och läser allt igen. Det är tingsrättens stämpel på dokumentet. Han ser att det är aktbilaga 122 och den är inskickad till Södertörns tingsrätt i februari 2014. Det är också undertecknat av Kowal Klamcavski.

Han tittar på Kenneth och Tobias och förklarar.

«Nu förstår jag varför Klamcavski sa upp sig direkt efter rättegången. Han kunde ju inte vara kvar efter att ha medverkat till det här makalösa bedrägeriet. Grönros hade också funderingar varför Klamcavski försvann så snabbt. Nu vet vi varför.»

För en vecka sedan ringde den kloke Arvid Grönros till Tobias och meddelade att han gått igenom dokument från rättegången 2014. Han betonade att han kände att något inte stämde med domstolens beslut.

Grönros påpekade också att det var något skumt med upphandlingschefen som plötsligt bara försvann. Han bad Tobias att ringa Södertörns tingsrätt och begära ut alla dokument som Nynäshamns kommun och upphandlingschefen Klamcavski skickat in till tingsrätten efter den muntliga förberedelsen.

Sagt och gjort. Dagen efter hade Tobias ringt tingsrätten och ytterligare två dagar senare fick han dokumenten till musikaffärns mejladress. Därefter skrev Kenneth ut alla dokument för att göra en noggrann granskning, som Grönros instruerat dem.

Idag, tre år senare sitter de alltså här med dumstrutarna på huvudet. Så grundlurade de hade blivit av myndigheterna som var inblandade i det här ärendet. Ett korrupt samarbete mellan Nynäshamns kommunledning och chefsdomare på Södertörns tingsrätt hade krossat deras företag och hela deras tillvaro.

Upphandlingschefen Klamcavski hade medvetet låtsats att han inte mindes någonting av upphandlingarna under rättegången. Snyggt och med stor list hade han även skickat in kommunens förfalskade dokument till chefsdomaren i tingsrätten. Sedan slutade han sin tjänst och försvann.

Chefsdomaren visste att hon satt med en förfalskning i handen under hela rättegången. Till råga på allt dömde hon också, i strid mot kommunallagen, att Tobias och Kenneth ska betala över 150 000 kr för kalaset. Vad ligger bakom det här justitiemordet?

Det kommunen gjort med förfalskningen överensstämmer med Tage Danielssons monolog om Harrisburg.

Sannolikheten att upphandlingsnämnden kan komma undan med en förfalskning

Sannolikt va, det betyder väl något som är likt sanning. Men riktigt lika sant som sanning är det inte om det är sannolikt. Nu har vi tydligen inte råd med äkta sanningar längre, utan vi får nöja oss med sannolikhetskalkyler. Det är synd det, för dom håller lägre kvalitet än sanningar. Dom är inte lika pålitliga. Dom blir till exempel väldigt olika före och efter.

Jag menar före förfalskningen som upphandlingsnämnden skickade in till domstolen så var det ju ytterst osannolikt att det som hände i upphandlingsnämnden skulle hända. Men så fort det hade hänt rakade ju sannolikheten upp till inte mindre än 100 procent att det var nästan sant det som stod i förfalskningen. Men bara nästan sant. Det är det som är så konstigt. Det är som om man menar att det som stod i förfalskningen var så otroligt osannolikt så egentligen har det nog inte ändrats några belopp.

I själva verket gick ju vi i upphandlingsnämnden och väntade i flera månader på att få veta om det som stod i förfalskningen var sant eller inte. Innan vi kunde bestämma oss för om vi skulle tycka att förfalskningen är så farlig som den skulle vara om de siffror som har ändrats i förfalskningen hade ändrats. Nu har vi bestämt oss till sist, och tydligen kommit fram till att siffrorna som ändrats i förfalskningen inte har ändrats, men att vi å andra sidan måste ha mycket bättre sekretessregler så det inte upptäcks att siffrorna har ändrats.

Och man förstår ju att vi har tvekat, för en sådan förfalskning inträffar ju enligt alla sannolikhetsberäkningar bara en gång på flera hundra år, och då är det ju i varje fall inte troligt att vår förfalskning hänt redan nu, utan det är väl i så fall mera sannolikt att förfalskningen har inträffat längre fram. Och då kommer ju saken i ett annat läge. För det kan ju inte vi bedöma nu. Då. Eller…

Sedan är det också det att, om det som hände i upphandlingsnämnden verkligen hände, mot förmodan, så är ju sannolikheten för att det ska hända en gång till, den är ju så oerhört löjligt jätteliten så att på sätt och vis kan man säga att det var nästan bra att det som hände i upphandlingsnämnden hände, om det nu gjorde det. För jag menar då kan man ju nästan säkert säga att förfalskningar inte kommer hända igen.

I varje fall inte i upphandlingsnämnden. Och säkert inte som förra gången. Risken för en upprepning är så liten att den är försumbar. Med det menas att förfalskningen inte finns, fast bara lite.

Nu är ju det här rätt krångligt för gemene man, så egentligen är det väl ingen idé att ha folkomröstning om sådant här. Folk i allmänhet dom tänker förstås på sitt grovhuggna vis att det som stod i förfalskningen verkligen är sant. Dom tar det som en sanning. Tala alltid sanning, barn, sa våra föräldrar till oss. Det får vi inte säga till våra barn utan vi måste lära dom att alltid tala sannolikt. Att säga sannolikheten, hela sannolikheten och ingenting annat än sannolikheten.

Så att dom inser att det som hände i upphandlingsnämnden inte kan hända igen, eftersom det inte ens hände där, vilket hade varit mycket mer sannolikt, med tanke på att det var där det hände.

Rond 9 Jurist, javisst

Kenneth stormar in genom den västra entrén till kommunhuset. Han pustar och meddelar i receptionen att han ska träffa kanslichef Conny Wahlgren. Receptionisten hälsar honom med ett stort leende och ringer upp kanslichefen.

Två minuter senare står en smal man av medellängd i en dörröppning. Det här är alltså den nya kanslichefen, tänker Kenneth. Han ser att mannen har ganska spensliga drag, cendréfärgat hår. Han ser ut att vara i 40–45-årsåldern. Kenneth och kanslichefen hälsar på varandra och går in på ett minimalt kontor en trappa upp i den låga delen av kommunhuset.

När dörren öppnas ser Kenneth att det sitter en kvinna vid ett litet konferensbord. Hon reser sig upp, hälsar och presenterar sig som Yvette Pålsson och är kommunens jurist. Yvette är inte speciellt lång, hon har tunt, halvmörkt hår och ser betydligt yngre ut än kanslichefen. Kenneth presenterar sig med namn och att han representerar den där muskaffärn.

De sätter sig till rätta alla tre, solen skiner in genom ett fönster bakom de två kommunanställda. Det börjar bli vår, det är ju i alla fall något som känns positivt.

Kenneth tar upp ett antal papper ur sin svarta ryggsäck. Han ger två papper var till kanslichefen och kommunjuristen. På de handlingarna har Tobias och Kenneth skrivit ned frågor angående kommunens vilja att lösa ärendet i stället för att gå till domstol.

Genom en rättvis förlikning kan bägge parter gå vidare. En av frågorna är den känsliga frågan om de kommer att anmäla de personer som har skyddat stöld av skattebetalarnas pengar, ljugit i domstol och skickat in förfalskade handlingar till domstolen.

Kenneth ser på när de två på andra sidan bordet läser handlingarna och sedan tittar tvivlande på varandra. De kommer alltså inte att anmäla någon, inte heller verkar de se någon anledning att förlika. Det blir lite kallprat och Kenneth försöker först vara lugn och sansad. Men han inser att det inte är någon idé att gå varligt fram, så han ändrar sig snabbt och drar puffrorna direkt.

«Så här är det. Vi vet att vi har rätt i det här ärendet. Ni i kommunledningen vet också att vi har rätt. Men ingen gör någonting för att lösa problemet. Hur kommer det sig, tror ni?»

De två mittemot tittar på varandra och kanslichefen säger helt kallt att de är av en annan uppfattning, sedan tittar de på väggen bakom Kenneth. Kenneth vänder sig om för att se om det står någon bakom honom, men det är bara väggen där.

«Okej. Då ska jag visa er ett antal handlingar så att ni får se sanningen. Det kommer antagligen att göra så att ni ändrar den uppfattningen.»

Han tar fram exakt fjorton papper och lägger framför sig, kollar att de ligger i den ordning han vill ha dem. Alla hans rörelser är medvetet långsamma. Det här har han tränat på, det är viktigt att det går i rätt ordning och som ett rinnande vatten. Han tar först upp sex dokument, som han sprider ut på bordet.

«Här ser ni fakta om bluffbolaget.»

Kenneth skjuter fram några fakturor från bluffbolaget ställda till Nynäshamns kommun. När de tittat på dem säger han.

«Över 350 000 kronor är fakturerat hit, till er avdelning. Då har vi inte fått fram hur mycket bluffbolaget fakturerat ert kära företag som ni kallar Stadskärneföreningen. Där vägrar man att lämna ut fakturor från bluffbolaget. Men det är åtskilligt mycket mer som fakturerats där, det vet vi.»

Kenneth ser hur de läser, tänker och sedan ser han deras lite likgiltiga ansiktsuttryck. Han tänker att det kanske inte räcker med puffror här. Jag måste ta fram ännu tyngre artilleri. Han lägger fram tre dokument till.

«Här är ett utdrag på bluffbolaget och ni kan se att bluffbolaget startades 1995. Men att bluffbolaget inte registrerades till Skatteverket. På nästa papper kan ni se att Skatteverket har bötfällt bluffbolaget 2012 för att vi och några andra invånare påvisat skattefifflet. På det sista kan ni se att ägaren till bluffbolaget har fått en skuld till Skatteverket hos Kronofogden.»

Han tittar intensivt på de båda tjänstemännen, men det känns fortfarande inte som att det är någon hemma. Det lyser på övervåningen, men ingen är hemma. Behöver jag ännu tyngre artilleri, tänker han. Innan han hinner slänga fram nästa laddning säger kommunjuristen.

«Jamen det här har ju ni polisanmält. Jag förstår inte vad du vill få fram med alla de här dokumenten.»

Kenneth tittar på henne, tänker på den underbara frasen *Bare with me* som han hört i engelska serier, och svarar.

«Om du har lite tålamod med mig så kommer du få svaret på det sista pappret.»

Hon nickar och tittar ned på dokumenten igen.

Nästa laddning läggs fram på bordet. Fyra papper nu. Kenneth tar till orda igen.

«Här har ni kallat in kommunens lekmannarevisorer för att ytterligare kunna mörklägga det som hänt när man anlitade bluffbolaget. Först har vi en översiktlig granskning som Babsan och förre kommunchefen Engborg beställt. Lekmannarevisorerna har tagit in PwC:s revisorer för att hjälpa till med mörkläggningen. Ni ser i revisorernas minnesanteckningar att de hittat fler fakturor, men i PwC:s rapport har de trollats bort fakturor. Helt plötsligt har de bara hittat en faktura. Revisorerna har heller inte kontaktat Skatteverket för att kolla om bolaget finns eller inte.»

Kanslichefen hostar till lite och säger skarpt.

«Det står ju här att dom har kollat med Bolagsverket!»

«Ja, de har de gjort men nu är det ju inte hos Bolagsverket man registrerar sig för att betala skatt och moms som hederliga företag. Det ska anmälas till Skatteverket och det vet PwC mycket väl. Så det här är återigen ett brott för att skydda tidigare brott. Ni kanske vet vem det är kommunen försökt skydda i alla dessa år. Det kan ju inte vara bluffbolagets ägare, det måste ju vara någon i det här huset.»

Tjänstemännen petar lite bland handlingarna på bordet och tittar nervöst på varandra, men ingen har modet att svara så Kenneth fortsätter.

«Här har jag två dokument från kommunstyrelsemöte. Det är ett tjänsteutlåtande som förre kommunchefen Engborg och du har skrivit under.»

Han tittar nu ganska ilsket på kommunjuristen som skruvar på sig.

«Ja, vi kontaktade Skatteverket och dom svarade att företaget har F-skatt från juni 2012. Men om företaget hade det innan 2012 omfattades av sekretess.»

«Ja men du ser ju här att han inte hade det från 1995 till 2012. Registreringen till Skatteverket är ju en efterhandskonstruktion som gjordes för att bedrägerierna upptäcktes av oss, så vad är ert problem? Det här är ju kriminellt och helt klarlagt. Hur mycket bevis på bedrägeri ska ni ha innan ni agerar?»

Kommunjuristen övergår nu till att se väldigt irriterad ut. Kenneth förstår att det börjar bli känsligt, nu är plötsligt hon själv inblandad. Hon såg väldigt mycket trevligare när det inte gällde henne personligen.

«Ja, vi har i alla fall gjort en utredning som kommit fram till att vi är av en annan uppfattning än er.»

Kenneth kontrar direkt med att slänga fram ett utdrag ur kommunens policy och fortsätter envetet att mata på.

«Här ser ni kommunens policy angående «givande och tagande av mutor». Det är ett riktigt allvarligt brott.» Han tittar på kanslichefen och fortsätter.

«Du kan väl läsa för oss vad det står i det gulmarkerade längst ned.»

Kanslichefen tänker att det är lika bra, så vi får det här överstökat. Det känns lite olustigt att sitta här och ta skit för något som hänt innan han blev kanslichef. Han är helt omedveten om sin egen klandervärda roll i ärendet. Han läser högt.

«Den som får kännedom om mutbrott inom kommunen är skyldig att anmäla detta till närmaste chef eller kommunjuristen. Vid misstanke om mutbrott kontaktas alltid kommunjuristen för rådfrågning och polisanmälan görs om misstanke kvarstår.»

Alla tre tittar på varandra. Tankarna som far i deras huvuden är vitt skilda. Några vill helst bara komma ifrån det här olustiga mötet. En undrar hur många gånger under mötet han har sagt ordet bluffbolag och om han kommer att vinna vadet med Tobias. En pizza står på spel.

Nu är han framme vid finalen, alla trupper har kallats in. Nu är det slutliga slaget här.

Han tar fram det sista dokumentet som är ett svar från en kammaråklagare vid Ekobrottsmyndigheten. Det är ett avslag att utreda bluffbolaget. Kenneth tittar nu ganska nöjt på kommunjuristen och sedan på kanslichefen, sedan på kommunjuristen igen. Han försöker hålla kvar ögonkontakten med henne när han tar till orda, men lyckas inte. Hon tittar hellre in i väggen bakom honom. Nu ska hon få svar på sin fråga om polisanmälan.

«Här har du ett avslag från Ekobrottsmyndigheten att utreda bluffbolaget.»

Hon läser dokumentet som är gulmarkerat på vissa ställen. Hon tittar på Kenneth.

«Ja, ni har ju polisanmält och jag ser här att anmälan har lagts ned.»

Kenneth har nu rest sig och pekar med fingret längs ned på dokumentet.

«Läs den gulmarkerade meningen högt.»

Hon tittar irriterat på honom, men läser.

«Som framgår tillhör ni inte den krets som har rätt att få saken prövad och skäl att frångå denna ordning finns inte i detta fall.»

«Exakt så är det. Det är inte vi invånare som är målsägare, utan kommunen är det, då måste kommunen anmäla mutbrott. Det är också kommunen som försörjer bluffbolaget med pengar.»

Kenneth pekar återigen på den gulmarkerade meningen hon just läst upp och ryter.

«Kommunen har ju inte anmält bluffbolaget och bedrägerierna, trots att ni är målsägarna och ni är ålagda att anmäla misstänkta brott. Ni är anställda av invånarna och det är er förbannade skyldighet att anmäla brott.»

Kanslichefen bryter in.

«Men bolagsägaren har ju hamnat hos Kronofogden och blivit återbetalningsskyldig.»

«Ja eftersom Skatteverket har straffat honom, men ni har fortfarande efter sex år inte gjort ett skit. Vi har anmält till polisen, men vi invånare kan inte enligt åklagaren anmäla bedrägeri mot kommunen. Det kan bara ni anställda i kommunen, för att ni är målsägare.»

Kenneth trummar irriterat med pekfingret på den gulmarkerade texten, det är fjärde eller femte gången nu. En lite olustig stämning lägrar sig över kontoret. Solen har till råga på allt gått i moln. Troligen ett åskmoln, tänker han och är upprörd när han förstår att de här två tjänstemännen mycket väl vet att det inte gått rätt till.

Tjänstemännen fortsätter att skydda de kollegor som försett bluffbolaget med pengar. I stället väljer de att gräva ned sig ännu djupare i skyttegravarna. En otäck sektkänsla kommer över Kenneth. Fy fan, jag måste ut härifrån. Han lämnar över handlingarna till kommunjuristen begär att de diarieförs, tackar för sig och drar som en avlöning ut genom dörren.

Vilka falska jävla människor det finns. Det måste ligga en förbannelse i det här huset. När han kommer ut från kommunhuset skriker han till av smärta i överkroppen och av ilska. En gammal dam som sitter på en bänk, en bit därifrån, rycker till och tappar sin hatt. Kenneth går fram och ber om ursäkt och plockar upp och borstar av hatten och räcker över den till damen.

«Varför är du så arg, lille vän?» frågar damen.

Kenneth blir plötsligt glad och svarar.

«Jag har suttit i möte med personal på den här kommunen och dom bara ljuger och ljuger.»

«Ja du unge man, jag har bott här i sjuttiofem år nu och det kan jag säga. Politiker och höga chefer i den här kommunen, dom har aldrig gjort annat än att ljuga.»

Kenneth ler mot damen.

«Det har du rätt i. Ha en trevlig dag.»

«Du med, min vän», svarar den gulliga damen.

Kenneth är nöjd med en sak. Han sa ordet bluffbolaget minst tio gånger under mötet och vann därmed vadet med Tobias. En valfri pizza. Det blir nog en kebabpizza, tänker han med ett leende på läpparna.

Rond 10 Ordförandebeslut gav is i staden

Framför kommunalrådet Isakssons skrivbord står kommundirektören Forselius. Han har just lämnat över tingsrättens brev med ett föreläggande att kommunen ska svara huruvida kommunen tänker betala sin skuld till det lilla lokala företaget eller inte.

Till Södertörns tingsrätt **Ansökan om stämning**
Svarande: Nynäshamns Kommun
Saken: Vite betalas på grund av felaktig myndighetsutövning och diskriminering.

1 Yrkanden:

1.1 Tingsrätten ska förplikta Nynäshamns Kommun till budget betala 8 miljoner kronor till bolaget jämte ränta enligt räntelagen från delgivning av stämningsansökan till dess betalning sker.

1.2 Bolaget yrkar därutöver ersättning för sina rättegångskostnader med ett belopp som anges senare.

2 Grunder:

2.1 Kommunen har ej betalat bolagets faktura på 4 577 733 kronor.

2.2 Bolagets skada uppgår nu till 8 miljoner kronor.

3 Omständigheter i sak:

3.1 Kommunens försumlighet och påtagliga diskriminering har medfört ekonomisk och även psykisk skada. Bolagets verksamhet bestod i huvudsak av efterfrågade inköp och uppdrag från kommunen. Bolaget har inte längre möjlighet att bedriva verksamheten.

3.2 För att undvika konkurs har bolagets två ägare tvingats sälja sina hem/fastigheter.

3.3 Viktig omständighet är att tingsrätten tidigare kallat Nynäshamns kommun till möte. Tingsrättens avsikt var att parterna skulle ingå i förlikning. Kommunens företrädare avböjer tingsrättens förslag till förlikning.

3.4 Granskning visar att kommunens företrädare saknade delegation och giltig fullmakt.

4 Bevisning:

4.1 Ledamöter i kommunstyrelsen, ordf. fullmäktige, revisorer, kommunchef, kommunjurist och upphandlingschef kommer höras under sanningsförsäkran.

4.2 Ytterligare skriftlig bevisning och ljudinspelning från tingsrätt inkommer senare.

5 Bilagor

1, Rättegångsfel intygas av Nynäshamns kommuns jurist.

2, Protokoll från Södertörns Tingsrätt, (Särskilt möte om förlikning.

3, Bolagets faktura till Nynäshamn kommun

6 Ansökningsavgift

6.1 Ansökningsavgift 2 800 kr är insatt på Södertörns tingsrätts konto.

Sammanfattningsvis:

Nynäshamns kommun har inte betalat bolagets faktura.

Kommunen har under en längre tid diskriminerat bolaget Musikevenemang Södertörn. Diskrimineringen och felaktig myndighetsutövning har skadat bolaget samt onödigt medfört att bolagets två delägare har blivit brottsoffer.

Bolaget å sin sida har visat stort tålamod trots utebliven betalning samt visat hänsyn till kommunens okunskap om kommunens egna reglementen vid tjänstefel och felaktig myndighetsutövning. Bolaget har vid flertalet tillfällen vänligt ombett kommunen betala sina fakturor till bolaget.

Undertecknad firmatecknare för Musikevenemang Södertörn hemställer nu till tingsrätten att utföra stämning mot Nynäshamns kommun med angivande av ovan.

Käranden: Musikevenemang Södertörn

Svaranden: Nynäshamns Kommun

«Det var väl själva fan, dom ger sig inte och beloppet ökar i takt med tiden», suckar Isaksson.

«Ja så blir det alltid. Men dom ger sig ju aldrig, trots att de nästan blivit uteliggare så lyckas dom väcka nya ärenden. Man undrar ju hur många liv dom har?»

«Ja, vilken jävla grej det här är», instämmer Isaksson och tittar alvarligt på Forselius.

«Men den här gången kommer vi att knäcka dom», ler den satte och lite lönnfete kommundirektören Forselius belåtet.

«Kommer vi göra det? Hur menar du?»

«Kommunjuristen Yvette och jag kollade med några erfarna jurister om det finns någon juridisk fuling för att stoppa företaget, och det finns det.»

«Härligt, berätta mer», inflikar Isaksson som nu spinner till som en katt.

«*Res judicata.*»

«Vad sa du? Les jurikatja?»

«Nej. Det heter *res judicata*», förtydligar Forselius och känner att det är läge att briljera inför sin politiker.

«Okej, du sa res juridisk katt någonting. Men vad innebär det?»

«Det är hinder för rättegång. Vi hävdar det, så blir det ingen rättegång och företaget kommer försvinna för evigt. Min bedömning är att det inte finns en chans att dom orkar resa sig mer då.»

«Det låter som ljuv musik. Berätta mer. Jag fattar fortfarande ingenting av den där juridiska trollkonsten», tillstår Isaksson upphetsad av situationen.

«He he, det viktiga är att vi på förvaltningen vet hur vi slår tillbaka musikaffärn och att du stöttar oss.»

«Okej, bra. Glöm inte att jag gav dig jobbet för att du ska göra som jag säger.»

Kommundirektör Forselius flinar lite. Han böjer ner huvudet och tittar ovanför sina runda glasögonbågar på Isaksson och säger.

«Du kan fortsätta lita på mig, precis som när du och Jensen litade på mig då ni fixade in mig som chef på Barn- och utbildningsförvaltningen.»

«Så ska det låta. Nu ska vi kväva den där lilla fåniga musikaffärn. Vad vill ni att jag ska göra?» undrar Isaksson med ett illmarigt leende.

«Enligt kommunallagen och förvaltningslagen måste kommunledningen föredra ärendet i kommunstyrelsen och sedan ska fullmäktige ta ställning till om företaget eller kommunen har rätt. Det är inte bra för oss. Flera av oss har opererat som jäviga. Dessutom har kommunen förfalskat dokument och ljugit i förvaltningsrätt och tingsrätt. Vilket betyder att vi nu är tvungna att fortsätta att fara med osanning tills musikaffärn viker ned sig för gott.», svarar Forselius.

«Jag vet det. Jag läste också att Svenskt Näringsliv och flera andra medier granskat alla kommuner i landet, om vi följer lagarna. Det visade sig att Nynäshamns kommun var företagsfientliga och bland de fem sämsta av 290 kommuner i landet på att följa lagarna. Risken är att det här ärendet når ut till media och då blir vi definitivt sämst i landet.»

«Ja, så är det och vi vet mycket väl att det beror på att vi vill anställa dom vi känner och bestämma själva vilka företag kommunledningen vill samverka med.»

«Jaja, strunta i det nu. Vi har makten och då gör vi på vårt sätt. Frågan var hur gör vi med det där juridiska så att den där musikaffärn går i graven», påpekar Isaksson bestämt.

«Frågan är om du kan få med dig kommunstyrelsen och fullmäktige att sänka dom?»

«Inga problem, jag tar ett *Ordförandebeslut*», svarar kommunalrådet malligt.

«Ojojoj, vågar du det i den här frågan. Är du medveten om att det är grovt tjänstefel?»

«Som jag sa. Vi har makten. Nu har du och kommunjuristen fått fina anställningar och stora löneförhöjningar. Gör i ordning den skrivelse som behövs så dundrar jag på med det i *Ordförandebeslutet.*»

«Härligt, så ska det verkligen låta.» småjublar Forselius och tillägger att Isaksson också ska skicka in sitt *Ordförandebeslut* direkt till tingsrätten som svar på företagets stämningsansökan.

I en annan del av den lilla staden sitter Kenneth och Tobias för att planera nästa drag. Varje gång de sökt rättvisa för sitt fina och älskade företag har de blivit lurade. Den här gången tänker de själva kuppa och lura de korrupta i en fälla.

Det har nu gått några dagar sedan de skickade in stämningsansökan till tingsrätten. Rösten hörde av sig till Tobias igår och hon berättade att hennes före detta kollegor i kommunhuset noterat att i kommunens inkommande post fanns ett brev från tingsrätten.

Det sprider sig nu i kommunhuset att den där musikaffärn inte givit upp kampen om rättvisa. Tvärt om, de har stämt kommunen på 8 miljoner kronor. I dokumenten framgår klart att Kenneth och Tobias förlorat sina bostäder och de även har fått lida psykisk på grund av kommunens agerade mot dem.

«Tror du verkligen att dom är så korkade?» undrar Kenneth.

«Man tror ju att dom är normalbegåvade. Dom har samma ansvar som kvinnor och män i riksdagen och dom tjänar faktiskt lika mycket och till och med mer. Men så fort folk kommer in i kommunledningar blir dom på något sätt mer vilda än tama. Dom får helt enkelt hybris», poängterar Tobias.

«Jag tror på det farsan alltid sa. Det är girighet. Han sa ofta att girighet är den värsta dödssynden.»

«Ja, farsan din var inte bara otrolig på att spela piano, han var väldigt klok också.»

«Han hatade verkligen när makthavare ska ha mer och när dom inte vill erkänna sina fel», tillägger Kenneth.

«Men nu ska vi lura kräken så det svider i deras feta nackar.»

«Japp, det är på tiden att någon kuppar och fintar dom.»

«Eftersom dom har hybris kommer dom göra allt för att stoppa rättegången. Jag är helt säker på att dom också kommer bryta mot myndighetsregler och begå flera tjänstefel på vägen.»

«Det tror jag också», inflikar Kenneth belåtet.

«Om dom använder *res judicata* så kommer tingsrättens domare se att kommunen är ute i ondo», poängterar Tobias.

Kenneth tittar frågande på Tobias.

«När tycker du vi ska lägga fram våra avgörande dokument då?» undrar han.

«Vi gör det i den muntliga förberedelsen. Jag har kollat med några domare. Alla säger att tingsrätten måste kalla till muntlig förberedelse på vår stämningsansökan.»

«Du tror att kommunen kommer att försöka stoppa hela ärendet med res judicata?»

«Precis. Så gör fega och giriga människor när dom får chansen. Dom kommer också ta av skattebetalarnas pengar för att anlita någon advokat som gör allt för pengar och skiter i rättvisan», tillägger Tobias.

«Som jag förstår så håller vi oss iskalla och lägger fram det undertecknade avtalet med kommunen på den muntliga förberedelsen.»

«Ja, det måste vi. Dom har alltid kört med ljug och efterhandskonstruktioner på allt vi skickat in i förväg. Nu ska det svida i rumpan och bli rätt på plats live i domstolen.»

«Bra kommunledningen har startat ett krig, då ska dom få smaka bly», instämmer Kenneth.

«Vi repeterar lite. Nu har vi alltså skickat in att kommunen inte har betalat en faktura till oss och vi kräver betalning för de skador kommunen orsakat oss. Det innebär att dom tror att det här tillhör det tidigare LOU-målet i tingsrätten.»

«Exakt. Då begär kommunen *res judicata* och på så sätt tvingas tingsrätten stänga dörren för oss och målet läggs ner direkt.», inflikar Kenneth.

Tobias drar taktiken.

«Det kommer dom föröka göra. Men på plats i tingsrätten drar vi fram två pansarskott som får kommunens ombud att gå hem till kommunledningen med svansen mellan benen och berätta att det blir rättegång i alla fall.»

«På den muntliga förberedelsen drar vi alltså fram avtalet som Alhagen skrivit på och formavtalet som kommunledningen gömt för fullmäktige. Det är ju för fan genialiskt», viskar Kenneth förhoppningsfullt.

«På plats hävdar vi *avtalsbrott*. Då kan inte målet kopplas till något annat mål, plötsligt tillhör det inte längre det gamla upphandlingsmålet. Tingsrätten tvingas nu besluta att det blir rättegång i alla fall. Vi har faktiskt ett avtal som undertecknats av kommunalråd Alhagen. Enligt avtalet ska kommunen betala drygt 4,5 miljoner på grund av att de försökt krossa ett litet lokalt företag», förklarar Tobias.

«So far, so good. Vad kommer sen hända i själva rättegången? Vi har rätt igen, men kan vi ändå förlora som förra gången?» undrar Kenneth.

«Vi kan bara förlora om kommunledningen ljuger och gör interna efterhandskonstruktioner. Men tror du att dom vågar det, med tanke på att Babsan och förra kommunledningen fick avgå?»

«Det är det där med girighet», svarar Kenneth och ser allvarlig ut.

«Ja, du har rätt. Allt kommer handla om hur giriga den nya kommunledningen är», tillägger Tobias.

«Skönt att Paul vill vittna. Alla politiker som bestämmer vet ju hur stort hjärta han har.»

«Förhoppningsvis ger kommunledningen upp sitt falska spel och då behöver han inte vittna.»

«Ja det är en önskedröm förstås.»

Det ofattbara händer. Isaksson bryter mot den svenska lagstiftningen. Med ett *Ordförandebeslut* tar han lagen i egna händer. Han får hjälp av den helt färska kommunjuristen Yvette Pålsson och den oerfarne kommundirektören Forselius att skicka in en skrivelse till tingsrätten.

Troligen blir den unge Yvette och Forselius väldigt oroliga när de kommer på att de låtit en toppolitiker skriva till en domstol att domstolen ska avfärda ett mål där invånare söker sin rättvisa. Trots att de är jäviga, skickar Yvette och Forselius dagen efter också in varsin skrivelse till tingsrätten med samma påståenden och yrkanden som kommunalråd Isaksson.

Andes Andes följer med spänning utvecklingen i kommunhuset. Av erfarenhet har han räknat ut att kommunledningen kan komma att försöka gömma sina åtgärder för allmänheten. Han vet att kommunledningen ofta lägger sekretess på ärenden när han mejlar att han vill ta del av vissa underlag till beslut.

Den här gången fick Andes Andes tjänstemannens skrivelser om musikaffären och Isakssons ordförandebeslut utan större problem. Han kunde snabbt förmedla skrivelserna till sina vänner. Ingen av vännerna blev särskilt förvånad när de insåg att kommunledningen åter begått grova tjänstefel.

I det här ärendet är tjänstefel mer en regel än ett undantag, eftersom ärendet i begynnelsen inte togs upp lagenligt i fullmäktige så har kommunledningen lyckats skapa ett flöde av tjänstefel.

Kenneth och Tobias är ganska slitna av allt stök och bök. Det som kom nu, är en bekräftelse på en smutsig kommunpolitiker till. Det var väntat, som ett brev på posten. De hade anat att Isaksson var av samma skrot och korn som Babsan. Maktfullkomlig och kapabel att konsekvent bryta mot vårt fosterlands grundlagar. Nu vet de att han går i Babsans fotspår.

Dock var det ändå lite häpnadsväckande att Isaksson medvetet begick ett så grovt tjänstefel. Att han vågar gå så långt som att göra ett *Ordförandebeslut* och undanhålla ärendet för fullmäktige är förvånansvärt idiotisk. Det är ju så diktatorer beter sig!

Den överraskande kuppen

Högtalarna i Södertörns tingsrätt i Flemingsberg meddelar att parterna i mål T 4052–18 kallas till muntlig förberedelse. Den här gången har Nynäshamns kommun anlitat advokater för att slå tillbaka herrarna i musikaffärn.

Domaren i målet heter Ella Dagerman. Hon har förstått att Kenneth och Tobias för fyra år sedan fick smisk av Nynäshamns kommunledning i ett så kallat LOU-mål. Ett mål som byggde på att kommunen brutit mot lagen om offentlig upphandling. Dagerman hade läst den tidigare domen och sett att kommunen vann målet, trots att kommunen gjort mer än fyrtio direktupphandlingar utan föregående lagenlig annonsering.

Endast en upphandling hade utlysts lagenligt så att flera företag kunde lämna offert på det kommunen skulle köpa in. Resten av kommunens upphandlingar skedde i hemligt format, eller skedde under bordet som vissa utrycker sådana brott.

Av domslutet kunde Ella Dagerman utläsa att en före detta chefsdomare övertog målet. Det tyckte hon var högst besynnerligt. Vad var anledningen att en chefsdomare tar över ett mål om lagen om offentlig upphandling där skadeståndsbeloppet endast rör sig om 2 miljoner kronor.

Hur som helst, hon såg att musikföretaget haft målet uppe en gång. Givetvis såg det märkligt ut att kommunen vann målet eftersom de inte hade upphandlat något ramavtal och de hade direktupphandlat för 1,5 miljoner kronor mer än vad lagen om offentlig upphandling (LOU) medger.

Som vanligt, tänkte Dagerman, det är en sak att ha rätt men en helt annan sak att få rätt i rättssalen. Dörren till förhandlingsrummet öppnas och in kommer Kenneth och Tobias. De hälsar på domaren Ella Dagerman och notarien Elin Gottfridsson. Domaren hänvisar herrarna till sin högra sida där de tar plats. Samtidigt kliver två advokater in i rummet, tätt följda av tre kommunala tjänstemän.

Domaren ser förvånat på delegationen som äntrat rummet. Den kvinnliga advokaten presenterar sig som Vera Bond. Hon är en av två advokater som ska försvara kommunen. Hon ser att domaren undrar vilka de andra är så hon presenterar snabbt en rödhårig man med rött skägg. Han är i tretiofemårsåldern, ungefär tio år yngre än sin kollega Vera Bond. Hans namn är Leon Arvidsson.

De tre tjänstemännen förstår av Bonds blick att de ska presentera sig och be domaren om lov om att få stanna i rummet och lyssna.

Tobias lutar sig närmare Kenneth och viskar i hans öra och frågar om han begriper varför de där tre oerfarna tjänstemännen skickats ut när kommunledningen anlitat två advokater i ärendet. Kenneth viskar tillbaka att han inte har en aning om vad de har här att göra. De borde ju ha ett jobb att sköta hemma i Nynäshamn.

Domaren ber advokaterna sitta ner på hennes vänstra sida så att de hamnar mitt emot Kenneth och Tobias. Sedan vänder hon blicken mot de tre oväntade gästerna i rummet. Gästerna förklara att de kommer från Nynäshamns kommun, det är två unga kvinnor som är kommunjurister och en man vid namn Conny Wahlgren, som lite kaxigt trycker fram bröstkorgen och presenterar sig som kommunens kanslichef. Wahlgren berättar att de gärna vill sitta med i rummet och följa förhandlingen.

Domaren vänder sig till Kenneth och Tobias och ställer frågan.

«Hur ställer ni er till att de här tjänstemännen sitter med och lyssnar här idag?»

«Vi förstår inte varför dom kommit hit, men vi har ingen invändning mot att dom är med och lyssnar», svarar Tobias ödmjukt.

Intressant med spioner här i tingsrätten tänker Kenneth och tar med vana fram sitt anteckningsblock. Han skriver:

1. Kanslichef och två kommunjurister är utskickade från kommunens högkvarter för att spionera. Han tillägger också tre stora bokstäver inom parentes. *(J Ä V).*

Kenneth ler lite för sig själv och tänker, inte nog med att fem motståndare kommer att få en chock och göra i byxorna när Tobias lägger fram ett par extra dokument på det jättestora förhandlingsbordet. I och med att de självsäkra tjänstemännen deltar i domstolsprocessen så blir de alla tre jäviga i allt som har med musikaffärens ärende att göra i framtiden. Han skriver:

2. Sveriges rättssystem med att kommuner ska vara opartiska och behandla invånare sakligt och rättvist har gått åt skogen. Han lägger till inom parentes:

(Satans rättshaverister, de sprider ut att vi är det, men de riktiga haveristerna är ju de själva.)

Förhandlingen börjar med att domaren välkomnar parterna till dagens muntliga förberedelse. Därefter ställer hon frågan till parterna om det finns möjlighet till att förlika. Kommunens advokat Vera Bond anför omedelbart att kommunen inte kan tänka sig en förlikning.

Bond påpekar i stället iskallt att kommunen hävdar att *res judicata* ska ingripa. Advokaten Bond tar tillfället i akt att briljera i mötesrummet. Hon föreläser från sina egna dokument och yrkar att tingsrätten ska avvisa företagets talan och på så sätt helt enkelt stoppa och lägga ned målet.

Fint, där pruttade du i det blå skåpet tänker Kenneth och samtidigt sneglar han på Tobias för att se om han tänker hoppa upp på bordet och ställa till med en scen. Men Tobias sitter lugnt och bara lyssnar. Kenneth tar tag i sin penna, han skriver nu:

3. Fy fan vad malliga och segervissa advokaterna och tjänstemännen ser ut.

Domaren noterar något i sitt anteckningsblock och nickar till advokaterna och tillägger att hon sett att kommunen i sista sekund skickat in om *res judicata*. Hon vänder sig mot Tobias och Kenneth och förklarar att domstolen tyvärr för deras del, måste följa kommunens vilja att avvisa och lägga ner målet eftersom det är ostridigt att den här saken redan har prövats i tingsrätten.

Nu gäller det, tänker Kenneth. Satan i gatan, vi har allt emot oss nu. Han ser att Tobias fortfarande sitter helt stilla och tar allting lugnt. Han ser att advokaterna vuxit som furor. Tur att det är högt i tak i tingsrättens lokaler annars hade de slagit sina fontaneller i taket.

Det är kusligt tyst i rummet. Till och med Kenneth börjar tro att Tobias inte orkar med det här och vill ge upp. De har bestämt innan förhandlingen att Kenneth ska anteckna allt viktigt som syns och sägs och att Tobias är den som ska föra deras talan.

Eftersom det är så pinsamt tyst och för att komma till avslut tar domaren till orda igen. Hon frågar Tobias och Kenneth om de förstått att målet nu kommer att läggas ned.

Nu känns det som frukten mognat lite, tänker Tobias. Han ser på motpartens skadeglada ansikten. Han ser också att domaren ser lite ledsen ut över att företaget inte kan få sin sak prövad av domstolen. Hon vet ju mycket väl hur tungt och jobbigt det är för vanliga medborgare att bli tvungna att gå till domstol för att söka rättvisa. Väl där i domstolen finns regler de aldrig kunnat ana.

«Det här målet har inte varit i domstol förut. Vi är här för ett avtalsbrott», inleder Tobias lugnt och tryggt.

Domaren rycker till och notarien tittar upp. Advokaternas ögonlock öppnas så att deras ögonvitor blir otäckt stora och de tre tjänstemännen ser plötsligt ut som om de köpt smör som sedan legat och smält i solen.

«Avtalsbrott?» lyckas domaren knöla ur sig.

Ordet small som ett pistolskott i rummet. I lugn harmoni öppnar Tobias företagets mapp med deras dokument. Han låtsas leta lite bland alla papper i mappen. Kenneth noterar att alla i rummet stirrar på Tobias. Kenneth ler inombords eftersom han vet att de papper Tobias ska överraska med ligger i perfekt ordning.

«Här är det jag letar efter», fortsätter Tobias efter sitt lilla skådespel och lämnar över två dokument till domaren. Dokumenten visar att kommunen ingått avtal med företaget.

Domaren tar med stor nyfikenhet emot dokumenten. Hon läser att kommunalrådet Dennis Alhagen och Tobias har haft ett möte där de ingått avtal om betalning. Det framgår också att de har gått igenom en mängd handlingar som ser ut att styrka att kommunen gjort sig skyldig till massor av givande och tagande av mutor.

I dokumenten står klart att avtalet har en faktura och underlag som överensstämmer med beloppet företaget åberopat i stämningsansökan. Domaren överlämnar dokumenten till notarien så att denne i sin tur överlämnar dokumenten till advokaterna.

«Varför skickade ni inte in de här handlingarna från början?» fortsätter domaren och tittar med vakande ögon på Tobias.

«För det första så visste vi inte vilka handlingar som gör bästa verkan. Du ser ju hur tjock vår mapp är och i väskan har vi ännu mer dokument som styrker hur kommunen struntar i regler. För det andra så ville vi inte ge kommunen möjlighet att lura domstolen med efterhandskonstruktioner. Så har dom gjort flera gånger förut.»

Advokaterna inser att det här inte alls går som de tänkt sig. De trodde saken sammanföll med ett tidigare LOU-mål. Nu visar företaget att det finns ett avtal som kommunen inte fullgjort.

«Vi tar tillbaka vårt anförande och medger att…»

«TYST!» utbrister Vera Bond samtidigt slår hon till sin kollega på armen och han rycker till och blir tyst för resten av dagen.

Alla i rummet ser hur den rödhårige advokaten sätts på plats av advokat Bond. Oj så pinsamt. Blodtrycket fördubblas i hans kropp. Han känner hur pulsen börjar dunka ända ut i handlederna och det känns som om det brinner innanför revbenen. Alla i rummet kan se att advokatens hals och kinder intar samma röda färg som kalufsen.

«Jag för kommunens talan här, och min inlaga om *res judicata* står fast», fortsätter advokat Bond med en så syrlig ton att den antagligen skulle ge en grizzlybjörn ståpäls.

Jisses vad pinsamt. Undrar vad jag ska anteckna nu då. Det var nog bland det jävligaste jag sett, tänker Kenneth, samtidigt studerar han domaren och kommunens tjänstemän. Allihop skulle behöva dra en burka över huvudet för att dölja de tappade hakorna. Kenneth skriver:

4. Bond gav kollegan en blixtsnabb vänsterjabb.

Domaren Ella Dagerman förklarar för församlingen att företaget har bevis som styrker avtalsbrott och att skäl för stämning föreligger. Advokaten Vera Bond vill i alla fall att domstolen prövar *res judicata* vilket betyder att dagens förhandling måste avbrytas och domstolen måste bakom stängda dörrar fatta beslut om företaget har rätt till att stämma kommunen för de skador kommunen orsakat dem.

Kommunens tre tjänstemän och de två advokaterna lämnar mötesrummet. Domaren och notarien följer deras rörelser och kroppsspråk. De noterar att attityden är skamligt låg, ingen av kommunfolket tackar eller säger hej då.

«Oh my god. Tror du advokatgrabben får sparken nu?» viskar Tobias.

«He he, ja det tror jag. Slaget gav nog inte ett blåmärke men det syntes att han gav med sig. Och det brann inte bara på huvudet. Det brann nog i baken på honom också», viskar Kenneth tillbaka.

«Det är synd i det stora hela. Han verkar ju vara den ende i deras gäng som förstod något om vad allt handlar om», avslutar Tobias.

När kommunens delegation lämnat förhandlingsrummet reser sig ägarna till det lilla företaget upp och samlar ihop sina dokument. När de går fram och skakar hand med notarien och domaren nämner

Kenneth att han hoppas att domaren uppmärksammat hur den här kommunen arbetar och hur de behandlar sina invånare.

Allt var så genomskinligt och tydligt att domaren inte kunde annat än att instämma i Kenneths påpekande. Dock ska ju domstolen göra allt för att vara sakliga, oberoende och behandla alla parter likvärdigt menar domaren. Hon noterar hur parternas attityd är, men påpekar att det sällan har verkan i domsluten.

Några dagar senare meddelar Södertörns tingsrätt att de beslutat ge företaget rätt. Kommunens yrkan att företaget inte ska få driva målet avslås. Det betyder att kommunen ska ställas inför rätta om varför de inte ersatt företagets skador genom att betala fakturan enligt gällande avtal.

Saken ekar nu högt i Isakssons kommunhus. Men trots olagligt *ordförandebeslut* och mängder av hemliga företeelser som länge pågått, utan fullmäktiges kännedom, tänker kommunledningen inte erkänna de fruktansvärda tjänstefelen som kränkt musikaffärn.

Tvärt om, Nynäshamns kommunledning påbörjar omedelbart genomförandet av en ny grym plan för att knäcka det lilla lokala företaget. Nu råder inga tvivel om att kommunledningen sätter in allt de har att mörka alla tjänstefel och vinna tvisten.

Kort sagt, så har de politiska ledarna Isaksson, Alhagen och Henry i kommunstyrelsens arbetsutskott lyckats slakta invånare som visselblåste att mutbrott pågår.

Samtidigt har de ordnat så att grova mutbrott och tjänstefel de facto lönar sig för hårdhudade politiker och tjänstemän som älskar givande och tagande av skattebetalarnas pengar.

Rond 11 Diariet

Sakta öppnas höger öga. Första tanken efter varje tupplur är, var någonstans i Nynäshamn låste jag senast fast cykeln? Andra tanken är hur mycket är klockan? Sakta öppnas också vänster öga och han ser på armbandsuret att klockan visar kvart över tre.

Tredje tanken är en fundering ifall det är natt eller eftermiddag. Det brukar han fnissa om, lite för sig själv. Grönros fann det som en av de mest rogivande detaljer med att vara pensionär. Klockan styrde inte livet längre. Under livets många år som student, läkare och förhandlare för Sveriges läkarkår var det oftast klockan som styrde hans tillvaro.

Idag är Grönros ganska säker på att han vaknat till på eftermiddagen. Efter en riktigt tuff förmiddag, tog han en välförtjänt tupplur. För att säkerställa riktigheten att det är eftermiddag vill han, sin vana trogen, slå på radion. Han känner nämligen igen alla dag och natt-program på P1 och P2.

När han reser sig upp ur sängen för att gå och starta radion, märker han att han har blodtrycksmanschetten på högra överarmen. Ja visst ja, hahaha. Nu börjar man vakna till ordentligt, tänker Grönros och skrattar gott för sig själv.

Han minns nu att han tömde sig på energi i två svåra intervjuer denna förmiddag. Nu behövde han inte radion för att veta om det är natt eller dag. Efter samtalen med fullmäktiges ordförande Lenny Östling och moderatledaren Henry Bovenius, ville han ha koll på det egna blodtrycket. Han fick nämligen tömma sig själv på energi. Han hade förberett smarta följdfrågor på sakfrågorna, eftersom han var hundra procent säker på att de två politikerna inte vill erkänna brister eller erkänna att de hjälper kommunledningen att skydda mutbrott.

Först träffade han Östling och sedan hade han ett långt telefonsamtal med Henry. Samtalen blev som han förutspått, dramatiska och han blev tvungen att tömma sig på alla krafter för att inte tappa fattning och hållning genom intervjuerna. Direkt efter samtalet med Henry, lade han sig på sängen för att vila och kolla blodtrycket. Det var också ganska givet att han skulle somna ett par timmar efter de fruktansvärt ansträngande samtalen.

Ingen av de båda politikerna visste att Grönros planerat samtalen noga. I dagar hade han tränat in frågor för att förstå varför de båda toppolitikerna, år efter år, låtit kommunledningen i hemlighet stjäla så mycket pengar ur kommunens kassaskrin.

Grönros brukar säga att han är en slow starter, men när han väl kommer i gång, ja då går det verkligen undan. Han är inte rädd. Tvärtom, han besitter ett stort mod. Dessutom gillar Grönros att granska och gräva djupt i svårlösta ärenden och ett av hans signum är att alltid finna kärnan som orsakar problemet.

Senaste tiden har han grubblat väldigt mycket över mysteriet med att Nynäshamns kommun gör allt för att undanhålla sanningen om klara mutbrott. Inte nog med det, kommunen gör dessutom i princip allt för att knäcka ägarna till det lilla musikföretaget. Doktor Grönros har länge vetat att det ligger onda makter dolda i kulisserna.

Han startar radion och ser till att den är på låg volym. Nu vill han läsa sina anteckningar från dagens intervjuer. Grönros läser noga igenom sina anteckningar och sina sammanställningar efter samtalen med Östling och Henry. Han är nöjd med att han fått fram budskapet och att alla de frågor han förberett gick fram till både fullmäktiges ordförande och oppositionsrådet.

Dock är han väldigt, väldigt, väldigt besviken på de två politikernas svar. Det visade sig att fullmäktiges ordförande Östling saknade både mod och vilja att sätta stopp för den kända och utbredda korruptionen i kommunhuset.

Resultatet av intervjun med Östling utmynnade i ett fiasko för Östling. Grönros påpekade för honom att han inom kort sannolikt kommer att tvingas avgå som fullmäktiges ordförande. Östlings ögon blev så stora av skräck att de var på väg att ploppa ur hans ögonhålor. Plötsligt insåg han att han är avslöjad med att ingå i en viss kartellgrupp med andra företagare.

Avslöjandet gör att det är allmänt känt att han själv är korrupt, eftersom han dessutom är ordförande i fullmäktige. Inte nog med det, det är Östling som är den drivande i den där kartellen. Östling såg till att kartellen nyttjade kommunens skollokaler gratis.

Ingenting blev bättre av att Östling som är 70 år och gift, svansar efter kommunens skolchef. Det var hon som låste upp lokaler som Östling kunde förena både nytta och nöje i. Fräckheten mätte inga gränser, när det till sist stod klart att Östling själv på grund av hans dubbla stolar ordnade så att kartellens önskemål gick raka spåret direkt till kommundirektören, Isaksson och Henry.

Intervjun med oppositionsrådet Henry Bovenius anser Grönros vara ännu mer intressant. Tyvärr stämmer hans misstankar, det står nu inristat i sten att Henry är livsfarlig som politiker. Efter intervjun med Henry fick Grönros fog för att koppla på blodtrycksmanschetten och ta en extra och återhämtande tupplur.

Det hör inte till vanligheten att den kloke, skicklige och rutinerade doktor Grönros blir chockad eller jätteförvånad. Men till och med han blev och är fortfarande skakad efter det fyrtiosju minuter långa samtalet med oppositionsrådet Henry Bovenius.

I anteckningsblocket finns ord som empatilös, iskall, ljuger och att Henry gång på gång upprepar att Grönros frågor inte är politiska frågor. Trots det fortsatte Grönros tålmodigt med sina genomtänkta frågor.

En sak var intressant och lite lustig. Flera gånger i slutet av samtalet var det tydligt att Henry stammade. Grönros uppmärksammade att

Henry fick sina talfunktionsproblem när Grönros, med klokhet och tålamod, i princip lurat in politikern i ett hörn.

Trots Henrys ovilja att utveckla seriösa svar i samtalet kunde Grönros, som den erfarna förhandlare han är, framställa att det som pågått i kommunhuset under flera år, är ingenting annat än mutbrott och att allt som sker där i kommunhuset givetvis är politiska frågor. Tyvärr lyder de sista orden i anteckningsblocket:

Henry Bovenius är livsfarlig, otäck och samvetslös.

Andes Andes ringer på dörrklockan tre trappor upp i ett hyreshus på Nynäsvägen. Närmare bestämt sextioen trappsteg upp. Det står Carling på dörren. Dörren öppnas och där står, inte helt överraskande, Kenneth Carling.

En ganska mager man utan hår på huvudet, en tvåveckors skäggstubb och en stor prilla under överläppen. Andes Andes spärrar upp ögonen vid synen som möter honom. Mannen är iklädd brandgula kortbyxor och en Pink Floyd t-shirt. I handen håller han tre dartpilar.

Från stereon strömmar toner från David Gilmours senaste album «Rattle That Lock».

Andes Andes skrattar vid åsynen och frågar.

«Tjenare, har jag kommit hem till dartmästaren Stefan Lord eller har jag hamnat på Rumbas ungdomsgård?»

Kenneth flinar lite, han tittar på sin kompis som är ganska långhårig, har en mustasch som är något buskigare än David Nivens och lite pipskägg på hakan. Han har en näsa som man, om man är diskret, kan kalla väl tilltagen.

«One hundred and eighty», säger Kenneth med ett flin och fortsätter.

«Tja, kom in. Jo, jag håller på och tränar lite dart här hemma serru. Ska vi ha en fika?»

Andes Andes noterar att väggarna i hallen är klädda med olika Hammarbytavlor. Han tittar in i det lilla köket där det står ett litet klaffbord och en ensam stol vid fönstret.

«Självklart vill jag ha kaffe. Trivs du här i lägenheten då?»

«Ja, det är ganska okej. När man väl smält att jag var tvungen att sälja huset så har det gått rätt bra. Vi grät lite, jag och barnen, när vi hade städat det sista och lämnade huset. Det är mest synd om min lilla katt, hon är ju van att klättra i träd och springa omkring ute i trädgården. Nu är hon hänvisad till en låda på 56 kvadrat.»

De kliver in i vardagsrummet och Andes Andes ser sig omkring. Även här hänger en hel del tavlor på väggarna, mest sport- och musikinspirerat. Bland annat ser han ett inramat mittuppslag från tidningen Melody Maker. Han går närmare och ser att det är från september 1975.

Det är en annons för Pink Floyds album «Wish you were here» som släpptes 12 september samma år. Han minns att Kenneth allt som oftast påvisar att det är det bästa album som någonsin gjorts och det kommer inte att göras något bättre heller för den delen.

Han ser att Kenneth har en öppen spis i vardagsrummet och på väggen bredvid den sitter darttavlan med sitt centrum, eller bulls eye som det heter, exakt 173 cm över golvet.

«Ja, det är förjävligt att du var tvungen att sälja huset. Vi har ju haft några roliga stunder där genom åren. Fan, du har ju bara en soffa numera, jag kommer ihåg att du hade sex soffor i huset. Vi skojade ju alltid om att man aldrig kan ha för många soffor.»

De skrattar hjärtligt åt gamla minnen. Andes Andes fortsätter.

«Men nu till det tråkiga, jag har fått ut dokument som vi behöver gå igenom.»

«Okej, jag ringer Tobias också, han vill nog också se dokumenten. Jag tror han besöker en kompis här i Nynäs idag.»

«Ska vi inte se om Grönros och Paul kan komma också?» frågar Andes Andes.

«Smart, jag ringer dom också.»

En timme senare sitter Andes Andes, Paul Lönndal, Arvid Grönros, Tobias och Kenneth i vardagsrummet i Kenneths tvårummare. De har serverats en varsin kopp nymalet kokkaffe och en liten whisky. I dag är det en smakrik tolvårig Caol Ila som är på besök i glasen.

Tillsammans går de igenom de dokument Andes Andes fått ut från diariet. De skickar runt dokumenten mellan varandra och det blir en tryckt stämning i rummet. Ingen säger något på ett bra tag.

Dokumenten de fått ut är bland annat ett mejl från kommunfullmäktiges ordförande till kommundirektören, där ordföranden skriver om en speciell företagargrupp. Församlingen i rummet förstår att den här mannen sitter på två stolar.

Kommunfullmäktiges ordförande Lenny Östling skriver att näringslivschefen ska ha löneökning och samtidigt en rejäl budget, men det är väl inte så det ska gå till tycker alla runt bordet. Mejlet har även gått till oppositionsråd Henry Bovenius och kommunalråd Paul Isaksson.

Östling skriver till kommundirektören att han ska diskutera i sin företagargrupp hur kommunen bör ge näringslivet högre status och mer pengar.

I ett annat dokument skriver kommundirektören i ett mejl till ca tjugo mejladresser att tillsättningen av honom som kommundirektör innebar ett avsteg från kommunens egen rekryteringspolicy. Det mejlet är också adresserat till flera fackförbund.

Längre ned i det mejlet står det att kanslichef och kommunjurist Amanda Fast slutar. Det står att planeringschefen, IT-chefen, ekonomichefen, näringslivschefen och biträdande kommunchef också lämnar kommunhuset.

De läser ytterligare ett mejl från fullmäktiges ordförande Östling till de som sitter i företagargruppen. Mottagarna av mejlet är ett gäng företagare som alla runt bordet känner igen och en moderat som heter Corneliusson.

Ett annat dokument är mejlväxling mellan kommundirektör, kommunfullmäktiges ordförande och skolchefen om ett möte med den här företagargruppen. Fullmäktiges ordförande Lenny Östling skriver från sitt företags mejladress.

Alla i vardagsrummet tittar på varandra under tystnad, några av dem ruskar på huvudet, men ingen vet riktigt vad de ska säga. Det de har sett nu är ju ingenting annat än en planlagd jättekorruption.

Tobias samlar ihop dokumenten, han tittar allvarligt på kompisarna och säger.

«Om vi sammanfattar de här dokumenten. Det finns alltså en grupp företagare som lägger upp ritningarna hur näringslivet bör skötas. Östling sitter på två stolar och den här skolchefen, är det verkligen hennes uppgift att förmedla företagarnas möten i skolans lokaler? Kommundirektören erkänner att hans tillsättning inte har gått till enligt kommunens regelverk. Isaksson och Henry är medvetna om fullmäktiges ordförandes fulspel. Vad fan håller dom på med i den här kommunen?»

Grönros tar till orda.

«Givetvis är det bara en liten grupp människor som vet om spelet som pågår bakom kulisserna. Det här är mycket mer invecklat och mycket allvarligare än jag kunnat ana. Vi måste lägga upp en handlingsplan, vem som gör vad. Jag har redan haft kontakt med Östling och Henry. Det visar sig att dom är rent ut sagt farliga för kommunen. Dom saknar empati och bryr sig inte det minsta om demokratiska frågor.»

Plötsligt hojtar Andes Andes till. De andra tittar på honom och Paul skrattar och frågar.

«Satte du whiskyn i fel strupe eller?»

Andes Andes ler och viftar med ett dokument.

«Nej då, men jag har ett papper om uppsägning här. Det är skolchefen. Hon som slutar sista november. Hon lämnade in sin avskedsansökan i april.»

Grönros tittar nyfiket på honom och undrar.

«Har du kommit över något dokument om Östlings vara eller icke vara som ordförande i fullmäktige?»

«Nej, men jag läste i Nynäsposten att han ska avgå som kommunfullmäktiges ordförande, det är liberalen Nils Nilsson som ska ta över efter sommaren», svarar Andes Andes.

«Va, Pisse-Nisse?» skrattar Kenneth och fortsätter.

«Ska den lilla fjanten ta över? Ja ja, det kan ju inte bli värre än Östling i alla fall, men den där grabben ger inte jag mycket för. Jag har ju sett honom i aktion, det är en riktig jävla syltrygg.»

«Det är helt otroligt. Som ordförande i kommunens högst beslutande organ sätter dom in en ung person som saknar arbetslivserfarenhet. Han har ju bara gått i skolan och det enda han är duktig på är att prata. Han är ju ingenting annat än en politisk broiler», understryker Andes Andes.

«Det är givet att dom sätter en sådan person på den posten, då kan ju dom korrupta styra allt som dom vill», ryter Paul med högt tonfall.

«Det viktiga för en kommun är att förstå är att fullmäktiges ordförande har samma ansvar och roll som riksdagens talman. När någonting är fel är det han som ska kalla in partiledarna och även revisorerna om det behövs. Korruption och liknande brott ska fullmäktiges ordförande stävja direkt.», tillägger Grönros.

«Från det ena till det andra. Stod det vad Östling ska pyssla med nu då?» undrar Tobias.

Andes Andes svarar snabbt.

«Han ska jobba i föreningen som försöker att få hem den där journalisten från Etiopien.»

«Hoppas att han får bättre hjälp av Östling än vad vi har fått, annars lär han ju inte komma hem», säger Kenneth och sväljer det sista i whiskyglaset.

Paul lägger fram ett eget papper på bordet, han är nu ivrig att komma till tals.

«Här är listan på de dokument som vi ansåg vara viktiga att alltid ha till hands förra gången vi granskade. Jag tycker alla skriver av diarienumren sen skriver vi ett papper till med alla nya dokument vi fått.»

Hela teamet av privatdeckare instämmer och börjar skriva av Pauls papper.

Nynäshamns kommun, ärende Musikevenemang Södertörn diarienummer 0141/059.

Förvaltningsrätten 26088-12, 26093-12, 26097-12, 26105-12.

Södertörns tingsrätt 6936-13, bolagets inlagor, hela akten.

Svea hovrätt T 703-15.

Protokoll kommunstyrelsen KS/2015/0024/061-99, § 113/16.

Polismyndigheten 0201-K386428-11.

Polismyndigheten 5000-K751563-15.

Kommunstyrelseprotokoll KS 0141/059-35.

Medborgarförslag – PwC ska återbetala till Nynäshamns kommun.

Revisorer minnesanteckningar (saknas diarienummer).

Revisorer översiktlig granskning av bluffbolag 104/2014-007.

PwC olaglig förlängning av avtal Klamcavski 223/2010.

Grönros och Tobias tar på sig att göra en sammanfattning över vilka nya dokument som är viktiga att spara för framtiden. Kenneth åtar sig att ombesörja med kopiering så teamet har samma diarieförda handlingar.

Listan som bevisar hur kommunledningen bryter mot lagstiftning kommer bli väldigt lång.

Viktiga dokument.
Originalet av utvärderingsprotokoll Jubileumsregattan – diarienr. 151/2012.

Förfalskningen av utvärderingsprotokoll Jubileumsregattan, sänt till tingsrätten 2014 – Södertörns tingsrättmål T 6936-13 aktbilaga 122.

Nynäshamns kommun –ärende Musikevenemang Södertörn diarienr. 0141/059.

KSAU beslutar §60. Förvaltningschef åter efter en längre tids sjukskrivning. Inrättande av en personlig tjänst som biträdande kommunchef med 70 000 kr/månad – diarienr. 2015/0012/022 KSau.

ÖK kommunalråd och kommunchef. Kommunchef får ca 1 miljon – diarienr. KS 2017/0017/020-5.

Avtal kommundirektör Forselius anställning-diarienr. KS2017/0012/022-5.

Kommundir. Engborg beviljar felaktigt visstidspension för Babsan Ljunglöf – diarienr. KS2016/0267/023-1.

Kommundir. Engborg anlitar Bratts konsultföretag BJK sept. 2012 – diarienr 27/2012-059

Personalchef anlitar Bratts andra konsultföretag sept. 2016 – diarienr. KS 2016/0002/059-35.

Undertecknad agenda, möte med Alhagen – Södertörns tingsrätt mål T 4052-18 aktbilaga 23.

Anställning av rektorer utan upphandling – diarienr. 2017/0061/002-36

Polisanmälan mened 2015 – Musikev och Grönros –5000-K751563-15.

Jurek – tilldelningsbeslut rekryteringstjänster 2017-05-05.

Jurek diskvalificerade –Södertörns upphandlingsnämnd-2015-091.

Jurek – fakturor på ca 5 miljoner från samma period där de är diskvalificerade-ej diarienr.

Jurek – avtal m Nynäshamns kommun 2017-03-01-2019-02-28, trots diskvalifikation-ej diarienr.

Kenneth tar fram tio pärmar ur ett skåp från sovrummet. Han ställer dem på golvet.

De är sprängfyllda med diverse dokument från kommun, polis och domstolar. Han bläddrar frenetiskt igenom pärmarna en efter en och plockar ut dokument efter hand. Han hittar nästan alla dokument de har skrivit ned. De som inte finns i pärmarna finns på hans dator så de kan han skriva ut på biblioteket.

Paul utbrister imponerat.

«Vilken ordning du har på alla papper.»

Kenneth nickar och ser lite stolt ut. Grönros tar åter kommandot.

«Det här håller på att gå åt pipan för Tobias och Kenneth. Tyvärr ser jag bara två möjliga utvägar.»

«Fortsätt, vilka vägar finns?» undrar Paul ivrigt.

«Nummer ett, ni måste hitta kraft och låta Paul vittna för er i domstolen. Tänk på att ni har avtalet med Alhagens underskrift. Hur jobbigt det än må vara, så kämpa vidare som ni gjort så länge, förr eller senare måste kommunen erkänna att de lurat er från första början.»

«Jag ställer upp, jag kan berätta för domstolen hur Alhagen ringde mig för att han skulle ordna förlikningen och betala skadorna som blivit», intygar Paul inspirerat.

De övriga lyssnar med spänning och väntar på Grönros nästa drag.

«Nummer två, vad tror ni om att skriva en bok om alla kränkningar ni har upplevt under de här åren?»

Tobias och Kenneth tittar på varandra och skrattar. Tobias svarar med ett leende på läpparna.

«Vi har faktiskt diskuterat det, GW Persson var ju tvungen att göra det när polisens högkvarter kränkte honom. Men vi vet inte riktigt om vi kommer att orka det mentalt.»

Kenneth funderar några sekunder.

«I och för sig har det alltid varit en dröm att skriva en trilogi, men det är inte lätt när man förlorat allt man äger och har.»

«Särskilt när vi aldrig gjort något fel. Vi har följt alla lagar och regler och bevisat att kommunen fuskat och fifflat med i princip allt», tillägger Tobias sorgset.

«Jag tror ni klarar det, kämpa och börja skriva ned vad ni råkat ut. Under resans gång kommer ni att växa med uppgiften. Det måste ges ut någon form av skrift som förhindrar korruption i andra kommuner», tillstyrker Grönros med glitter i de ljusblå ögonen och med sitt trevliga karaktäristiska leende.

De fem kompisarna skiljs åt efter ett tre timmar långt möte, de vet att de kommer komma att behöva ha fler möten framöver. Alla känner sig beklämda över att de hittat så mycket felaktigheter som sker i kommunhuset. Flera ärenden som är fullständigt åt helvete tycks aldrig slut.

Nu ska rättvisa skipas. Allt ska bli bra igen, tänker Paul efter att han fått frågan om han vill vittna i rättegången mellan lilla David och den gigantiske Goliat. Det måste bli ett lyckligt slut på den här soppan och saken måste göras om och göras rätt, tänker han när han häller upp sitt morgonkaffe och sätter sig på sin favoritplats i köket.

Klockan är 05.08. Fem dagar i veckan studsar alltid Paul upp ur sängen före klockan 05 på morgonen. Familjens trogne fina vovsing Kiara gillar det. Då får hon komma ut på tomten och rasta av sig, till nytta för henne och alla fina blommor och buskar som Paul och hans fru värnar så mycket om.

I natt hade Paul en sådan där härlig positiv dröm som han ofta har. Han drömde att flera beslutsfattare i kommunen hade insett att de inte längre kan acceptera en situation där invånare och visselblåsare blir de som far illa, när det är uppenbart att det är jätten Goliat som brutit mot regelverken. Han tar fram sin mobiltelefon och skriver ett sms till sin gamle vän Arvid Grönros.

I meddelandet beskriver Paul hur tacksam han är att Kenneth och Tobias tillfrågat honom om han vill avlägga ett vittnesmål i rättegången de tvingats ta initiativ till.

Det tar bara några minuter innan mobilen plingar. Paul skrattar till när han ser att det står Grönros på displayen. Han läser att Grönros svarar med en hälsning att han också är vaken och att han tillbringat natten med att granska en mängd kommunala handlingar som visar sig vara av ytterst känslig karaktär.

Grönros skriver också att det är mycket bra för kommunens framtid att det är just Paul som kommer till domstolen för att återge händelseförloppet och grunderna i själva tvisten. Paul skriver kort att han är nyfiken på Grönros senast fynd och att han därför gärna bjuder på en panna kaffe på kontoret på valfri tid om möjlighet finns. Svaret kommer efter en minut.

Tackar för inbjudan, tar en tupplur på ett par timmar, sen tar jag cykeln ner till dig.

Kvart över elva sitter Grönros på Pauls kontor. Lugnt och sakligt visar han ett antal dokument för Paul, som noggrant lyssnar och läser de häpnadsväckande orden som Grönros markerat på varje utvalt dokument.

«Jag som hade en sådan fin dröm om hur alla mutbrott tagit slut och att kommunen äntligen förlikar med Kenneth och Tobias.»

«Fortsätt drömma Paul. Det är drömmar och mål som leder oss hederliga människor till förbättringar», inflikar Grönros.

«Ja, det har du ju rätt i. Men i vaket tillstånd känns det som om ondskan själv växt fast i väggarna i kommunhuset. När jag ser de här dokumenten känner jag att mitt blodtryck stiger mot himlen», tillstyrker Paul.

«Det syns. Jag ser på din hals och dina kinder att de rodnar nu. Låt oss slappna av lite, tack vare din positiva moral och inställning har du lyckats boka några bra möten. Dom mötena kommer att bli viktiga för framtiden. Både när det gäller att driva ur ondskan och Nynäsandan ur väggarna i kommunhuset och inför ditt vittnesmål i tingsrätten.»

«Ja, det var en jävla tur att jag ringde och bokade in möten med politikerna innan jag fick se de här dokumenten. Det brinner verkligen i huvudet när man ser hur saker går till. Varför tar det aldrig slut?» undrar Paul förtvivlat.

«Pengar, pengar, pengar och lite makt. Det är så enkelt och det vet du mycket väl.»

«Jo jag vet det. Men jag har så förbannat svårt att ta in att dom fortsätter ta andras pengar trots att dom är påkomna.»

«Det är heller inte så konstigt. Dom blir ju inte straffade. Det värsta som kan hända korrupta i kommuner är att dom får ett saftigt avgångsvederlag och en ny välbetald tjänst på annan ort», poängterar Grönros.

«Åååååh jag blir galen», flämtar Paul.

«Det som är konstigt är att vi vanliga invånare och skattebetalare inte reagerar.»

«Vad är det med oss då?» undrar Paul.

«Vi tror så väl om våra kommunala toppolitiker. Så oftast accepterar vi situationen. Trots bevis på grova mutbrott så händer inte det som borde hända. Vi människor kör helt enkelt huvudet i sanden och kan till och med börja kritisera och mobba de som bevisar stöld av skattebetalarnas pengar», utvecklar Grönros.

Hastigt studsar Paul upp ur stolen och går bestämt mot kaffebryggaren. Han försöker hålla sig lugn. Samtidigt som han fyller på tredje påtåren säger han med sin allra allvarligaste stämma.

«Det är exakt vad som har hänt Kenneth och Tobias ju. När de stod upp för invånarna och visade upp hur kommunen betalar ut mutpengar, fifflar med upphandlingar och gynnar vissa personer så har dom blivit utfrysta och vuxenmobbade av ganska många invånare i sociala medier.»

«Det är så enkelt för politikerna att sprida ut falska rykten. Det är så politiker alltid gör, särskilt när det är val. Det är mycket prat och lite verkstad. Skillnaden att driva företag och kunna anställa som exempelvis Kenneth och Tobias gör, är att de inte kan babbla, då går de i konkurs. De måste hålla sig till fakta och nå ett vettigt resultat varje månad och varje år», förklarar Grönros.

«Jag förstår, men att det försvinner mer än 100 miljoner kronor varje år, i vår lilla kommun, kunde inte ens jag drömma om», tillför Paul.

Grönros dricker lite vatten och fortsätter.

«Det är inget problem för ledningen. Det kommer nya pengar hela tiden. Varje månad överför skattebetalarna här i kommunen mer än 100 miljoner, till kommunledningens stora glädje.»

«Men, vad kan vi göra? Nu har ju Andes Andes fått ut handlingar som visar att flera politiker stulit pengar direkt av skattebetalarna och betalat ut pengarna till kommunchefer som i sin tur olagligt gynnat bekanta och företag. Du har även fått fram att kommunens revisorer inte längre vill mörka allt som pågår, dom kommer skriva att det saknas cirka 1 miljard i kommunens kassa. Vad ska vi göra då?» undrar Paul.

«Revisorerna vågar inte skriva att det fattas 1 miljard. Dom kommer att hålla ner siffrorna och det kommer vara lite otydligt hur stor kapitalförstöringen är. Men dom kommer att neka ansvarsfrihet till någon som får bära hundhuvudet.»

«I min värld ska revisorerna kräva att kommunledningen avgår», poängterar Paul.

Grönros svarar med sitt oerhörda lugn.

«Det vågar dom inte.»

«Varför vågar dom inte det?» frågar Paul, nu ännu mer intresserad i frågan.

«Revisorerna från PwC har fakturerat kommunen många miljoner kronor. Dom har haft avtal med kommunledningen i mer än tio år. Vi kan vara helt säkra på att både kommunen och revisorerna vill att detta penningflöde ska fortsätta. Det är helt logiskt»

«Allt är så grymt. Hur ska vi kunna knäcka den här korruptionen Arvid?» Paul nästan snyftar nu.

«Gör som du alltid gör. Håll humöret på topp, visa inga rädslor. Fortsätt med dina inplanerade möten och där lägger du fram dokument med fakta. Ju fler som ser hur skattebetalarnas pengar går till mutor och fördelas olagligt ju bättre är det», påvisar Grönros skarpt men tröstande.

Paul ställer förtvivlat nästa fråga.

«Hur tycker du jag ska göra med Henry Bovenius, ska jag boka möte med honom också?»

«Det är ingen idé, jag försökte få honom att reagera. Han sitter i politiken bara för att stärka sin egen plånbok.»

«Men då har vi ingen opposition alls, om inte Vänsterpartiets Marre Mark vill agera för invånarna», försöker Paul.

«Det har du helt rätt i. Tyvärr har ingen jag pratat med något förtroende till Marre Mark. Bland politiker och tjänstemän skämtar man om att Marre fick en så kallad mutstol i kommunstyrelsen. Mutstolen fick hon av Babsan för att hålla tyst om alla mutbevis som hon fått av Kenneth och Tobias. Så henne kan du glömma. Hon sålde sin egen och Vänsterpartiets själ.»

«Jag har nog förstått det. Jag har ibland kontakt med en kompis som var ledare i vänstern när jag var politiker. Han berättade att Marre kuppade sig in i vänstern i Nynäshamn», suckar Paul och minns den storyn nu när han tänker efter.

«Den saken kommer bli ännu värre. Marre kommer få ett chefsjobb på socialförvaltningen också», tillägger Grönros.

De två vännerna Grönros och Paul rundar av mötet. De bestämmer sig för att fortsätta det intensiva arbetet i syfte att slå tillbaka alla som skyddar och utövar brott i kommunledningen.

Idag har de fått ett kvitto på att mutbrotten vuxit i stället för att minska. Förhoppningen var ju att nytt folk och nya metoder i kommunledningen skulle ge ett positivt resultat och att man följer lagar och regler. Tyvärr visar granskningarna att förskingringarna i kommunhuset ökar något och att pengarna bara går en liten annan väg för att göra det svårare för utomstående att förstå själva penningflödet. Mängder av dokument som Andes Andes förmedlat i teamet styrker att kommunledningen delegerar olagligheter i parti och minut och att flera politiker samtidigt är jäviga. Bland annat sitter Henry Bovenius på mer än femton stolar. Han är med och styr i alla kommunens frågor om utveckling och byggnationer samtidigt som han själv äger fastigheter i kommunen.

Inte nog med det, Henry har köpt sina fastigheter av kommunen. Han har till och med haft kommunens verksamheter som hyresgäst i sin fastighet. Det hemska blir hemskare och hemskare för de som granskar kommunen.

Även om det givetvis finns politiker lite längre ner i hierarkin som tror och alltid vill tro väl om demokratin, så styrker samtliga dokument att kommunledningen och oppositionen fungerar som en sekt. Och att demokrati, det vill säga allas lika rätt, saknas helt och hållet.

Idag blev det en fruktansvärd upplevelse för Paul. Med egna ögon fick han se att hans före detta politikervänner med berått mod stulit många miljoner kronor av invånarnas pengar. Det är politiker som ofta skriver till honom att de saknar honom i fullmäktige, eftersom han alltid värnat om demokrati, rättvisa och även värnat om de andra partierna.

Paul vidhöll ofta.

Vi gör ofta fel, jag själv gör ofta fel. Det vi i politiken måste bli bra på, är att när vi gör fel, måste vi göra om och göra rätt.

Första mötet Paul har riggat är med två moderater. Den ene är en uppstickare vid namn Magnus Griswalld. Han har tidigare med bestämdhet aviserat att han tänker bli heltidspolitiker. Den andre är en mer erfaren kommunpolitiker vid namn Gordon Tinas. Han har flera års erfarenhet som ledamot bland annat i fullmäktige och kommunstyrelsen.

För att få lite extra krydda på det här extremt viktiga mötet har Paul bett Tobias att följa med. Tobias tackade givetvis ja, eftersom de båda Moderaterna kanske har kuraget att verka för invånarna och samtidigt motverka den obehagliga Nynäsandan som skadat kommunens anseende så fatalt.

Platsen för mötet är bestämt till Griswallds hem på Lövlundsvägen som ligger tio minuters promenad från Nynäshamns centrum. Eftersom mötet är satt till klockan 11:00 meddelar Tobias att Paul kan tala om för de andra två herrarna att Tobias tar med sig fyra matlådor från en närliggande thairestaurang, så kan alla få i sig lite lunch samtidigt.

De fyra personerna är till Pauls förtjusning på plats hemma hos Griswallds strax före klockan 11. Två av personerna har aldrig tidigare mötts. Det är Gordon Tinas och Tobias, i övrigt känner man varandra väl. Till maten blir det lite trevligt rundsnack, innan allvaret drar i gång.

Bland annat berättar Griswalld lite skrytsamt att huset han köpt tidigare varit ett daghem och att han byggt om väldigt mycket så att det ska passa familjen som har tre små barn. Huset har nu många rum så han har till och med möjlighet att hyra ut rum om han skulle vilja. Han nämner även att kommunens skolchef haft förmånen att bo i ett av rummen när hon fick sin tjänst i kommunen.

Över lag är stämningen god i köket och maten är också väldigt god. Dock känner Tobias att det finns en lite olustig spänning mellan de två politikerna. Troligen inget att oroa sig för, tänker han. Paul verkar helt avslappnad och är på bästa humör. Det bådar väldigt gott inför fortsättningen.

«Nog med allt som är trevligt», avbryter Paul som inte längre kan hålla sig från dagens huvudämne. Han tycker det är hög tid att de pratar allvar och sen tillsammans bidrar till att rätta till den galenskap som kommunledningen orsakat musikaffärn.

Direkt, utan förvarning, kastar Paul in sin förberedda brandfackla. Mitt på bordet lägger han några A4 papper och sen slår han till med höger pekfinger på översta pappret och anför de hårda orden.

«Det här är ett politiskt självmord och en katastrof för alla era väljare!»

Tobias som gillar raka puckar är glad att Paul markerar tydligt vad som är rätt och fel. De ser att Gordon Tinas lutar sig fram och tittar nyfiket på dokumenten på bordet. Däremot ser inte Griswalld lika intresserad ut, han ser närmast ledsen ut.

Gordon läser några meningar som Paul markerat med gul märkpenna. Han ser att det rör sig om en lång mejlkonversation mellan hans egen moderatledare Henry Bovenius och musikaffärn.

Nu är goda råd dyra tänker Griswalld eftersom han känner igen mejlen, han ser också att hans namn är med på varje meddelande. Det var nämligen så att Tobias och Kenneth var väldigt noggranna med ärendet.

För säkerhets skull skickade de kopia på varje mejl till Griswald och även till KD:s ledare Anna Pistone. Redan från början litade Kenneth och Tobias inte på Henry. Det visade sig också att Henry valde att diskriminera musikaffärn. Nu är det hur tydligt som helst att Henry bröt mot kommunallagen och fullmäktiges regelverk.

Meningen med det här mötet som Paul bokat är att han till varje pris vill ta reda på hur Moderaterna ställer upp för lokala företag som diskrimineras. Han vill också veta om de här politikerna bidrar med att tysta ner ärenden där det är uppenbart att kommunledningen agerar i ondo mot hederliga invånare.

Nu har Gordon läst igenom hela konversationen. Han ser mycket tagen ut. Han vänder sig mot Griswalld och pekar på pappret där det står Griswalld. Samtidigt ryter han till att han själv inte har en endaste aning om denna synnerligen allvarliga konversation.

«Ditt namn står med här, du har alltså fått information om allt det här. Varför har du inte berättat för mig och oss andra i partiet?»

Griswallds ögon övergår till att bli blaskigt vattniga. På två sekunder ser han trasig och sorgsen ut. Han sitter helt tyst och det enda han gör är att sakta som en sengångare nicka instämmande. Han är mycket väl medveten om att deras ledare Henry hjälper kommunledningen att knäcka den där musikaffärn.

Helvete vilken scenförändring, tänker Paul när han ser hur de båda politikervännerna reagerar. Den ene blev arg för att han inte vetat något och den andra bajsar i byxan för att han har blivit påkommen att ha deltagit i den otäcka tystnadskulturen.

Det är tyst en stund innan Paul tar tillbaka dokumenten och läser upp några ord ur konversationen där det är uppenbart att Henry ljuger.

«Henry svarar så här på Tobias mejl.»

Frågan kring det Du kallar bluffbolaget har Du själv sagt att Du/Ni anmält till polis, skattemyndighet och om jag inte minns fel, även till Ekobrottsmyndigheten.

I och med detta är anmälan gjord och det tjänar inget syfte att anmäla en gång till.

Om något fortfarande inte är anmält bör Du själv anmäla detta. Polisen kan inte neka att ta emot en anmälan. En anmälan från kommunen kan som jag ser det enbart göras av någon med behörighet att göra det, vilket är de personer som har rätt att teckna kommunens firma.

Det är alldeles tyst i rummet och Paul fortsätter läsa vad Henry har svarat.

De missförhållanden Du påtalat har jag 2012 vidarebefordrat till den kommunala revisionen, som är det kontrollorgan som granskar kommunens verksamhet. Jag vet också att Du inte är nöjd med deras insats.

När det gäller Lönnrothaffären, så sa Du själv, redan 2012, att Du anmält dessa påstådda oegentligheter till såväl polis, som skattemyn-

dighet, där väl den saken prövats. Du har även uppmanat mig att polisanmäla, vilket jag inte har ansett mig kunna göra, då jag inte är målsägare.

Jag uppmanade Dig även att använda Dig av juridiken när det gällde div. påstådda, av kommunen gjorda fel i olika upphandlingsregler. Detta har ju av olika skäl inte gått Er väg och jag kan bara beklaga att en del inte kunnat prövas pga. preskription, samtidigt som jag ju inte kan ändra på detta eller någon av de domar som fallit.

Det finns en hel del saker i Ert ärende som hade kunnat skötas annorlunda och man kan ha moraliska synpunkter på en del av hur olika saker hanterats, men jag kan inte sätta mig över de beslut som är fattade i olika rättsinstanser. Jag sitter inte heller i majoritet och har inget förhandlingsmandat och kan inte som politiker, heller lägga mig i det som ska hanteras av tjänstemän.

Det är fortfarande dödstyst i rummet. Alla tittar på Paul, utom Griswalld. Han sitter och tittar på sina skor. Paul läser upp från nästa mejlsvar från Henry Bovenius.

«Här är ett svar från Henry på ett mejl från Kenneth. Det är ett svar angående revisorernas granskning av bluffbolaget.»

Sen måste man läsa hela revisionsutlåtandet och inte bara de av Dig citerade orden, dom ju ingår i en mening om att de fått uppgift om detta och därför startat en översiktlig granskning. Granskningen resulterade ju som framgår i slutet i, att revisorerna beslutat att inte gå vidare. I och med det är saken i den aspekten avslutad.

Tobias och Paul tittar på politikerna och Paul frågar dem rakt ut.

«Vill ni ha det så här? Eller vill ni att kommunen ska göra rätt för sig? Jag har fler dokument i väskan som visar hur kommunledningen kränker musikaffären. Vill ni se det också?»

«Självklart ska vårt parti verka för invånare och företag. Det är också självklart att kommunen ska ersätta skador som uppstår när kommunen gjort fel. Tack Paul jag tittar gärna på fler dokument, som sagt jag visste inte att det är så allvarligt», svarar Gordon.

«Vad tycker du då Griswalld?» undrar Paul och tittar Griswalld i ögonen, samtidigt ger han Gordon några fler dokument.

Då infaller den där olustiga tystnaden igen. Griswalld är lärd att stänga igen truten när saker blir känsliga. Men nu, i sitt eget kök och med Paul på andra sidan bordet inser han att han måste säga något vettigt. Han börjar lite trevande säga.

«Nej, det här är inte okej. Nu måste vi göra något vettigt för att lösa den här tråkiga historien.»

Mm, tänker Tobias som suttit och studerat herrarna. Nu gick det upp för honom att den här Griswalld aldrig har agerat som Tobias hade trott. Han minns den dagen då Griswalld sökte upp honom för att han ville ha personröster till valet. Griswalld visste vilka Kenneth och Tobias var och att deras företag hade blivit totallurade av sossarna och den korrupta kommunledningen.

Den dagen sa Griswalld rakt i ansiktet på Tobias att han hatade brott och stöld av skattebetalarnas pengar. Att stoppa sådant var huvudanledningen till att han ville in i politiken. Vilket givetvis lockade Tobias att göra allt för att hjälpa honom till många röster i valet.

«Hur tycker du vi ska gå till väga då?» undrar Tobias och alla tre tittar på Griswalld.

Då händer det igen. Han svarar inte, det blir tyst och en obehaglig känsla sprider sig runt bordet. Efter en stund kan inte Gordon hålla sig längre. Han ställer några frågor om dokumenten och Paul svarar åter hur uppenbart det är att kommunledningen fifflar och försöker krossa Kenneth och Tobias eftersom de har avslöjat en mängd olagliga penningflöden ur kommunhuset.

Dokumenten på bordet visar också att Henry Bovenius gör allt för att tysta ner det hela.

«Vi måste göra något snabbt, annars kan vi också anklagas för att skydda en massa brott», fortsätter Gordon.

«Okej bra, det måste hända något nu. Det är en ny rättegång på väg som kommer förstöra ännu mer för hela kommunen», påvisar Paul och hans normalt mjuka och trevliga röstläge blir plötsligt skarpt.

Gordon Tinas vänder sig till Griswalld och berättar att han är besviken på honom eftersom han undanhållit allt det här på deras parti- och medlemsmöten. Han påvisar att både Henry och Griswalld själv är skyldiga att ta upp skrivelser som kommer till dem från invånare och lokala företag. Annars existerar ju ingen demokrati i det egna partiet.

«Mitt förslag är att vi tar upp detta på nästa partimöte. Vi gör det som en överraskning så att Henry inte hinner förbereda sig. Alla medlemmar kommer att bli chockade. Vad tycker du om det?» undrar Gordon och alla tittar på Griswalld igen.

Det syns tydligt att Griswalld lider, men han nickar instämmande att han går med på förslaget.

«Bra, då är vi överens», tillägger Gordon och fortsätter.

«Då kan vi rösta inom partiet att detta måste skötas enlig lagarna och vi kan bevisa att kommunstyrelsens arbetsutskott flera gånger brutit mot lagparagrafer.»

«Riktigt bra idé. Men klarar ni av att sätta Henry på plats då?» undrar Paul som nu är riktigt på hugget och vill få bekräftat att grabbarna har de muskler som behövs.

«Ja, men vi måste överraska honom. Vi medlemmar kan inte rösta mot lagen. Men Henry bestämmer agendan till varje möte. Så det måste bli en överraskning under punkten *övriga frågor*», förtydligar Gordon.

Mötet avslutas. Tobias och Paul slår följe till bilarna. På väg till bilarna viskar Tobias till Paul.

«Såg du hur bekymrad Griswalld såg ut när han fick se vad du hade med dig?»

«Ja, jag såg det. Jag litar inte på honom längre. Jag har på känn att han blåst mig och er hela tiden», svarar Paul.

Dagen efter ringer Gordon till Tobias och tackar lunchen och för all information han fick på mötet. Han undrar om han kan få kopia på alla dokument som de hade med sig till mötet. Det var nämligen så att när Tobias och Paul hade gått så lade Griswalld snabbt beslag på alla dokument. Gordon tog det lugnt och lät honom göra så eftersom de har en bra plan till måndagens partimöte.

Givetvis, svarar Tobias honom. Vi ordnar så du får alla dokument. Gordon tackar för det eftersom han vill förbereda sig noga innan partiets möte.

När måndagen kommer skyndar sig Gordon till partiets förenings-lokal som ligger centralt, väldigt nära Nynäshamns röda fina kyrka. Precis när han ska kliva in i lokalen märker han att Griswalld står precis vid dörren, värst vad han ser hispig ut, tänker Gordon.

Omedelbart stoppar Griswalld honom och viskar att han redan pratat med Henry och att de inte ska lyfta någon fråga om den där musikaffärn inför medlemmarna.

«Men vad tusan, vi var ju överens om att överraska Henry så att han inte kan fortsätta mygla inom partiet och inte heller i kommunhuset», viskar Gordon.

Griswalld står på sig och ber honom vara lugn i kväll och bara gilla läget.

Redan i bilen, på väg från Nynäshamn till sitt hem i Sorunda, kon-taktar Gordon sin vän Paul och berättar att Griswalld lurat allihop. Gordon vet nu att Kenneth och Tobias anförtrott sig till Griswalld och gett honom löpande information i flera år. I tron att han också ska stå upp mot korruptionen.

Nu står det klart att Griswalld är den opålitlige mullvaden. Det vill säga, den politikern som hela tiden läckt till Henry så att de korrupta fått viktig information. Tack vare honom har Henry kunnat städa undan detaljer och framför allt göra efterhandskonstruktioner som döljer tjänstefel och lagbrott.

Sannolikt blir det här budskapet väldigt känslosamt för Kenneth och Tobias, därför undrar Gordon om Paul vill berätta för dem att Griswalld blåst alla och att han nog gjort det väldigt länge.

Inte så konstigt menar Paul, nu vet vi med säkerhet att Griswalld är lovad att bli nummer 1 i Moderaterna. Om han är lojal mot den store ledaren, så klart. Nu är det inte heller svårt att förstå att Moderaterna minskat från 30% till 25% av väljarna i kommunvalet. Det går ju inte att få väljarnas förtroende med Henry som partiets ledare.

Samtalet avslutas med att Paul utrycker sin besvikelse.

«Åh, jag som också trott bra om den där Grisskallen. Det finns ingenting värre än när man blir blåst av folk som gör allt för egen vinning och till och med skyddar mutbrott.

Andra mötet Paul bokat in är med kommunfullmäktiges nya ordförande Nils Nilsson. Det blev ett långt möte med massor av vinklingar, förklaringar och genomgångar av dokument. I tre och en halv timme informerade Paul om vilka fel och brister som ligger till grund för tvisten mellan musikaffärn och kommunledningen.

Även denna gång tog Paul med sig Tobias som kan återge historien något bättre än honom själv. Det var hela tiden god stämning och Paul berömde Nils för att fullmäktige nominerat och valt honom som ordförande. Dock sades inte många ord om Liberalerna som Nils representerar. Risken är uppenbar att Liberalerna sjunker som ett blysänke i kommunvalet, som närmar sig med stormsteg.

Det visade sig också att Paul var god vän med Nils pappa. Enligt Paul var pappan en riktig hedersman och därför kände Paul att han kunde uppmana den unge politikern att följa i sin pappas fotspår när det gäller pålitlighet. Nils var märkbart omtumlad av alla dokument och även av det trevliga bemötande Paul ordnat för honom på sitt kontor.

Allt blev väldigt snedvridet för honom. Givetvis var den unge Nils hjärna tvättad av kommunledningen och han var förinställd på att inte tro på någonting han hör och helst ingenting av vad han ser. Han hade också fått inpräntat i sitt undermedvetna att Paul och hans vänner är ingenting annat än elaka rättshaverister.

Men dokumenten teamet använder talar sitt tydliga språk. De är från kommunens diarium, vilket gör att alla som får se dokumenten, som teamet Andes Andes, Grönros, Kenneth, Tobias och Paul lägger fram, inser ju snabbt att sanningen är att kommunledningen begått mängder av mutbrott och att det skadat musikföretaget enormt.

Det är också solklart att kommunledningen bedriver olaglig indrivning mot musikaffärn, vilket Nils Nilsson kände som väldigt obehagligt. Hans två mentorer Alhagen och Östling hade blivit nervösa när Nils berättat att Paul efterfrågat ett möte. Nils hade lugnat de två illvilliga partikamraterna med att han inte kommer agera mot kommunledningen oavsett vad Paul och Tobias visar upp.

Nils vet att han saknar arbetslivserfarenhet, han har satsat allt på politiken. I princip har han gått direkt från skolbänken in i partiet. Nils har talets gåva och han är kvicktänkt, så det finns inga som helst problem för honom att avancera i ett politiskt parti som Liberalerna, eftersom de nu för tiden sällan har mer än fem personer engagerade i en kommun.

Några dagar efter mötet skrev Paul och Tobias till Nils och frågade om han lyckats med att få kommunledningen att följa lagstiftningen i fortsättningen och ordna upp tvisten med musikaffärn.

«Åhh så ledsen jag blir», ylar Paul framför datorns mejlprogram.

Blodtrycket blir onödigt högt när han läser Nils Nilssons oärliga svar. Hur korkad får man vara, tänker Paul. Fattar inte grabben att han kommer tvingas avgå som de två tidigare ordföringarna i fullmäktige.

Först fick sossen Torgny Nordqvist lämna den posten, sedan fick liberalen Östling avgå. Båda har fingrarna i korruptionen och de valde att försöka tysta ner allt. Den sistnämnde myntade i kommunen ett gammalt maffiautryck.

If you can't beat them, join them.

Nils Nilssons vilseledande och fega svar betyder att han beslutat sig för att gå emot invånarna och i stället ingå äktenskap med givande och tagande av mutor.

Tredje mötet inom tio dagar har Paul med sin efterträdare i KD. Anna Pistone är en sextioårig, kort och väldigt omfångsrik kvinna, då förstår de flesta kroppsformen. Efter sin uppväxt i Italien, har hon på senare år hankat sig fram i Sverige som biträde i äldreomsorgen och på kvällstid gjorde hon några tappra insatser som kursledare i det italienska språket.

De två känner varandra mycket väl. Jag undrar hur det här kommer att gå, tänker Paul när han ser från köksfönstret att Pistone dundrar in genom grinden till tomten hemma i Ösmo. Han vet att hon, liksom han själv, är ganska envis och att det ibland händer att deras röstvolym i vissa diskussionsämnen blir onödigt hög. Han vill ändå ha mötet hemma i köket, som enligt Paul är det bästa forumet för bra samtal, särskilt när svåra frågor ska behandlas.

De som känner både Pistone och Paul är medvetna om att Pistone inte var helt rumsren när hon på allvar klev in i KD. Det osmakliga var att hon använde KD:s medel till en egen kampanj för att få flest personröster. Samtidigt körde hon en riktigt klumpig fuling genom att anmäla lögner om Paul till partiets ledning i Stockholm.

Som så ofta straffade det sig att ljuga. Ledarna i Stockholm var ambitiösa, de besökte Nynäshamn för att kontrollera Pistones anmälan mot Paul. Åh herregud, som man säger i Kristdemokraterna, vilken vändning saken fick när det visade sig att Pistone själv plötsligt blev föremål för att bli utesluten ur partiet.

Och herregud vilken lycka det måste varit för Pistone att Paul tyckte synd om henne. Han förlät henne och ordnade så att hon fick vara kvar i partiet. Trots att Pistone med fula tricks gjort allt för att kuppa Paul, höll han fast vid sin grunda princip.

Fel kan vi alla göra och därför måste vi alltid få en chans till, för att vi ska bli bättre människor!

Dunk dunk dunk, inte knack knack knack, ljuder från ytterdörren och inom en sekund står Pistone i dörrhålet. Hon flämtar fram ett hej. Paul välkomnar henne att stiga in och tänker samtidigt att den här kvinnan måste ju vara kroniskt andfådd eller så äter hon för många Quattro Stagioni.

Familjens fyrbenta svarta skönhet Kiara ser och känner igen personen som kliver in i hallen. Hon morrar till lite och något missbelåtet vänder hon om för att gå sakta ner för trappan till undervåningen för att sova bort ett par timmar.

Samtalet i köket tar mer än tre timmar, Paul vrider och vänder i sakfrågor. Han menar att Pistone inte längre kan strunta i den sanslösa korruptionen som finns i kommunhuset. Det blir som vanligt vilda diskussioner mellan de två.

Pistone försöker bemästra Paul med orden *du var ingen bra politiker.* Flera gånger har hon tryckt upp det i ansiktet på honom, som om han inte förstår hur politiker ska vara. Det biter föga på Paul, som ler mot henne och håller med om att det kanske han inte var. Men oavsett det, så är det ni politiker som bestämmer och tjänstemännen som utför arbetet ni beslutat om, hävdar han.

Det Paul lägger fram blir väldigt jobbigt för Pistone, eftersom lagbrott också är lagbrott och det är politikers roll att beivra. Det kan hon aldrig prata bort. Hennes problem är att hon saknar väsentlig kompetens. Hon är helt enkelt inte bildad i hur demokratin gentemot lagar ska fungera.

Det framgår nu tydligt att hon har skaffat sig en annan kompetens som gör henne själv framgångsrik. För att hon ska avancera till högavlönade politiska poster måste hon hålla sig nära Moderaternas ledare Henry Bovenius och gå i hans fotspår.

Alldeles snart är det val och för Anna Pistone gäller då en sak. Håll ihop med alliansledaren Henry Bovenius, då blir det en hög post och det blir superkling i hennes annars så tunna plånbok. Hennes smarta taktik bekräftas ju längre mötet pågår och redan innan mötet varnade Kenneth och Tobias för att Pistone på varje fråga kommer säga att jag gör som Henry gör.

För en tid sedan träffades den där musikaffärn och Pistone. Kenneth och Tobias visade då för henne en mängd mutbrott som för fullt pågick i kommunhuset. Tråkigt nog för alla skattebetalare gjorde Pistone ingenting. Hon tystade ner ärendet, just för att Henry hade sagt till henne att sådana grejer inte är en politisk fråga och därför ska de som politiker inte agera.

Dessutom hade Pistone och Tobias nyligen haft ett enskilt möte på KD:s kontor i Nynäshamn. På det mötet blev hon hysterisk när Tobias frågade henne varför hon inte agerade för invånare som blivit brottsoffer och varför hon inte anmält alla mutbrott.

Han menade att hon och andra politiker måste agera och anmäla misstänkta brott. Det är det enda sättet att få stopp på alla mutor och bedrägerier.

Då blev Pistone lika oregerlig som Rocky Balboa i matchen mot tungviktsmästaren Apollo Creed. Hon skrek så högt att Tobias hår låg bakåtslickat på huvudet och alla de intilliggande företagens personal hörde hennes totala urspårning.

«JAG VET ATT NI HAR RÄTT TILL SKADESTÅND, MEN NI SKA GE FAAN I OSS POLITIKER. STÄM ALLA JÄVLA TJÄNSTEMÄN I STÄLLET!»

Händelsen hade berört Paul och han har hört om händelsen från flera personer som hörde henne vråla ända ut i korridoren. Som vanligt vill han ändå kommunens bästa, och kommunen är faktiskt ingenting annat än invånarna.

Det är invånarna som betalar in alla pengar till kommunens ledning och det är invånarna som väljer politiker och partier som i sin tur ansvarar för pengarna, och att lagar och regler följs.

Pauls taktik är nu att ge Pistone kunskap så att hon börjar förstå sitt eget ansvar gentemot invånarna. Ingen lätt uppgift så klart, men Paul är en person som alltid vill människor väl och han har stort tålamod när det gäller att hjälpa andra.

Ett sätt att öppna upp för möjligheter i låsta situationer är ju att ställa intressanta frågor. Vid sluttampen på mötet är han nära kärnan i problemen. Det svåra med signora Pistone är att hon inte vill eller vågar svara, utan att först rådgöra med Henry. Paul gör ändå flera försök.

Till slut ber han henne att beskriva vad som är det värsta som kan hända om ni förlikar med musikaffärn? Hennes svar är så chockerande att om de suttit i kyrkan skulle kyrkklockorna av sig själv spela Oxdragarsång med Evert Taube dygnet runt.

Pistone svarar att hon är rädd att fler kommer att kräva skadestånd om kommunen förlikar med den där musikaffärn. Vad i helvete är det jag hör, tänker Paul. Kommunledningen har alltså kört över fler invånare och företagare. Genom att tysta ned allt om förfalskade dokument och muta de tjänstemän som får sparken, tror kommunledningen att alla kommer undan.

För husfridens skull och att han vill överlägga med Grönros och teamet, väljer han att avsluta mötet. Ganska skönt att låta Pistone gå hem, med möjlighet att fortsätta samtala i hyfsat god ton en annan dag.

Trots hennes ovilja att ta ansvar, så är Paul rätt nöjd med att hon, med egna ögon, fått se vidriga dokument som styrker tjänstefel och mutbrott. Det sker under hennes egna vingar. Förhoppningsvis vill hon inte se sig själv i spegeln förrän förlikningen är gjord, ingen normal politiker eller människa kan det. Dokumenten går från klarhet till klarhet.

Fjärde mötet som Paul med skicklighet kombinerat med sin rent ut sagt fantastiska attityd ordnat är riktigt spännande. In på hans kontor i Nynäshamn kliver två stadiga män som verkligen ser ut att ha självförtroende. En av dem är onödigt överviktig och den andre ser ut att vara onödigt stark.

Trevligt värre, järngänget från SD välkomnas och Paul och sträcker fram sin högerhand. Politikerna från Sverigedemokraterna presenterar sig som Timmy Boklöv och Douglas Ledin.

«Bra att ni kunde komma just idag, för då kan Tobias vara med. Han har sjukgymnastik i huset bredvid och ansluter om en liten stund», inleder Paul och serverar herrarna en varsin stor mugg kolsvart kaffe.

«Tack, kan man besvära om lite mjölk till kaffet?» undrar Douglas.

«Javisst. Vi tar det i kylen i lunchrummet, när vi går till mötesrummet. Jag behöver också spä ut det här kaffet annars går det hål i magsäcken», skämtar Paul och herrarna får sig ett gott skratt.

Det går smidigt att få ner mjölken i muggarna så att kaffet blir gott och mer hälsosamt. Tobias ansluter och de går rakt på sak. Paul och Tobias har fått en viss rutin på att gå igenom en mängd dokument. Hjälpen med detektivarbetet från framför allt Grönros, Andes Andes och Kenneth gör att de relativt enkelt kan lägga fram papper efter papper som visar både givande och tagande av mutor och de förfalskningar kommunledningen skapat.

Det visar sig snabbt att de två topparna i SD redan är medvetna om att kommunledningen ofta bryter mot kommunallagen och lagen om offentlig upphandling. De påpekar att det är mer regel än undantag. Däremot är de lite oense om vad de som politiker ska göra när de misstänker att brott föreligger.

Därefter visar Paul och Tobias en del policys och några lagparagrafer som styrker att det är viktigt att politiker anmäler och driver ärenden som gäller misstankar om brott. Trots det mycket allvarliga ämnet är det god stämning runt bordet. Därför känner Paul att han kan be de båda politikerna att göra allt de kan för att förhindra en rättegång till.

Han berättar att han ska vittna, eftersom alla bevis styrker att kommunledningen diskriminerat Tobias och Kenneth. För andra gången tar han fram förfalskningen och påvisar det helt ofattbara att några i kommunledningen gått så långt att de ändrar siffror för att lura domstolar så att de kan avisa musikaffärns rätt till skadestånd.

Tobias tar tillfället i akt och visar Isakssons *Ordförandebeslut*. Den saken tycker Douglas är så viktig att han vill att SD tar upp det som ett tjänstefel på nästa kommunstyrelsemöte. Det märks att Timmy blir nervös eftersom det är han som är ordinarie ledamot i kommunstyrelsen.

Douglas är ersättare i kommunstyrelsen och han lugnar den något nervöse Timmy med att han kan skriva deras yttrande och förklara det olagliga, så det enda Timmy behöver göra är att läsa innantill och sedan lämna in dokumentet.

Mötet avslutas och några veckor senare kontaktar Tobias och Paul Timmy för att höra hur SD:s yttrande om Isakssons tjänstefel mottogs av kommunstyrelsen. Timmy berättar att Isaksson själv satt tyst och tittade skamset i golvet, däremot hade sossarnas ledamot Tommy Jensen blivit jättearg. Jensen tålde inte skrivelsen och ville få den undanröjd.

Tobias undrade om Henry eller någon annan från alliansen yttrade sig eftersom det är ett givet tjänstefel av kommunstyrelsens ordförande. Så hade inte skett, inget annat parti lämnade in något yttrande, som om alla var överens om att mörka det hela.

Skrivelsen som utformades av Douglas Ledin och ingavs till kommunstyrelsen så den finns i kommunens diarium. Det omutbara detektivteamet beställde den av registratorn för att läsa den noga. Bland annat kunde de läsa.

Vi är bekymrade över hur politiken i Nynäshamns kommun har hanterat detta ärende. Det finns allt för mycket som pekar på att allt inte har gått rätt till. Vi hade hoppats att förändring skulle ske när de politiker som initialt varit inblandade i ärendet lämnat den politiska verksamheten men tyvärr ser vi raka motsatsen.

Utöver detta ser vi också att kommunallagen inte följts och att kommunstyrelsen ordförande uppenbarligen inte informerat kommunstyrelsen om detta delegationsbeslut.

Detta är mycket allvarlig och det har påpekats av företrädare för Sverigedemokraterna till bland annat kommunstyrelsens ordförande Paul Isaksson och kanslichefen Conny Wahlgren.

Detektivbyrån, med Andes Andes i fronten, ser att politiker i kommunstyrelsen markerat att det finns givet tjänstefel på kommunalrådet Isaksson i ärendet. Lika snabbt kan invånardetektiverna konstatera att även om politiker påvisar att kommunledningen begår grovt brott som skadar invånare och företag, så hamnar ärendet lik förbannat i papperskorgen.

Femte mötet som Paul på kort tid riggat, är med en relativt nyinflyttad kvinna vid namn Alma Varinne. Kvinnan är företagare och hon har klivit in som ledamot i det lokala politiska partiet Sorundanet. Som en virvelvind har Varinne cirkulerat bland politiker den senaste tiden. Hon kom från ingenstans och snabbt blev hon en centralfigur i flera politiska sammanhang.

Många personer har varnat för henne, det vill säga hon är inte att lita på. Paul har uppfattningen att hon, precis som alla andra människor, förtjänar en chans. Han har tidigare träffat henne och hoppas och tror att hon är en pålitlig person som har både vilja och mod att förmå kommunledningen att göra om och göra rätt.

Mötet med Varinne blir ett möte som faktiskt tar en framskjuten placering i världshistorien. Paul har flera gånger tidigare fått höra av henne att hon vill in i politiken för invånarnas skull och för att företags- och rättvisefrågor ligger henne varmt om hjärtat. Hon menar att invånare och företag inte ska kunna åsidosättas av politiken.

Hon har till och med på ett stenhårt sätt markerat det genom att polisanmäla en sossepolitiker för förtal. Dock startade polisen inte någon förundersökning i ärendet, de tyckte sannolikt att Varinne kunde tåla de, i och för sig hårda, ord som politikern sagt. Sannolikt saknades även påvisande att hon lidit någon som helst ekonomisk skada av de ord som sagts.

Det som nu händer är fullständigt sanslöst. Inom två minuter, ja Paul hinner inte ens hälla upp kaffet, innan Varinne anklagar ett antal personer att de är hemska och att de är lögnare. Hon visar fram ett papper som styrker att hon är medlem i ett konstigt sällskap.

Vad är det för något, det verkar vara någon konstig sekt, tänker Paul när han tittar närmare och samtidigt lyssnar på Varinnes osammanhängande påståenden. Sekten tycks heta *Intelligent Millionaires Network* och påstås ha kopplingar till den större organisationen scientologerna.

Det finns bilder på henne och några andra svenska kvinnor där de är iklädda kavaj och slips. Han tycker att de klär sig exakt som ledarskapspersoner i scientologerna. Själv tycker Paul att sådant bara är konstigt och han tar helst avstånd från konstiga saker.

Han har ju tänkt sig en helt annan agenda än att hjälpa Varinne att bli av med rykten som hon helst vill bli av med. Han undrar lugnt om hon är med i denna, som han då i stället kallar, organisation. Hon svarar att hon är det. Hon har försökt lugna folk med att de är snälla och tanken är att man lär sig hur man blir miljonär.

Det som stör är väl att de som granskat *Intelligent Milionaires Network* och Scientologerna mer djupgående anser att verksamheten fungerar som ett bedrägligt pyramidspel och att det byggs på olika typer av event som liknar väckelsemöten.

Paul märker att Varinne plötsligt börjar gråta. Varningsklockor ringer i hans medvetande. Är det frampressade krokodiltårar, eller är det äkta tårar som strömmar ur ögonen och fuktar hennes mascara?

Kan den här lilla saken vara så viktigt, det är ju bara några få som vet om att hon är medlem i den här sekten! Hon är ju antagen i partiet Sorundanet och de verkar ju i alla fall inte bry sig. Då är det väl bara att köra på som vanligt, tänker han.

Det han vill säga henne, är att han skulle bli så glad om hon tar ett politiskt ansvar i Sorundanet och ser till att partiet ordnar med övriga politiska partier så att kommunen inte går in i en rättegång till mot musikaffärn. Meningen med mötet är att han vill framföra till Varinne och alla inom politiken att kommunen har gjort mängder av tjänstefel som orsakat processen. Och att en ny rättegång bara kommer att skada kommunens anseende för all framtid.

De erfarna personer som Paul rådfrågat hävdar bestämt att en rättegång till gör kommunen till förlorare. Flera experter hävdar att, om kommunen erkänner grundfelen och ersätter företaget blir Nynäshamns kommun i stället vinnare. Kommunen skulle få en stämpel på att den är företagarvänlig. Företaget å sin sida har förvisso förlorat flera års verksamhet, men kan ändå börja leva som vanligt igen.

När Paul frågat om Varinne vågar och vill driva frågan i sitt parti Sorundanet, menar han att kommunen måste ta sitt förnuft till fånga och förhindra den kommande rättegången.

Varinne märker att hennes tårar inför Paul inte gör någon större nytta. Hon behöver snabbt byta taktik och får den briljanta idén att lova Paul att hon ska göra sitt bästa för att kommunen ska förlika med musikaffärn.

Hon framför också att hon gärna vill ha hans hjälp att sprida ut sitt eget företags hemsida. Hon vill sälja massor av annonser till företag

178

och sprida kommunens verksamheter och föreningar på den. Hennes största anledning att kandidera sig in i politiken har hela tiden varit att få fler kontakter till sin egen business.

Varinne tar också tillfället i akt att berätta för Paul om sin svarta lista. Det är en lista med höga tjänstemän och politiker som hon ogillar. Målet är att se till att de lämnar sina uppdrag. Jisses hur ska det här sluta, tänker Paul när han märker att flera toppnamn i kommunhuset är hennes måltavlor.

Ett av världshistoriens märkligaste möten avslutas med att Paul hoppas att Varinne landar på jorden och tänker lika gott om andra som om sig själv.

Varinne å sin sida tänker, så lätt det gick att få Paul under sina vingar. Vidare tänker hon, när valet är över steker jag lokalpartiet Sorundanet och tar rygg på Henry Bovenius och blir vilde under Moderaternas vingar.

Sjätte och sista mötet för den evigt hjärtlige och kämpande Paul, är med det äkta paret Julius. Herr och fru Julius är så kallade heliga stofiler i Socialdemokraterna. Det de inte vet om Socialdemokraternas inställning och framtida agendor är inte ens värt att veta.

Paret sitter på tunga poster i såväl kommunstyrelsen som i fullmäktige. De har befunnit sig i den lokala sossetoppen under ledning av Babsan, miljardären Blasevic och alla lokala sossars starka ledare och mentor Torgny Nordqvist. Det var Nordqvist som implementerade tystnadskulturen och den brutala Nynäsandan i kommunhuset.

Paret känner Paul väldigt väl och de vet att han alltid står upp för invånarna och har hjärtat placerat på rätt ställe i kroppen. När makarna Julius fick veta att Paul ville träffa dem bjöd de utan tvekan honom på frukost i hemmet, kombinerat med frågorna Paul vill lyfta. På flera sätt var det ett trevligt möte och frukosten var till belåtenhet för Paul, särskilt då det fanns obegränsat med varmt kaffe.

Dock fick Paul det tråkiga budskapet att makarna tänker sluta med politiken. De var helt enkelt trötta på all korruption och alla oegentligheter i kommunhuset. Det var ett chockerande besked. Paul visste att paret Julius hjälpt två av deras vänner som kommunledningen i princip dissekerat i molekyler. Det handlar om två höga chefer. Den ene blev anklagad av den före detta kommunledningen, med Babsan i spetsen, att han skulle ha förskingrat många miljoner kronor.

Den andre chefen makarna hjälpte, ur ett fruktansvärt övergrepp, var fastighetschefen i kommunhuset, som kommunledningen felaktigt polisanmält för bedrägeri. Makarna Julius ordnade då fram en skrivelse till kommunledningen som gav fastighetschefen drygt 1,3 miljoner kronor i fickan för de skador som kommunen orsakat honom och hans familj. Polisärendet mot fastighetschefen lades också rätteligen ned.

Eftersom Andes Andes med skarpt detektivarbete fått tag i makarnas skrivelse, har Paul fått se och läsa den. I en ärlig värld är det därför givet att makarna Julius gör samma sak för Kenneth och Tobias eftersom kommunledningen straffat dem på samma sätt och till och med ännu värre.

Med sorg i hjärtat blev Paul tvungen att informera teamet att makarna Julius endast ville hjälpa sina vänner till rättvisa och att de nu ledsnat på politiken och kommer att sluta med politik.

Rond 12 Den gamle och himlaspelet

Grönros rullar fram på cykeln längs Strandvägen, eller Ringvägen som en del kallar leden utmed havet. Hösten har kommit så Grönros cyklar långsammare än han brukar. Han vet att ett fall, i hans höga ålder kan bli ödesdigert. Favoritbänken står hundra meter längre fram, det är uppförsbacke och Grönros leder sin cykel sista biten. När han kommer fram lutar han cykeln mot berget och tar plats på bänken.

Sin vana trogen tar han ett djupt andetag och blundar en stund. Han öppnar sedan ögonen och skådar ut över havet. Det är kav lugnt. Det här är i alla fall den finaste platsen i Nynäshamn, tänker han. Nu när de har förstört Norvik med en jättehamn så går det inte ens att ta sig ut dit längre. Det var vackert i viken där också, men den är nu för evigt borta.

Grönros tar fram några papper ur väskan och läser. Det är revisorernas rapport gällande Miljö- och samhällsbyggnadsnämnden. Han ser att revisorerna har gjort grova nedslag och de skriver att det pågår kapitalförstöring i den nämnden. Man kan utläsa i revisonen att Nynäshamns kommun förlorat 200 miljoner kronor per år på grund av dåligt ansvarstagande.

Han förstår att Alhagen, som är ordförande i den nämnden, garanterat inte kommer att få ansvarsfrihet utan han kommer att kastas ut ur kommunhuset. Det blev karma för honom för att han inte tog ärendet med Tobias och Kenneth på allvar 2011. Den pojkens agerande har raserat kommunens anseende fullständigt.

Han bläddrar vidare bland dokumenten han har i sin vita tygväska. Han får upp ett hyreskontrakt som Nynäshamns kommun gjort med en fastighetsägare. Kontraktet lyder på 64 miljoner kronor. Kontraktet är undertecknat av den unge Alhagen.

Vad tusan, tänker Grönros, det är den pojkvaskern som varit i farten igen. Det verkar inte finnas något slut på katastroferna. Han lägger tillbaka kontraktet och tar upp ytterligare några papper som han läser igenom. Det är hans egen polisanmälan angående förre planeringschefen Bengt Berglind som begått mened i Södertörns tingsrätt. Grönros var ju på plats under hela rättegången. Han tänker att det är underligt att de inte har förhört mig. Jag var på polisstationen och anmälde det, sedan har jag varit inne på stationen en gång till för att påminna polisen. Undrar vad det är som gör att de inte förhör mig?

Grönros hittar ytterligare en hophäftad bunt handlingar i tygväskan som han går igenom. Han har skrivit med stora bokstäver *LAGAR SOM GÄLLER* med en tuschpenna på första sidan. Han läser noga igenom dem.

Första sidan han har markerat, genom att vika in pappret lite i övre högra hörnet, det handlar om kommunfullmäktige och om delegering, jäv och självkostnadsprincipen.

Kommunallagen om delegering av ärenden
38 § Beslutanderätten får inte delegeras när det gäller
1. *ärenden som avser verksamhetens mål, inriktning, omfattning eller kvalitet,*
2. *framställningar eller yttranden till fullmäktige liksom yttranden med anledning av att beslut av nämnden i dess helhet eller av fullmäktige har överklagats,*
3. **ärenden som rör myndighetsutövning mot enskilda, om de är av principiell beskaffenhet eller annars av större vikt**

Bara fullmäktige kan besluta i ärenden om enskilda invånare.

Det är alltså solklart i våra grundlagar att kommunens agerande i musikaffärns ärende bara kunde beslutas av kommunens fullmäktige. Grönros suckar och tar sig för pannan och han tänker på missödet, demokratin har tagits ur spel och kommunledningen har medvetet gjort saken till det olagligaste av det olagliga.

Åh herre min skapare. Ärendet har ju aldrig varit uppe i fullmäktige.

Kommunallagen om Jäv
28 § En förtroendevald är jävig, om

1. *saken angår honom eller henne själv eller hans eller hennes make, sambo, förälder, barn eller syskon eller någon annan närstående eller om ärendets utgång kan väntas medföra synnerlig nytta eller skada för den förtroendevalde själv eller någon närstående,*
2. *han eller hon eller någon närstående är ställföreträdare för den som saken angår eller för någon som kan vänta synnerlig nytta eller skada av ärendets utgång,*
3. *ärendet rör tillsyn över sådan kommunal verksamhet som han eller hon själv är knuten till,*
4. *han eller hon har fört talan som ombud eller mot ersättning biträtt någon i saken, eller*
5. *det i övrigt finns någon särskild omständighet som är ägnad att rubba förtroendet för hans eller hennes opartiskhet i ärendet.*

Vad ska man säga? Kan det bli värre? Han konstaterar att eftersom några i kommunhuset tagit ärendet själva så är ju enligt lagen flera stycken jäviga. Kenneth och Tobias är ju drabbade av fler tjänstefel än vad Grönros kan räkna till.

Han tittar en stund ut på havet och lägger märke till himlaspelets karaktär. Han funderar på vad som får toppolitikerna att begå så grova brott. Just det, pengar pengar pengar, alltid pengar som styr i huvudet på korrupta människor.

Nyfiket bläddrar han vidare till nästa markerade lagparagraf. Han läser.

Kommunallagen om Självkostnadsprincipen
6 § Kommuner och regioner får inte ta ut högre avgifter än som motsvarar kostnaderna för de tjänster eller nyttigheter som de tillhandahåller.

Detta var ju också otroligt märkligt, enligt lag får inte kommunen ta extra betalt för sina anställda tjänstemän. Ändå debiterade kommunen 1 200 kr i timmen för två anställda tjänstemän, precis som om de var två inhyrda advokater, i rättegången mot Tobias och Kenneth 2014. Med den taxan innebär det att de två kommunanställda skulle tjäna 180 000 i månaden. Det är mer än vad statsministern tjänar.

Vilket otroligt lagbrott, tänker Grönros och återigen känner han ilskan han hade i domstolen 2014 blossa upp. Som gammal läkare säger han åt sig själv att ta det lugnt, i den här åldern är det inte bra för hjärtat att hetsa upp sig, och det leder heller inte till någons fördel. Klokhet är det som nu ska råda.

Det börjar skymma över havet så han bläddrar snabbt fram till nästa invikta sida. Det handlar om vår grundlag regeringsformen. Lagen som reglerar hur Sverige och kommuner ska styras.

Regeringsformen 1 kap. Statsskickets grunder
9 § Domstolar samt förvaltningsmyndigheter och andra som fullgör offentliga förvaltningsuppgifter ska i sin verksamhet beakta allas likhet inför lagen samt iaktta saklighet och opartiskhet.

Det gör så ont i honom att kommunledningen är partiskt mot musikaffärn trots att det strider mot grundlagen och i musikaffärns ärende blev inte behandlingen att alla ska beaktas lika inför lagen.

Facit visar att ärendet aldrig nådde kommunfullmäktige och kommunens företrädare hade alltså inte ens rätten att sätta sin fot i förvaltningsrätt och tingsrätt.

Dessutom finns nu bevis på att ingen person i hela kommunhuset ens haft lagenlig fullmakt att representera kommunen i ärendet. Det hela är ingenting annat en medveten slakt av två invånare som hade oturen att få ett antal korrupta dokument i knät.

Grönros lägger tillbaka alla papper i sin vita tygväska. Han tänker tillbaka på hur Tobias och Kenneth kämpat i alla dessa år och blivit överkörda av folk som totalt struntar i Sveriges lagstiftning. Det är skamligt hur våra förtroendevalda och vissa tjänstemän agerar. De har ju betalats med invånarnas skattepengar för att sköta kommunens verksamheter.

Skymningen övergår mot mörker men Grönros har svårt att slita sig från scenen som ljudlöst spelas upp framför honom. Havet ligger helt stilla och himlen visar upp det vackraste himlaspel han någonsin sett. Tankarna går till hans två barn, då blir han belåten och varm i hela kroppen. Tänk bara om de kunde ha suttit här på bänken bredvid honom just nu.

Sonen som han inte träffar så ofta men håller av så mycket. Dottern som arbetar som utrikeskorrespondent på Sveriges största TV kanal besöker han ganska ofta, för att umgås med henne och barnbarnet.

Ett par dagar senare är Grönros på besök hos sin vän Malcolm. De har hängt ihop i flera år och de har alltid trevligt i varandras sällskap. Malcolm är författare, konstnär och en sportig gentleman. Han har åkt Vasaloppet över fyrtio gånger och sprungit en mängd maratonlopp med mera med mera. Som vanligt har de druckit kaffe och samtalat i flera timmar om allt mellan himmel och jord.

Grönros leder cykeln på hemvägen, han känner sig ovanligt trött. Han får stanna och vila flera gånger. När han kommer fram till huset på Idunvägen där han bor går han runt på baksidan och lämnar cykeln i cykelstället. Grönros låser cykeln och letar sedan en stund i fickorna efter nyckeln till porten tills han hittar den i jackfickan. Han känner sig lite yr och tänker att han behöver komma in och lägga sig för att vila ett par timmar.

Han låser upp portdörren och går i sakta mak uppför första trappan, utan att tända belysningen. I den halvmörka trappuppgången snubblar han till på ett trappsteg och trötthet gör att han tvingas ned på knä. Plötsligt hugger det till i bröstet, han känner en stark obehaglig smärta. En smärta han för så många människor varnat och förebyggt för.

Som är gammal läkare förstår han att nu är det med all säkerhet gonatt för mig. Han segnar sakta ned mot ett trappsteg och sedan svartnar allt. Han har fått en hjärtinfarkt. Det är tre dagar före julafton. Den kloke samhällsnyttige Arvid Grönros blev 81 år.

Det är slutet av januari och Tobias och Kenneth tar tunnelbanan från Farsta Centrum till Skogskyrkogårdens tunnelbanestation. Det har kommit ett par decimeter snö under natten. De bengår sakta uppför den nyskottade gången till Hoppets kapell på Skogskyrkogården.

Det är mycket folk som samlats för att ta farväl av sin far, morfar, farfar och vän. Tobias känner igen ett par ansikten i församlingen.

Begravningsakten inleds med att de spelar Errol Garners «Autumn Leaves». Den kvinnliga officianten berättar stycken ur Grönros liv, därefter spelas mer musik och även fågelsång från näktergal. Ceremonin fortsätter med att Grönros son håller ett vackert och rörande hyllningstal till sin far och det blir avslutningsord och mer musik av bland annat Benny Andersson och George Gershwin. Det är en fin ceremoni i ett ljust och för dagen lite kyligt kapell.

Efter den fina ceremonin beger sig Tobias och Kenneth till tunnelbanestationen för återfärd till Farsta Strand och sedan vidare med pendeltåg hem till Skogås respektive Nynäshamn. De saknar sin vän Grönros enormt mycket.

Han har under lång tid varit deras vän och mentor och flera gånger gett dem nytt hopp när de nästan gett upp. Grönros har gett dem massor av kloka råd, som har tagit dem i rätt riktning när de varit som mest förvirrade. Från och med nu får de stå på egna ben.

På pendeltåget på väg till Nynäshamn tänker Kenneth tillbaka på när Grönros kom på besök i huset på Grönviksvägen. Grönros knackade på och de satt och samtalade i köket och delade på en öl. Efter ett tag blev det tyst från Grönros sida av bordet. Han hade somnat. Kenneth satt tyst och filosoferade. Efter tjugo minuter vaknade Grönros igen och samtalet fortsatte där det slutat tjugo minuter tidigare.

Det var ju sådan han var. Inga tillgjorda manér, han var jordnära och hade alltid nära till ett skratt. Ett skratt som lät lite som man föreställer sig att tomten skrattar. Det var lite Hå hå hå.

Kommunval 2018

Åsså small det till. I 103 år har Socialdemokraterna haft majoritet och styrt Nynäshamns kommun. Nu har folket fått nog. Mängder av maktmissbruk och grov korruption gjorde att Socialdemokraterna nu fick känna på rättvisans karma.

Trots att Moderaterna också tappade väljare så kunde den listige Henry Bovenius knyta ihop en allians med KD, Centerpartiet och Liberalerna. När de lokala partierna Sorundanet och Pensionärspartiet valde göra ett så kallat valtekniskt samarbete med Alliansen var knallen ett faktum.

Isaksson blev den förste sossen i historien som förlorar ett kommunval i Nynäshamn. Han tvingas kliva ner från kommunalrådstronen och överlämna hela sin makt till Henry som utropas som en hjälte. Henry upphöjs som hjälten som halade den röda flaggan som vajade i staden i 103 år.
De lokala medlemmarna i Moderaterna vet att alla positiva uttalanden om Henry kan likställas med rysk propaganda och ingenting annat. Lokalt är man medveten om att under Henrys ledarskap har de tappat massor av väljare.

Faktum är att Henry lyckats sänka Moderaterna från 30% till under 23% av väljarna. Samtidigt pågick Sossarnas megakorrupta politik som gör att även de sjunkit som ett blysänke från starka 36% av invånarna ända ned till 25%.

Fler och fler väljare har uppmärksammat hur kommunen har misskötts och att invånarnas inbetalda skattepengar läcker ur kommunhuset som ur en snökanon på fullt tryck en solig julidag i södra Skåne. Trots det fortsätter Isaksson och Henry i de två största partierna att styra kommunen i eget intresse. Som om ingen märker hur det går till och att de styr kommunen i strid mot grundlagarna.

Social media gör sin nytta med att ifrågasätta politikernas vårdslösa maktmissbruk. Andes Andes och några fler invånare gör ett jättejobb med att ofta lägga upp offentliga dokument i diskussionsforum så att alla intresserade har möjlighet att läsa om olagliga beslut och upphandlingar.

Från att vara hjältar som kom inridande på ståtliga vita hästar, blev sossarna Isaksson och Jensen århundradets förlorare. De serverades allt på en guldbricka och de kunde ha valt att enkelt vända sossarnas negativa trend.

När Babsan och Torgny Nordqvist kört allt i botten behövde Isaksson som partiets ledare och Jensen som ordförande bara följa lagarna och ersätta de invånare som kommunledningen krossat. Men i stället valde de att direkt börja fiffla.

Det var precis som om de bott tillsammans i en mörk grotta. Där inne drömde Isaksson och Jensen om att få komma ut i solljuset och bli bronsbruna och vackra. När de väl blivit vackra, var deras plan att ta över världen och i den världen ska inte ens en sådan hårding som Chuck Norris klara av att besegra dem.

Nu gick det inte som grabbarna tänkt sig. Ett av mänsklighetens goda tecken är att sanningen i princip alltid springer i kapp oss. Till de två brunbrända gossarnas förskräckelse visar det sig att många invånare börjar bli upplysta. Invånare får reda på att de anställer och befordrar vänner och att de gör hemliga affärer med fastighetsägare och så vidare.

Fler och fler solklara tjänstefel påvisas för kommunalrådet Isaksson. Men något allvarligt har hänt mellan hans öron. Möjligen har han gått i sömnen utan mössa och alldeles för nära den där snökanonen i Skåne. Han borde ju ha vetat att han är anställd av skattebetalarna och han borde också ha vetat, när han tillträde, att nästa folkval är i närtid.

Trots partiets nya slogan «*att sätta människor före stelbenta system*» så gör Isaksson allt för att sänka visselblåsare och inte nog med det. I sin maktposition lägger han massor av tid och energi till att rättfärdiga kommunledningens brott.

Nynäshamns kommuns invånare drabbas till slut av världshistoriens märkligaste valresultat. Isaksson har egentligen den enklaste politiska uppgiften i mannaminne. Att vinna kommunens 18 000 väljares förtroende så att hans parti kan fortsätta att styra kommunen. Men han förlorar styret till Henry som med sina två senaste val borde erhålla bragdguld för att vara usel partiledare.

Häpnadsväckande är, att ingen vann. Valresultatet gjorde bara att de tre toppolitikerna i kommunstyrelsens arbetsutskott bytte stolar. Nja inte riktigt så, liberalen Alhagen sitter kvar på sin stol. Han ser nu i rockaden att Henry tar över Isakssons ordförandestol. Så från och med nu ska Alhagen räcka upp handen och säga ja när Henry ber om det. För en liten stund sedan bestämde Isaksson när Alhagen skulle räcka upp handen och säga ja.

Invånarna i kommunen hoppas och tror nu att den efterlängtade förändringen mot lagtrohet äntligen infaller. Moderaternas valpropaganda på riksnivå är ju väldigt tydlig.

Lagbrott ska stävjas och hårdare straff ska införas!

Tobias och Kenneth googlar fram valresultat i Nynäshamns kommun de senaste 3 valen. De skriver ned det på ett papper för att kunna se partiernas ned- och uppgång valåren 2010, 2014 och 2018 tydligare.

Socialdemokraterna: från 36,5 % till 25,0 % = tappat 11 %
Moderaterna: från 30,0 % till 22,9 % = tappat 7 %
Sverigedemokraterna: från 4,0 % till 15,1 % = ökat med 11 %
Sorundanet: från 4,1 % till 9,4 % = ökat med 5 %
Liberalerna: 6,9 % valet 2014 till 5,9 % = tappat 1 %

L har alltså bara 1 057 personer i hela kommunen som röstar på dem. *Hujeda mej så pinsamt!*

Av de andra «större» partierna i kommunen så har V och C ökat något. KD har fått ett par röster mer än de hade 2010. Pensionärspartiet har nästan fördubblat sina röster jämfört med 2010. Miljöpartiet har precis som Liberalerna tappat massvis väljare sedan 2010.

Klart är att de stora förlorarna är Socialdemokraterna, Moderaterna och även Liberalerna. Ändå är det de partierna som hela tiden styr kommunskeppet.

«Det kanske är dags att de börjar följa lagstiftningen så att folk får tillbaka förtroendet för dom», inflikar Kenneth fundersamt.

«Jag undrar om dom begriper att de skulle bli hjältar och öka som fan om de slutade mörka mutor och i stället erkände felen dom gjort», svarar Tobias.

«Dom fattar nog, men bryr sig inte. Dom får ju in sina säkra stålar från skattebetalarna vad dom än gör», suckar Kenneth och slår igen locket på sin laptop.

Rond 13 Drillning

Nynäshamns kommunhus, eller giraffgaraget som det också kallas på grund av sin smala och höga form, har en in- och utgång som vetter österut. Mot havet. En in- och utgång som vetter västerut. Mot det ohyggliga gråa stentorget.

Den västliga dörren öppnas och en kvinna av medellängd kliver in. I höger hand har hon en portfölj och över vänster axel har hon en väska som ser ut att innehålla en dator. Hon är iklädd en beige kappa, en grå stickad mössa, en lila halsduk, svarta stövlar och en mörk kostym med en vit blus under. Hon har långt mörkt hår och diskret makeup. Ansiktet har lite hårda, spetsiga drag, som om hon haft ett bekymmersamt liv. Hon är i fyrtiofemårsåldern, hon är advokat och hennes namn är Bond. Vera Bond.

Hon anmäler sig i receptionen. Receptionisten ler ett gnistrande leende.

«Välkommen, vad kan jag stå till tjänst med?»

«Hej och tack. Mitt namn är Vera Bond. Jag företräder advokatbyrån Bond & Blofeld. Jag har ett inbokat möte med kommunalrådet Dennis Alhagen och Lisa Henning.»

« Jag ringer Alhagen, ni kan sitta ner och vänta så kommer någon ner och tar emot er.»

«Tack.»

Bond sätter sig i en blå soffa. Hon lägger sitt högerben över sitt vänstra ben. Hon tänker att det är underligt att hon alltid lägger just det benet över det andra, aldrig tvärtom. Hon fnissar till lite, tanken är ju inte så konstigt när man är ett kontrollfreak som jag.

Hon hör att den östra entrédörren öppnas och hon tittar upp. In kommer en äldre, ganska mager, orakad man iklädd en halvlång blå rock och med en svart mössa med Pink Floyd logo. Han stegar fram till receptionisten.

«Hej, jag heter Kenneth Carling och jag skulle hämta upp dokument beställda av en Anders Helgesson.»

Receptionisten överlämnar ett stort vitt kuvert till mannen som tackar och går ut genom den andra dörren, den som leder ut till det gråtrista torget.

Vera Bond funderar vad hon just hört. Kenneth Carling, det är ju en av ägarna till företaget som hon ska företräda kommunen emot i tingsrätten. Det är andra gången jag ser honom, han verkar ju inte alls så ondskefull som det har målats upp för henne av de hon pratat med på kommunen, tänker hon.

«Vera Bond?» hörs en konstig frågande röst.

Bond rycks upp ur sina funderingar kring företaget hon snart ska krossa. Hon tittar upp. Framför henne står en man i fyrtioårsåldern. Han har mörkt hår med lite gråa inslag som ligger perfekt på huvudet, mörk kostym och vit skjorta.

Han är fint klädd tänker Bond, men han ser uttorkad och väldigt sliten ut. Hon lägger märke till att han har lite underliga ryckningar i ansiktet också. Kommunalrådet verkar inte må lika bra som hon själv.

Det är Dennis Alhagen som kommit ned för att ta emot advokaten. Han hälsar på advokaten och tar fram sitt passerkort och med det öppnar han en dörr och släpper in henne. Han trycker på hissknappen och hissdörren öppnas. Alhagen gör en gentlemannamässig gest till advokaten att gå in först. Han tittar sig i spegeln i hissen och sedan på advokaten.

«Det var trevligt att du hade tid att komma hit så att vi kan gå igenom vår agenda inför rättegången. Jag har bokat ett mötesrum, det blir du och jag, vår sekreterare Lisa Henning och kommundirektör Tore Forselius.»

De går av på sjunde våningen, Alhagen frågar Bond om hon önskar kaffe, te eller annan dryck.

«Martini, shaken not sturred», skämtar Bond och ler.

Alhagen tittar allvarligt på henne.

«Vi har inga alkoholhaltiga drycker här.»

«Det var ett skämt, jag heter ju Bond i efternamn», fnissar advokaten. Alhagen blir röd i ansiktet och harklar sig, samlar ihop sig och säger.

«Jag förstod det, jag skojade också», ljuger han och rodnaden avtar något.

«Vatten blir bra för mig», säger advokaten och undrar samtidigt vad det är för fel på mannen. Hur ska jag få den här osäkra grabben redo för ett korsförhör i tingsrätten?

De sätter sig på varsin sida om det stora konferensbordet.

«De övriga är på väg», upplyser Alhagen.

Advokat Bond tar fram dokument ur sin portfölj och en laptop ur den större väskan. Hon öppnar upp laptoppen och loggar in.

«Tore Forselius», hörs plötsligt en röst från en man som står i dörröppningen.

Bond tittar upp från dokumenten hon har framför sig på bordet. Hon ser en kort man som, trots att han måste vara nästan pensionsmässig, på något konstigt vis påminner om ett barn. Han är kort och riktigt satt. Han har halvlångt mörkt hår, en bred näsa med rundformade glasögon ovanpå och en ovanligt lång haka.

Bond funderar lite på var hon hamnat. Först Alhagen sedan den här figuren. Hon reser sig och tar mannen med hakan i handen och presenterar sig.

«Bond. Vera Bond.»

Han ler och hon ser i hans ögon att han i alla fall har humor, men ett lite slappt handslag.

«Forselius. Tore Forselius» Han ler brett och hon besvarar leendet. Alhagen undrar vad det är som är så roligt, men han frågar inte.

Forselius meddelar att han inför det här mötet bestämt att ha med sig kommunjuristen Yvette Pålsson och kommunens kanslichef Conny

Wahlgren. De bägge kliver in i rummet och hälsar på advokat Bond. Alla tar plats runt bordet.

Några sekunder senare står nästa person i dörröppningen. En mellanblond lockhårig kvinna av medellängd med rondör både kroppsligt och i ansiktet. Hon ler och presenterar sig för advokaten.

«Hej, jag heter Lisa Henning och är sekreterare för kommunalråden här i kommunen.»

Advokaten reser sig upp och hälsar på sekreteraren.

«Hej Lisa, jag heter Vera Bond och kommer från advokatbyrån Bond och Blofeld.»

Advokaten och sekreteraren sätter sig vid bordet. Alla har ett varsitt vattenglas framför sig. Bond tar taktpinnen.

«Jag har gått igenom alla dokument ni skickat mig och även dokumenten från den muntliga förberedelsen vi hade i september förra året. Min bedömning efter det mötet är att ni kommer att bli ganska hårt grillade i rättegången av musikaffärns ombud.»

Hon tittar på de övriga och fortsätter.

«Det är mycket som väger över till musikaffärns fördel, men om bara ni två kan hålla er till exakt samma historia så kommer kommunens ro hem detta.»

Hon tittar återigen på Henning och Alhagen. Alhagen skruvar lite på sig, men advokaten ser att sekreteraren ser lugn och stadig ut. Skönt att åtminstone en som ska vittna verkar ha nerverna under kontroll.

Advokaten tar fram ett dokument och lägger på bordet.

«Det här är aktbilaga 23, den är inskickad av musikaffären. Den innehåller fyra bilagor. Det är en agenda, faktura 750, formavtal och en ekonomisk beräkning över skadorna som musikaffärn anser sig ha lidit. Det viktiga i förhöret i tingsrätten är att ni två är samstämmiga.»

Hon tittar återigen skarpt på sekreteraren Lisa Henning och kommunalrådet Dennis Alhagen.

«Agendan har aldrig skrivits under, förstår ni att det är det viktigaste?»

«Jag förstår», svarar Henning snabbt.

«Min namnteckning står ju där», säger Alhagen tvekande och pekar på dokumentet.

Det blixtrar till i advokatens ögon, hon tänker att här får jag förklara för honom på ett terapeutiskt vis.

«Ja Dennis, namnteckningen står där men du har inte skrivit dit den, det är vad du ska berätta i tingsrätten. Är du okej med det?»

Bond ser att Alhagen ser vilsen ut när han frågar.

«Okej, men hur ska jag förklara att min namnteckning finns där?»

«Du ska inte förklara någonting! Du ska få domstolen att tro att du inte skrivit under! Frågar dom dig hur den hamnat där, då ska du bara svara att du inte har skrivit under några papper överhuvudtaget.»

Lisa nickar, Alhagen tittar frågande på de övriga. Advokaten tittar på Lisa Henning och fortsätter.

«Detsamma gäller dig Lisa. Du svarar inget om hur namnteckningen hamnat där, du svarar likadant som Dennis. Dessutom måste du hålla stenhårt på att du aldrig lämnade rummet under mötet och att Dennis aldrig skrivit sin namnteckning på något papper.»

Bond tittar ned på sin laptop och funderar en stund. Ingen av de övriga säger ett ord.

«Sedan har vi frågan hur mötet kom till stånd och vad det skulle handla om. Varför det var en agenda med till mötet. Vi går på den linjen att du Dennis blev lurad att mötet skulle handla om bolaget som arbetar med LED-belysning. Det var bara därför du gick med på mötet. Hade det handlat om det gamla ärendet så hade du vägrat att ha något möte.»

Alhagen ser något lite mindre vilsen ut nu, vilket gör advokaten lite mer avslappnad. Hon vänder sig till sekreteraren Henning och fortsätter drillningen i lugnt tempo.

«Lisa, i korsförhöret måste du neka till att Dennis godkände agendan och du måste berätta att du tog emot papper för diarieföring, men att ni inte läste igenom några papper under mötet.»

Lisa Henning tittar advokaten i ögonen, hon nickar och svarar.

«Ja, jag förstår, det ska jag göra.»

Advokat Bond tittar på alla runt bordet.

«Kom ihåg att det inte är en lögn, om man tror på det man säger. Är det någon som har några frågor?»

Först råder tystnad, men efter en stund har Dennis Alhagen en fråga till advokaten.

«Kan du skriva ut ett kort manus på vad du tror vi kommer förhöras om så att vi kan träna in vad vi ska svara under förhöret.»

«Det kan jag göra, ni har det i morgon.»

Som på en given signal reser sig församlingen, tackar varandra. Tjänstemännen lämnar rummet.

Alhagen blir kvar medan advokaten plockar ihop sina attiraljer. Han står i dörröppningen och trummar lite på den öppna dörren. Han har något att bekänna för advokaten.

«Jag skrev under två exemplar av agendan när Lisa var och diarieförde dokumenten. Men det tredje exemplaret Tobias Modin hade med sig det skrev jag inte under och det var det exemplaret som blev diariefört av Lisa.»

Advokaten tittar vänligt på Alhagen.

«Det har jag förstått hela tiden. Det fanns ingen anledning för bolaget att förfalska din namnteckning. Det hade uppdagats direkt om dom hade gjort det. Jag förstod på muntliga förberedelsen att de inte är korkade. De skulle aldrig skriva din namnteckning på ett dokument och sen byggt ett mål på det.»

Alhagen följer advokaten till hissen. På vägen ned tittar advokaten i smyg på Alhagen. Han står och tittar sig själv i spegeln med en sorgsen min. Hon förstår att mannen framför henne, han mår inte bra. Alhagen går först ur hissen och släpper ut advokat Bond i receptionen.

De skakar hand och Bond går ut genom dörren som vetter mot öster. Ute börjar det skymma.

Hon låser upp BMW:n, sätter sig till rätta och sätter på bilstereon på hög volym. Ur högtalarna sjunger ABBA hennes favoritsång, *The Winner Takes It All*.

Bond känner sig nöjd med sin insats under mötet. Motorn spinner fint när hon glider ut från Nynäshamn och hon tänker att det är skönt att kommat bort från vischan och hem till civilisationen.

Alhagen kliver återigen in i hissen och trycker på sjuan. Han tittar sig i spegeln och tänker, varför i helvete stod jag inte upp bättre 2011 när eländet började. Då hade allt det här varit historia. Varför lät jag den där jävla Berglind, Engborg och Babsan bestämma över mig. De har kört med mig sedan jag började här. Faan, jag har blivit behandlad som om jag var Televinken.

Han drar handen genom håret och flinar upp sig i spegeln. Kom igen Dennis, du är ju kommunalråd. Dags att åtminstone försöka se lite bergis ut, man vet aldrig vem man kan stöta ihop med. Hissdörrarna öppnas. Han vågar inte öppna ögonen, han vill inte möta någon nu. Men så öppnar han ögonen sakta, och där står... ingen. Han pustar ut och tassar raskt in på sitt kontor.

Rond 14 Rättegång igen

Det är onsdag den tredje april 2019. Klockan är 9:30. Utropet i högtalaren skickar en känsla av deja vu genom Tobias hjärna.

«*Tingsrätten kallar till förhandling i sal två i mål nummer 4052–18 mellan Musikevenemang Södertörn och Nynäshamns kommun.*» Då var det dags igen. Nästan fem år efter förra gången de satt här. Återigen är det Tobias som ska företräda den där musikaffärn, med Kenneth som biträde. Tobias tittar på Kenneth och ser att han är blek i ansiktet och händerna darrar när han fumlar med ryggsäcken. Tobias lägger armen om sin vapendragare och viskar i hans öra.

«Nu jävlar går vi in och tar över det här från start. Jag kommer vara kort och rakt på. Du kan luta dig tillbaka och behöver bara slita fram rätt papper när jag behöver det. Jag har stenkoll. Den där jävla Alhagen har förstört våra liv. Nu kommer han att ljuga i domstolen och säga att han inte undertecknat några dokument, fast han och jag vet mycket väl att han gjorde det.»

Kenneth återfår lite av färgen i ansiktet och viskar tillbaka.

«Det är ju förjävligt om han slinker undan från sanningen. Vi har papper med hans underskrift att kommunen ska betala vår faktura. Nu påstår advokaterna att vi förfalskat hans underskrift. Vi är ju för helvete inga skurkar. Vad fan skulle vi tjäna på det?»

Tobias tittar Kenneth djupt i ögonen och ler. Kenneth ser att de blågrå ögonen lyser av kraft och han blir plötsligt helt lugn. Tobias klappar honom på axeln och säger.

«Nu kör vi, sanningen kommer alltid fram.»

De tar plats på domarens högra sida. Alltså längst ifrån hennes hjärta, men närmast hennes högra hjärnhalva. Det är höger hjärnhalva som arbetar med rumsuppfattning, melodier, helhet och intuition. Kenneth tänker att det känns ju bra att vi sitter närmast hennes helhetsbedömning och känsla för vilken av parterna som är ärliga.

Till vänster sitter kommunens inhyrda advokat. Hennes namn är Bond, Vera Bond. En kvinna som har kuraget att ta betalt för att vinna trots att hennes klient begått en mängd lagbrott. Ansiktet visar ingen mjukhet eller värme eller som Kenneth sa efter första mötet på den första muntliga förberedelsen.

«Jag får lite olustkänslor av den damen.»

Tingsrättens chefsdomare Carina Oredsson inleder förhandlingarna med en dialekt som kan härröra sig från Blekinge eller Småland. Häpnadsväckande är att precis som inför rättegången 2014 har tingsrätten bytt ut den ansvarige domaren i målet till rotelns chefsdomare.

Vid den här tidpunkten anar ingen ugglor i mossen, när tingsrättens chefer helt sonika själva tar över mål. Vanligt folk tror ju ingenting annat än att man då får mer erfarenhet och mer kompetens i rummet.

Chefsdomaren noterar först att Vera Bond inte är öppen för att parterna förlikar. Vilket betyder att hon informerar åhörare och parterna att hon nu inleder denna rättegång. Först lämnar hon över ordet till Tobias att göra företagets sakframställan, efter det är det kommunens advokat som ska presentera kommunens sakframställan.

Tobias blinkar till Kenneth och tar ordet. Han berättar om hur företaget varit i domstol tidigare i ett ärende mot Nynäshamns kommun. Han berättar om telefonsamtalet han hade med Alhagen och att det är otvetydigt att Alhagen skrivit på agendan för mötet, vilket betyder att det är ostridigt att målets faktura på 4,5 miljoner ska betalas.

Tobias påvisar att Alhagen och han gått igenom skadorna som kommunen orsakat och att beloppet var cirka 8 miljoner kronor. Men på förlikningen den 30 juni 2016 kom de överens om att kommunen ska betala 4,5 miljoner kronor till den där musikaffärn.

Han framhåller att agendan bevisligen är undertecknad av Alhagen. Kenneth tar fram dokumenten och lämnar till Tobias som håller fram dem och hänvisar till aktbilaga 23. Den är på fyra sidor. Det är en agenda med Alhagens och Tobias underskrifter, en faktura på 4,5 miljoner kronor, ett formellt formavtal och en ekonomisk beräkning på de skador som företaget drabbats av.

Det uppstår viss palaver runt denna aktbilaga innan advokat Bond får fram densamma ur sin dokumenthög. Tobias förklarar att Alhagens intention var att lösa ärendet och han håller fram sidan med bolagets faktura. Den är på drygt 4,5 miljoner kronor. Han avslutar med att kommunen dessutom inte har bestridit fakturan inom erforderlig tid. Vilket betyder att företaget fått ett passivt medgivande att kommunen godkänt fakturan.

Domaren lämnar över ordet till advokat Vera Bond som fortfarande river runt i sin dokumenthög. Hon hittar äntligen det hon letar efter och inleder med att säga att kommunen har bestridit bolagets talan i sin helhet. Hon fortsätter med att tala om att kommunen inte blivit betalningsskyldig på grund av passivitet.

Bond framhåller att Alhagen är säker på att han inte skrivit under något dokument under mötet och att sekreteraren Lisa Hennings anteckningar stöder detta. Advokaten viftar med aktbilagorna 31 och 32 i handen. Hon avslutar sitt anförande med att påpeka att agendan dessutom saknar relevans för frågan om något avtal ingåtts.

Plötsligt hörs det röster från läktaren där åhörarna har sina platser. Det är Nynäshamns kommuns planeringschef Conny Wahlgren och kommunens jurist Yvette Pålsson som pockar på domarens uppmärksamhet. De påpekar för domaren att mannen som sitter en bit ifrån dem på läktaren spelar in rättegången på sin mobil.

Domaren bryter förhandlingen och frågar mannen som sitter med en mobiltelefon i handen om han filmar och vem han är. Han svarar att han är journalist och håller upp sin journalistlegitimation och svarar att han gör en ljudupptagning på sin mobil, vilket journalister alltid gör i arbetssyfte.

Han frågar om det inte är tillåtet i den här domstolen. Domaren frågar parterna om det är okej att han spelar in. Tobias säger att han inte har något emot det. Kommunjurist Yvette Pålsson och kanslichef Conny Wahlgren som sitter som åskådare en bit ifrån journalisten vill inte att det ska spelas in. De säger därför nej till det och mannen ombeds av domaren att stänga av inspelningen på sin telefon. Då det blir pinsam stämning väljer journalisten att stänga av mobilen. Han tänker att det här är ju besynnerligt, varför vill kommunen hindra en journalist från att göra sitt jobb.

Domaren fortsätter sedan med att upplysa hur rättegången kommer att gå till. Vilka som ska vittna och avslutar med att fråga om det finns någon vilja till förlikning innan rättegången börjar. Tobias svarar ja och Bond, Vera Bond svarar nej. Domaren konstaterar att kommunen inte har någon vilja till förlikning. Hon lämnar då över till Tobias att hålla bolagets anförande.

Domaren ber Tobias under sanningsförsäkran att beskriva sin uppfattning kring det här avtalet som bolaget menar man har ingått med kommunen. Men först ska han svära eden.

«Du säger efter mig. Jag Tobias Modin.»
«Jag Tobias Modin.»
«Lovar och försäkrar.»
«Lovar och försäkrar.»
«På heder och samvete.»
«På heder och samvete.»
«Att jag skall säga hela sanningen.»
«Att jag skall säga hela sanningen.»
«Och intet förtiga tillägga eller förändra.»
«Och intet förtiga tillägga eller förändra.»

«Du har nu avlagt ed, och du är medveten om att du från och med nu är under sanningsförsäkran.»

«Ja.»

«Bra, ljudbandet går nu och det är Tobias Modin som ska framföra företagets sakframställan. Jag lämnar därför över ordet till Tobias Modin.»

Tobias övertar ordet.

«Jag tänkte då beskriva det jag minns från händelsen kring det här avtalet som vi ingick med kommunen med anledning av den här fordran.»

«Man får inte läsa innantill?» avbryter domaren skarpt.

Tobias svarar direkt.

«Jag är så nervös så jag kan inte läsa i alla fall. Det som hände vid den här tidpunkten var att det har funnits tidigare tvister mellan vårt företag och Nynäshamns kommun och det fanns goda förutsättning för att avsluta det kapitlet och hitta en bra lösning för bägge parter. Med hjälp av både oss själva och vänner fanns det förutsättningar att boka ett möte med dåvarande kommunalrådet Dennis Alhagen. Dennis Alhagen tog kontakt med oss och ingick avtal, ett löfte att den här saken ska lösas.»

Tobias fortsätter.

«Jag fick uppgiften att tala i telefon när Dennis Alhagen ringde en kollega till oss. Så vi bokade mötet och Alhagen fick välja en tid. Han bestämde 30 juni 2016 och vi var överens om att vi skulle ta fram de dokument som behövdes på mötet. Det var bland annat en beskrivning på vår skada. Allt finns ju i aktbilaga 23. Vi skulle ta fram en faktura. Jag var noga med att säga till Alhagen att vi vet ju inte beloppet nu. Eftersom han då ville ha mötet vid den här tidpunkten räckte det med att det fanns en beskrivning till den här fakturan och att vi bestämde oss för att det ska stå förlikning, skadestånd på grund av rättegångsfel på fakturan. Den skulle adresseras till honom och inte till någon annan. Det var det samtalet gick ut på. Samtalet varade i ungefär tjugo minuter.

Tobias tar ett djupt andetag och fortsätter sin långa utläggning.

«Vi gick igenom i detalj att jag skulle göra en agenda plus ett skriftligt avtal, som sedan kunde skrivas på som då bevisar att parterna är klara med varandra för evigt när det gäller de här känsliga ärendena. Jag skulle också ta med en del dokument som vi ansåg viktiga. Framför allt för Alhagen att se eftersom det ligger stora brister i kommunens hantering sedan tidigare. Första sidan på aktbilaga 23 är agendan.»

Tobias tar en kort paus dricker lite vatten och går vidare.

«Känsligheten var ganska stor då eftersom kommunen hade betalat bluffakturor och hade haft samverkan med något som visade sig vara ett bluffbolag. Ett bluffbolag som inte existerade hos Skatteverket. I vår bransch hade det gått in mycket pengar där.»

Kenneth tänker att det är ju solklart, domaren måste ju inse att den här kommunen inte sköter sina uppgifter enligt lagen. Det är ju en klockren framställan från vår sida. Vi har ju till och med stoppat det här bluffbolaget, från ytterligare insiderjobb i före detta kommunledning.

Tobias fortsätter.

«En annan sak är att det varit en annan rättegång i tingsrätten där vi hade skadeståndsanspråk och där ett annat kommunalråd hade anlitat sin bror i en upphandling som vi deltog i. Det inkom dessutom felaktig information från kommunens sida till tingsrätten. I efterhand visade det sig att i själva verket var det vi som hade vunnit den upphandlingen. Så det var känsliga ärenden och i stället för att gå vidare i olika rättsprocesser i domstol, fann Alhagen och jag skäl att i stället göra den här förlikningen. Punkten sex på agendan heter förlikning och skadestånd. Det är utifrån det vi tog fram den här fakturan där vi också efterger 2,6 miljoner kronor mot den skada vi lidit, som vi vid det tillfället räknat fram. Dennis Alhagen var mycket väl informerad i hela ärendet och han åtog sig att göra det här avtalet och förlikningen så att det här ärendet skulle vara ur tiden för evigt.»

Tobias känner att han behöver andas lite och dricker därefter lite vatten och fortsätter.

«Ett starkt skäl för att göra det här avtalet är att de här oegentligheterna, som hade skett i kommunen, är en policy från kommunfullmäktige. Om det föreligger misstanke om mutbrott, som vi i det här mötet och innan har kunnat bevisa, då åligger det kommunens jurist och förtroendevalda att anmäla det. Inte att utreda brotten, men att anmäla brotten. Men om man betalar skadan som har uppstått, i det här fallet till företaget, då finns det ingen skada längre och därefter behöver inte kommunen göra några anmälningar om tjänstefel och felaktig myndighetsutövning internt.»

Tobias tittar undrande på Kenneth som förstår att Tobias undrar hur det går. Kenneth gör lite diskret tummen upp för att visa att sakframställan är klockren och förståelig. Tobias nickar nöjt och går vidare.

«Den 30 juni 2016 hade vi då själva mötet, som vi en vecka innan på Alhagens inrådan hade alla de här detaljerna till. Det är dom fyra dokumenten i aktbilaga 23. Det som inte finns med här i målet är allt det vi gick igenom på mötet som varade i drygt en timme. Där vi gick igenom dom här dokumenten, historien om bluffbolaget och försumlighet gällande offentlighetsprincipen. Vi gick igenom mened som kommunen hade begått i en tidigare tingsrättsförhandling.»

Tobias känner att han börjar bli trött och får lite svårare att fokusera, men han tar tag i sig själv och fortsätter.

«Punkten 5 på den här agendan som vi skulle gå igenom på mötet, där har vi spaltat upp vilka skador vi råkat ut för. För att styrka den här fakturan. Det är ju det man ska komma överens om. Våra skador uppgick till 7,2 miljoner men som ni ser så hade vi ju gjort en eftergift på 2,6 miljoner. Alhagen mottog den fakturan. Vi hade ju diskriminerats ganska kraftigt och vi hade drabbats av svåra ekonomiska problem. Detta tack vare dom här felaktiga upphandlingarna som kommunen hade gjort. Alhagen insåg att det här beloppet är ju ganska stort nu jämfört med hur det var för fem år sedan, när det hela började. Vi var ändå överens om att skriva tio dagar på fakturan. Det var helt OK. Han behövde inte mer än tio dagar sig att betala eftersom han var kommunstyrelsens ordförande och han kan då ta beslut på det.»

Tobias börjar bli riktigt trött i huvudet nu, men han är nära slutklämmen, så han biter ihop.

«I slutet på mötet får sekreteraren Lisa Henning i uppgift att gå och diarieföra dokument. Jag hade med mig tre exemplar av det som här kallas aktbilaga 23. Alhagen hade ett exemplar och jag hade ett. Jag visste från början inte att sekreteraren skulle vara med på mötet, men jag gav en kopia till henne och den undertecknade jag. Alhagen undertecknade sin och min. Kopian som är diarieförd i kommunen, det är hennes exemplar. Det är hon som går och diarieför fakturan, agendan och det formavtalet som jag och min kollega hade undertecknat tidigare på dagen. Formavtalet om betalningen skulle Alhagen underteckna när han föredragit förlikningen i kommunstyrelsen. Så det hela gick till på ett korrekt sätt. Alhagen följde med mig i hissen ner och vi tog i hand. Jag gick tillbaka till mina kollegor och vi var glada att det här ärendet nu kommer att få ett slut. Men efter det har det ju då skett en massa efterhandskonstruktioner från kommunens sida, där man slingrar sig ur det här förlikningsavtalet på alla möjliga olika sätt. Jag väljer att stanna där.»

En utpumpad Tobias sätter sig ned bredvid Kenneth och viskar.

«Jag var lite nervös, men fick jag med allt va?»

«Ja, jag tror inte du missade något, bra jobbat.»

Domaren frågar svarandens ombud, advokat Bond, om hon har några frågor till Tobias, men det har hon inte. Det blir alldeles tyst i rättssalen. Tobias tittar förvånat på Bond och sedan på Kenneth. Han hinner också se att journalisten ser ut som ett frågetecken. Kenneth tänker att här har hon huvudvittnet, men inte en enda jävla fråga. Vad är hon skraj för? Det är ju givetvis att få korrekta svar som visar att kommunen återigen är ute i ondo.

Efter ett kort uppehåll vänder sig domaren till Tobias och frågar om ett mejl från den 29 augusti. Hon läser biten där bolaget skrivit … *beslut kan endast tas i KS.* och ber honom förklara den skrivningen. Han lutar sig fram mot mikrofonen och svarar.

«Under mötets gång går vi igenom de här punkterna och Alhagen talar om för mig, vilket vi var överens om redan på telefon när vi bestämde oss för avtalet. Ett sådant här beslut till avtal, alltså formavtalet, det tas av kommunstyrelsen. Men eftersom han är ordförande gör det att han är kommunstyrelsen på mötet. Han behöver inte kalla in hela kommunstyrelsen. Han kan ta beslut. Om du tittar på aktbilaga 23 punkten 6 står det att Alhagen som vice ordförande kan ta beslut, eftersom Babsan och Engborg är jäviga.»

Tobias känner att alla krafter är slut nu, han tar ett djupt andetag och rundar av frågan med en tydlig förklaring.

«Det som skedde här är ju precis som en muntlig förberedelse i tingsrätten. Där går vi parter igenom allting, den delen hade Alhagen och jag på telefon. Sedan hade vi en genomgång i kommunhuset med beloppet, precis som på en rättegång. Det är ju då vi går igenom den här agendan. Och vi är överens om avtalet och skriver under och han mottar fakturan. Allt annat är ju efterhandskonstruktioner som vi nu försöker reda ut och det är ganska svårt.»

Domaren tackar honom och det är nu dags för förhör under sannings-försäkran med Kenneth Carling. Kenneth börjar bli lite nervös av att veta att han ska stå i rampljuset. Fan att man inte kan vara lika lugn som Tobias verkar vara.

Då kommer han ihåg ett föredrag han varit på med Kjell Enhager, föreläsare inom bland annat mental träning. Kjell berättade om när han gick caddie och var mental coach åt British Open vinnaren Nick Faldo. På ett hål sa Faldo till Kjell att det är omöjligt att nå fairway härifrån. Kjell frågade då om det överhuvudtaget finns någon som klarar det. Han fick svaret att Tiger Woods klarar det. Då sa Kjell åt honom att då får du väl göra precis som Tiger då. Faldo nickade, peggade upp bollen, svingade, bollen flög och landade perfekt på fairway. Kenneth tänker att jag får väl göra som Tobias då.

«Du säger efter mig. Jag Kenneth Carling.»

«Jag Kenneth Carling.»

«Lovar och försäkrar.»

«Lovar och försäkrar.»

«På heder och samvete.»

«På heder och samvete.»

«Att jag skall säga hela sanningen.»

«Att jag skall säga hela sanningen.»

«Och intet förtiga tillägga eller förändra.»

«Och intet förtiga tillägga eller förändra.»

«Du har nu avlagt ed, och du är medveten om att du från och med nu är under sanningsförsäkran.»

«Ja.»

«Bra, ljudbandet går nu och det är Kenneth Carling som ska göra sakframställan. Jag lämnar därför över ordet till Kenneth Carling.»

Kenneth tar ett djupt andetag och blir Tobias. Han förhörs av domaren under cirka fem minuter. Han beskriver, med sin hesa röst, det han hört av telefonsamtalet mellan Tobias och Dennis Alhagen. Det skedde hemma i Paul Lönndals kök. Han klargjorde hur han sedan tog fram bilagor, faktura med mera inför det fysiska mötet Tobias hade med Alhagen.

Han avslutar med att berätta hur han och Paul blivit glada när Tobias kom tillbaka och berättade att Alhagen skulle lösa det här. Hur han också i sin hand fick agendan med Alhagens underskrift för betalning. Äntligen skulle fem års helvete få ett slut, trodde de då.

Domaren frågar advokat Bonde om hon har några frågor. Advokat Bonde har bara en fråga och det är när telefonsamtalet mellan Alhagen och Tobias ägde rum. Kenneth tänker att det var en meningslös fråga och svarar att det var strax före midsommar. Alltså cirka en vecka innan mötet ägde rum. Domaren avslutar förhöret och Kenneth tänker, det gick ju hyfsat bra. Den där Enhager, det är en smart man.

Dennis Alhagen hör sitt namn ropas upp i högtalarna. Han träder in i rättssal två och tar plats i vittnesbåset. Hans tunna kropp är idag iklädd en blå kostym och en vit skjorta. Han har ett smalt lite oproportionerligt ansikte. Det rycker lite i ansiktet som om han har tics eller så är han nervös.

Alhagen tänker att nu gäller det att följa advokatens manus som de tränat på innan rättegången. Han hoppas att musikgrabbarna inte har något nytt att komma med när de ska korsförhöra honom. Han känner sig olustig till mods. I så många år har han tvingats hålla inne med sanningen i ärendet, nu måste han göra det en gång till. Förhoppningsvis är det här sista gången, hur många liv har de där två egentligen? Nu måste de väl ändå äntligen ge upp.

Domaren berättar för honom att han ska svära eden, där han lovar och försäkrar att han skall tala sanning och inget förtiga. Kenneth som studerar honom noga och tänker att det är ju rätt person att begära att han ska tala sanning, han har ju för fan ljugit i vårt ärende i åtta år nu.

Plötsligt kommer han på den bästa filmscen han någonsin sett. Det är från den svenska filmen Kopps. Polisen Benny, spelad av Torkel Petersson, sitter i framsätet på polisbilen. Han är väldigt nervös och har två korvtjuvar i baksätet. Benny har på sig sådana där solglasögon som man kan fälla upp och nu är de uppflippade. Han vänder sig mot baksätet, spelar macho och frågar en av skurkarna «Är du nevösch ss?»

Kenneth fnittrar till och Tobias tittar på honom och undrar om han håller på att bryta ihop, men Kenneth tittar snabbt ned i dokumenthögen och ser åter kolugn ut.

Domaren tittar på vittnet som sitter framför henne i sin nystrukna vita skjorta och blå kavaj.

«Du säger efter mig. Jag, Dennis Alhagen.»

«Jag, Dennis Alhagen.»

«Lovar och försäkrar.»

«Lovar och försäkrar.»

«På heder och samvete.»

«På heder och samvete.»

«Att jag skall säga hela sanningen.»

«Att jag skall säga hela sanningen.»

«Och intet förtiga tillägga eller förändra.»

«Och intet förtiga tillägga eller förändra.»

«Du har nu avlagt ed och du är medveten om att du från och med nu är under sanningsförsäkran.»

«Ja.»

«Bra, ljudbandet går nu och det är Dennis Alhagen som ska förhöras av svarandens advokat, Vera Bond. Jag lämnar därför över ordet till Vera Bond.»

Advokat Vera Bond startar vittnesförhöret med Dennis Alhagen.

«Kan du berätta om historiken kring bolaget?»

Alhagen svarar lite för klämkäckt. Han låter nästan som om han var programledare för Allsång på Skansen.

«Den är lång. Det har varit mycket kontakt, i stort sett sedan jag tillträdde. I början var det funderingar kring hyra av lokal med mera. Sedan var det evenemang 2012 och kontakter om det. Bolaget vann inte en upphandling, så det övergick mer till en konflikt där bolaget inte tyckte vi hade gjort upphandlingar rätt. 2014 blev kommunen stämd i tingsrätt. Sedan har historien fortsatt och den är inte över än.»

Kenneth tittar på Alhagen och tänker att fanskapet drar till med en lögn direkt. Första kontakten handlade ju för helvete om ett bluffbolag och ägaren känner Alhagen väl till då han är vän med ett av bluffarens barn.

«Det är en lång historia?» undrar advokat Bond.

«Den är lång för mig, men den har även involverat många andra, kommunala tjänstemän och andra politiker.»

«Om vi går till mötet 2016. Vad hände dagarna innan?»

«Bolaget ville ha ett möte med mig, jag var lätt skeptisk till det, med tanke på historien. Det skulle diskuteras nya inriktningen på ett bolag eller det andra bolaget och LED-belysning. I mina uppdrag ingår att träffa företagare, så jag kände att då får jag göra det. Då ordnade vi, fick ihop ett möte där jag, Tobias och min sekreterare Lisa Henning närvarade», svarar Alhagen och känner att han inte riktigt får till svaren som han vill.

«Vilken typ av förberedelse gjorde du själv innan mötet?»

«Jag gjorde inte särskilt mycket förberedelser mer än försäkrade mig om att Lisa kunde närvara.»

Alhagen försöker le, men det ser mer ut som att han hånler eller får tics. Han fortsätter.

«Jag kände historien och mitt uppdrag har lärt mig att det är dumt att jag träffar externa parter ensam. Det är alltid bra att man är en tjänsteman och en politiker när man träffar företagare. Alltid bra att ha en sakkunskap med sig, exempelvis vid bygglovsfrågor. För det har jag med mig en tjänsteman som kan svara lite mer specifikt på frågor.»

Alhagen pausar en stund och hånflinar igen. Tobias tittar på honom och tänker, håller topplocket på att gå på grabben. Har han tics eller sitter han verkligen och hånskrattar i en domstolssal? Han pratar om sakkunskap, varför har han då med sig sin sekreterare? Hon kan ju bara anteckna, hon kan eller ansvarar ingenting om LED-belysning eller andra sakfrågor.

Alhagen funderar ett tag. Tänk om jag fått säga sanningen här, att jag blev tvingad att ha med sekreteraren på mötet. Han fortsätter nervöst sin utläggning.

«I det här fallet och med tanke på historien kände jag att det var viktigt att ha en person med mig som kan föra minnesanteckningar. Lisa har hjälpt mig många gånger.»

Advokat Bond fortsätter sin utfrågning.

«Då kommer vi till själva mötet. Kan du berätta om mötet från början till slut?»

Alhagen svarar lite konstlat.

«Inriktningen på mötet var att vi skulle diskutera LED-belysning och möjligheter till upphandling från kommunens sida. Vilken fantastisk produkt LED-belysning är. Och det är det, vi har många glödlampor. Men mötet hamnade återigen i det historiska spåret med upphandlingen som var 2012 och kommunens försumlighet. Alla fel och sådant som kommunens tjänstemän och politiker gjort. Tobias hade med sig en dagordning från början som han visade upp. Han tyckte att den ska vi skriva under.»

Det märks att Alhagen får tillbaka sina tics eller hånflinar igen då han fortsätter.

«Sedan började vi prata om LED och hamnade i det här historiska spåret. Jag klargjorde under det här mötet att det förslag för en förlikning mellan bolaget och kommunen, det kan jag inte skriva under på. Jag förklarade också att det finns många skäl att jag inte kan det. Det främsta är att jag inte har mandat som egen person att skriva på eller ingå förlikning med extern part från kommunens sida. Den rättigheten har inte jag enligt vår delegation.»

Alhagen gör en kort inandning och fortsätter.

«Sedan avslutades mötet och då ville Tobias att jag återigen skulle skriva på den här dagordningen, vilket jag vägrade och sa däremot att de här handlingarna som jag får, de tar jag emot och ser till att de registreras hos kommunen. Sedan bad jag Lisa hjälpa mig med det.»

Advokat Bond tittar på Alhagen och tänker att han följde hennes manus till punkt och pricka. Hon ler mot honom och blinkar med ena ögat för att han ska känna sig trygg. Sedan frågar hon.

«Du säger handlingarna?»

«Det var lite papper.»

Advokat Bond lutar sig lite framåt mot Alhagen och frågar.

«Du pratade om delegationsordningen?»

«Jag fick förtydliga att vid det tillfället var jag förvisso acting kommunstyrelseordförande, KSO, då vår ordinarie KSO var sjukskriven. Men inte ens KSO har i egenskap av person rätt att ingå förlikningar. Faktum är att kommunstyrelseledamöter inte har stor rätt att göra någonting. Ofta har kommunstyrelsen delegerat ned till olika tjänstemän att hantera olika saker. Det är väldigt få saker som vi politiker hanterar förutom i ett sammanhang, när kommunstyrelsen träffas.»

«Efter mötet då, hände något mer där?» frågar advokaten.

Alhagen tvekar ett tag innan han svarar, han vill inte göra bort sig nu när det gått så bra, hittills.

«Eeeeh, efter mötet. Vi såg till att handlingarna registrerades sedan fick jag en förfrågan hur vi skulle gå vidare med de handlingarna. Då bad jag kommunstyrelseförvaltningen att göra ett ärende av det här och låta kommunstyrelsen ta ställning till förlikningsförslaget. Även om jag personligen kanske redan visste vad jag tyckte om det. Men i och med att jag inte själv har rätt att ta beslut om det. Kommunstyrelseförvaltningen arbetade fram ett förslag på besvarande av de registrerade handlingarna. Vi hanterade det här i kommunstyrelsens arbetsutskott och slutligen i kommunstyrelsen. Där avslog vi deras förslag till förlikning.»

Alhagen funderar på vad han just har sagt, han ser att domarnotarien tittar med tom blick på honom. Undrar om jag har gjort bort mig i alla fall? Advokat Bond tackar Alhagen och lämnar över ordet till domaren, som frågar om Tobias har några frågor till vittnet. Tobias säger att han har det och hon lämnar därmed över ordet till Tobias för att förhöra vittnet.

Tobias dricker lite vatten ur plastmuggen framför sig och börjar kors-
förhöret med Alhagen.

«Uppfattade jag rätt att du vägrade skriva på några handlingar från
det här mötet?»

Alhagen tittar upp på Tobias och Tobias ser att det är något oroligt
i hans blick. Tobias ser också att vittnets händer skakar där han håller
dem framför sig på bordet. Det är bara att pressa på nu. Alhagen, som
nu är blek i ansiktet, svarar efter en stunds tystnad.

«Ja det har du gjort.»

«Du har absolut inte skrivit på något enda dokument?»

«Nej, det har jag inte gjort.»

Tobias håller upp aktbilaga 23. Han ser att advokat Bond återigen
rotar i sina papper för att hitta aktbilagan som är målets viktigaste
dokument. Hon reser sig upp och lämnar över det till Alhagen. Tobias
fortsätter.

«I aktbilaga 23 så är det ganska tydligt att det är din påskrift. Du
hävdar att det är en förfalskning eller hur menar du att det här doku-
mentet är påskrivet?»

Alhagen tittar på dokumenten han fått av sin advokat.

«Det jag hävdar är att jag inte skrivit på det här dokumentet.»

«Okej, jag ska tolka det som att det är en förfalskning?»

Alhagen flackar med blicken och svarar.

«Det kan jag inte svara på. Det jag kommer ihåg är att jag inte skrivit
på något papper egentligen från dig.»

Egentligen, tänker Kenneth och tittar sig runt i lokalen och ser att
fler tittar på Alhagen och undrar varför han inte talar sanning.

Tobias släpper det för ögonblicket, men bestämmer sig att ta upp det
en gång till i slutet av förhöret. Han går vidare på ett annat spår.

«Du sa att det här mötet eller inbjudan handlar om LED-belysning?»

Alhagens händer skakar. Han drar ned dem mot låren och svarar.

«Ja.»

«Finns något sammanhang med att bolaget Musikevenemang Södertörn arbetar med LED-belysning?»

«Nej inte Musikevenemang Södertörn.»

«Är det därför du hävdar att du säger ja till att ha mötet?»

«Jag har inte velat ha mötet, men jag tackade ja till att ha möte med dig.» svarar Alhagen.

«Och det skulle handla om LED-belysning?»

«Ja.»

«I den agenda som ni diarieförde finns ingenting som handlar om LED-belysning», påpekar Tobias.

Alhagen granskar agendan som han fått i sin hand och svarar tyst.

«Nej det är riktigt.»

Tobias trummar på nu.

«Och det handlar enbart om det och du vill inte ändra den uppfattningen efter att sett det här dokumentet och det ni diariefört?»

Alhagen börjar bli pressad och svarar irriterat.

«Nej det vill jag inte. Eftersom det var ingången till att vi hade det här mötet, sedan den här agendan som presenterades på mötet, där var det rätt tydligt att det inte skulle vara LED-belysning.»

Tobias matar på i rask takt.

«Så din uppfattning är att agendan innehåller andra saker än mötet skulle handla om?»

Alhagen låter nu ännu mer irriterad när han svarar.

«Ja, hade det varit klart från början att det bara skulle handla om det tidigare ärendet hade jag nog tackat nej till mötet. Eftersom det har hanterats så mycket och vi träffades i tingsrätten 2014. Jag hade nog inte haft någon anledning att återigen ha ett möte om det här.»

Tobias tänker att hade du gjort det du skulle 2011 hade vi inte varit här. Det är ditt fel att vi är här, du har ju vanärat hela kommunen. Kanske inte bara ditt fel, men ändå ditt fel. Tobias fortsätter snabbt utfrågningen.

«Du säger att det finns en delegation som hindrar från att göra olika saker även om man är KSO? Kan du beskriva utifrån aktbilaga 38 och 39? Aktbilaga 38 är ett avtal med ett fastighetsbolag och där framgår att du tecknat ett avtal med det bolaget och värdet är 64 miljoner. Hur förklarar du att det är möjligt?»

Kenneth tittar upp och ser att det pågår en diskussion på åskådarläktaren mellan kanslichefen Conny Wahlgren och kommunjuristen Yvette Pålsson. Det skulle vara intressant att veta vad de två pratar så hetsigt om, tänker han.

Alhagen fortsätter nervöst att svara Tobias.

«Delegationsordningen är rätt stor, lång, ingående och klargör vad som får göras av vem, många områden. Det finns flera delegationer för kommunstyrelsen, miljö- och samhällsbyggnadsnämnden. Hyresavtal är en stor affär så där har nämnden, men också kommunstyrelsen och barn- och utbildningsnämnden, bemyndigat mig att teckna ett avtal.»

Tobias ställer ytterligare en fråga. Han känner att han har kommit i gång nu. Han har en plan. Nu gäller det att sätta lite mer press på vittnet som hela tiden far med osanningar.

«Är delegationsordningen förenlig med kommunallagen? Kan du som kommunstyrelseordförande och ordförande i Miljö- och samhällsbyggnadsnämnden och som politiker teckna avtal med privata bolag?»

«Ja, eftersom kommunstyrelsen, Miljö- och samhällsbyggnadsnämnden och Barn- och utbildningsnämnden tagit beslut att teckna detta avtal ger det mig rätt att skriva på detta som representant för dom.»

Kenneth skjuter över en lapp till Tobias. På lappen står det *Dom har inte tagit några beslut på det.* Tobias tänker, hur vågar han ljuga i domstolen efter att ha svurit ed. Vi har ju kollat upp att inget beslut var taget när han skrev under kontraktet. Nu måste domstolen förstå att han ljuger om allt. Tobias ser att Alhagen tvekar och bestämmer sig att fortsätta fråga om delegering.

«Tillåter Kommunallagen förfarandet att delegera sådana uppgifter?»

«Det bör den göra, ja», svarar Alhagen och undrar vad Tobias är ute efter med den frågan.

«Bör den göra? Är du säker?»

Alhagen tvekar innan han svarar.

«Jag är inte juridiskt skolad, men det antar jag. Men givetvis har ju bland annat vår kommunjurist tittat på det här avtalet och det förfaringssätt som varit.»

«Så du kan teckna avtal med bolag?»

«Inte på egen hand, av egen fri vilja, nej.»

«Om du har delegation till det. Frågan är kan du då teckna avtal med privata bolag?»

«Om jag får ett beslut på det. Ja.»

«Så du menar att det finns ett beslut att du tecknar det här avtalet med fastighetsbolaget på 64 miljoner kronor?»

«Jajamänsan, det finns beslut på det.»

Samtidigt som han säger det känner han att han är nära en hjärtattack. Han ser att Kenneth och Tobias tittar konfunderat på varandra. Han vet själv att han inte hade vare sig beslut eller bemyndigande när han undertecknade avtalet på 64 miljoner kronor.

Tobias ber Kenneth om aktbilaga 54. Det är ett kommunstyrelseprotokoll daterat 5 oktober. Tobias håller det i handen och fortsätter förhöret.

«Här är aktbilaga 54. Kommunstyrelsen tar beslut fyra månader för sent att inte tillmötesgå och inte efterge rättegångskostnader. Nils Nilsson företräder dig på den punkten, kan du beskriva det förfarandet?»

Alhagen har fått tillbaka lite färg i ansiktet och svarar snabbt.

«Det är mycket enkelt, i kommunstyrelsen finns det elva ledamöter. Ersättare till mig är Nils Nilsson. När jag anmälde mig jävig intog han min plats och deltog i det här beslutet.»

«När du haft ett möte, det diarieförs och det presenteras. Då är du jävig och kan inte delta i beslut om det. Är det så vi ska tolka dig?»

Tobias vill att Alhagen utvecklar frågan, Alhagen utvecklar.

«Med tanke på historien och att jag närvarade i tingsrätten 2014 kände jag att i det här ärendet var det lämpligare att jag inte deltog i beslutet, särskilt med tanke på att jag haft mötet med dig.»

«Vem är det då som föredrar det här ärendet?»

«Det var kanslichef Amanda Fast och kommunchef Britta Engborg.»

«Så du menar att dom inte är jäviga?» undrar Tobias.

«Strikt sett kan väl dom inte anses vara jäviga då dom inte var med och deltog i beslutet. Dom är kommunala tjänstemän. Det är politiker som ska fatta ett beslut som kan antas vara jäviga», poängterar Alhagen i ett tappert försök att verka kunnig.

Tobias tänker att det är sorgligt att kommunledningen är så okunniga att de inte förstår att både politiker och tjänstemän är jäviga i ärendet ifall de medverkat tidigare.

Nu är det dags att klappa igen gäddsaxen tänker Tobias. Han tar återigen upp aktbilaga 23.

«Tog du emot aktbilaga 23 vid mötet vi hade? Punkten 6 förlikning och skadestånd innehåller en faktura med nr 750. Tog du emot den här fakturan eller inte?»

Alhagen stelnar till när de är tillbaka i den frågan och svarar svävande.

«Det måste jag erkänna att jag inte kommer ihåg om jag tog emot en faktura. Agendan kommer jag ihåg att jag tog emot och det fanns något slags förslag om förlikning. Det är vad jag kommer ihåg.»

«Så du har inte tagit del av handlingarna inför det här vittnesmålet?»

«Jag har tagit del av den här bland annat. Ja.»

«Inför rättegången eller nu?»

«Nu», svarar Alhagen och han känner hur hetta och rödfärg i ansiktet tilltar.

Där slog gäddsaxen igen tänker Tobias. Alhagen påstår att han inte sett det viktigaste dokumentet i målet som han själv ska vittna i domstol om. Dokument med hans egen underskrift, vilket hela målet grundar sig på. Tobias ångar på.

«Så du har inte sett aktbilaga 23 som du ska förhöras om idag? Du menar att du inte tagit del av de dokumenten inför det här vittnesmålet?»

«Nej jag har tagit del av sammanställningen, det här har jag inte vetat att det ska tas upp.

Tobias känner att han måste uppmärksamma domstolen. Han vänder sig till domaren med aktbilagan högt upp i luften.

«Så aktbilaga 23 känner inte Alhagen till!» förtydligar han till presidiet.

Alhagen inser då att han måste säga något, så han inflikar tvekande.

«Det är väl det som registrerats hos oss och det har jag tagit del av särskilt när jag lämnade in det.»

Domaren och notarien tittar oförstående och förvånat på varandra. Tobias funderar ett tag innan han ställer nästa fråga. Tidigare sa Alhagen ju att det var hans sekreterare som lämnade rummet och lämnade in dokumenten för diarieföring.

Alhagen har ju inte tagit del av några papper, någon gång säger han nu. Alla i salen måste ju märka att han till och med ljuger om saker han inte ens behöver ljuga om.

«Du kommer inte ihåg att det var en faktura med?»

«Nej det kan jag inte komma ihåg.»

«Det du kommer ihåg är att du inte skrev under något dokument?»

«Ja det kommer jag ihåg.»

Tobias tänker att det måste ju stå klart för domaren att han sitter och svamlar. Det framstår ju som att han inte vet vad som hände på mötet överhuvudtaget. Han tittar på domaren och känner att de har med tydlighet lyckats bevisa för domstolen att kommunalrådet ljuger. Att agendan är påskriven råder inga tvivel om och det innebär att kommunen därmed är skyldiga att betala fakturan på 4,5 miljoner plus ränta.

«Jag väljer att stanna där. Tack så mycket.»

Domaren tackar Alhagen för hans vittnesmål. Tobias och Kenneth ser Alhagen lomma ut och hur han nickar käckt till tjänstemännen på läktaren. De gör tummen upp till honom.

Domaren tittar igen på aktbilaga 23 och ser i den bevisningen att Alhagen signerat agendan med fakturan och där står även fakturanumret. Hon suckar lite för sig själv, tittar på klockan och ordinerar en 30 minuters paus innan förhöret med Lisa Henning.

Tobias och Kenneth ställer sig i väntsalen och diskuterar det som just hänt i rättssalen. Efter en liten stund kommer journalisten uppför trapporna. Han går fram till dem och säger.

«Jag var nere i receptionen och frågade om man inte har rätt att göra en ljudinspelning av en rättegång.»

«Vad sa dom då?» undrar Tobias.

«Dom sa att det är ingen som kan hindra det. Då berättade jag att jag blev stoppad från att göra det, trots att jag har journalistlegitimation. Nej, så kan man inte göra svarar dom då. Märkligt som sjutton», anser journalisten och tittar bekymrat på Kenneth och Tobias.

«Det är ju galet, det var ju två av kommunens tjänstemän på läktaren som hojtade till om det. Dom har väl ingen rätt att agera som dom gjorde. Dom är ju åhörare», påpekar Kenneth.

Journalisten fortsätter.

«Jag tänkte be om en intervju med er efter rättegången också. Så jag får höra era tankar. Jag tänkte försöka intervjua dom två kommunanställda åskådarna också.»

«Ja det är bra, han är kanslichef och hon är kommunjurist», svarar Tobias

«Perfekt, blir bra att höra hur de ser på ärendet.»

En röst ropar ut att förhandlingarna i sal två i ärende 4052–18 mellan Musikevenemang Södertörn och Nynäshamns kommun återupptas. Alla går in och intar sina platser.

Domaren förkunnar att det är förhör med Lisa Henning och att efter att eden svurits är det svarandens ombud som startar.

«Du säger efter mig. Jag Lisa Henning.»

«Jag Lisa Henning.»

«Lovar och försäkrar.»

«Lovar och försäkrar.»

«På heder och samvete.»

«På heder och samvete.»

«Att jag skall säga hela sanningen.»

«Att jag skall säga hela sanningen.»

«Och intet förtiga tillägga eller förändra.»

«Och intet förtiga tillägga eller förändra.»

«Du har nu avlagt ed, och du är medveten om att du från och med nu är under sanningsförsäkran.»

«Ja.»

«Bra, ljudbandet går nu och det är Lisa Henning som ska förhöras av svarandens advokat Vera Bond. Jag lämnar därför över ordet till Vera Bond.»

Advokat Vera Bond ler stort mot vittnet och tar till orda.

«Varför var du med på mötet med Alhagen och musikaffärn?»

Sekreteraren tänker att det var ju egentligen Babsan som blivit förbannad för att Alhagen hade bokat möte med den där musikaffärn. Babsan krävde att Alhagen skulle ha med sig sekreterare på mötet så att Babsan hade full insyn. Hon tänker att nu gäller det att följa sitt intränade manus.

Hon svarar.

«Dennis Alhagen bad mig vara med för att han ville att jag skulle notera vad som sas.»

«Förstod du varför han ville det, sa han något om det?»

«Han hade bokat ett möte med Tobias Modin, som ville träffa honom, han ville att det skulle finnas minnesanteckningar från vad som sades på det mötet.»

«Upptakten till det här mötet, vad var förberedelserna du fick göra?»

«Nej, mötet bokades direkt med kommunalrådet. Jag blev tillfrågad dagen innan om jag kunde vara med. Det var ett möte som inte hade någon förberedd dagordning.»

«Vad kommer du ihåg från mötet?»

«Mötet började med att Tobias Modin hade med sig en tänkt dagordning som Dennis inte godkände vid sittande bord, utan klargjorde att han gått med på att lyssna vad Tobias Modin hade att säga. Tobias Modin hade startat ett nytt företag och ville att kommunen skulle köpa LED-lampor. Sedan ville han ha ett skadestånd av kommunen. Mötet var ju så att Dennis var tydlig med att han inte upphandlar varor utan det görs av tjänstemän. Han kan inte heller besluta om att betala ut stora belopp till enskilda. Det strider mot kommunallagen. Det måste i så fall fattas beslut om det i kommunen. Mötet avslutades med att Tobias Modin ville ha den här dagordningen, som inte godkändes, undertecknad av kommunalrådet. Och det undertecknade han inte och vi förstod inte heller varför, för man undertecknar ju inte dagordningen. Och den här dagordningen låg ju heller inte framför oss under mötet. Men dagordningen och några andra handlingar lämnades kvar och efter mötet tog jag dom handlingarna till registratorn.»

Advokat Bond avslutar förhöret och tackar vittnet. Domaren lämnar över ordet till Tobias.

Tobias funderar på vad hon sagt. Det är otroligt hur de kan förvränga sanningen. Man undertecknar inte dagordningen säger hon! Det är ju precis vad de alltid gör i kommunfullmäktige och i kommunstyrelsen. De undertecknar alltid dagordningen som efter mötet utgör protokoll. Det är ju superviktigt för att intyga vad som avhandlats och beslutats.

Tobias gör några korta anteckningar för att ha inför sitt korsförhör av sekreterare Lisa Henning. Han skriver *1 Sälja lampor. 2. Ha ett skadestånd. 3 Bluffbolaget nämns inte. 4 Inte betala stora belopp, strider mot kommunallagen 64 miljoner?*

Tobias letar bland aktbilagorna. Han hittar det han söker och startar korsförhöret med sekreteraren.

«Agendan eller dagordningen, du menar att den plockades fram efter mötet?»

«Nej, du hade med dig den. Du ville att den skulle ligga, att vi skulle gå efter den på mötet men Dennis godkände inte den. Så den var med från början.»

«Du menar också att den inte har undertecknats?»

Vittnet svarar blixtsnabbt.

«Nej, den har inte undertecknats av Dennis Alhagen.»

Tobias håller upp sidan med agendan i aktbilaga 23. Han pekar på Alhagens namnteckning.

«Ska vi tolka det som att namnteckningen här är förfalskad?»

«Dennis undertecknade ingen dagordning vid sittande möte den 30 juni. Mig veterligen har han inte undertecknat», tillstyrker sekreteraren.

«Det är du helt säker på?»

«Mmmm.»

Kenneth tittar förvånat på Lisa Henning. Mmmm, betyder det ja eller nej? Allt är ju så jävla intränat. De svarar ju inte på om det är en förfalskning. Det kommer bara svävande svar hela tiden om att de vet att han inte skrivit under. Tobias fortsätter korsförhöret.

«Kommer du ihåg att du fick ett exemplar och Dennis och jag hade varsitt exemplar på mötet, av den här agendan?

Efter en viss tvekan svarar vittnet.

«Jag kommer ihåg att du hade, att du lämnade kvar några handlingar. Men vi tittade inte på dom. Vi hade ett annat möte efteråt, så jag bara tog handlingarna och gick till registratorn.»

222

«Så du menar att den här agendan tittade inte ni på under mötet?»

«Nej, den här agendan var ju inte godkänd på mötet. Dennis hade gått med på att lyssna på dig. Han hade ju inte gått med på...»

Tobias avbryter vittnet.

«Kommer du ihåg att det var några andra dokument, som var med?»

«Det var några papper till, men vi tittade ju inte på dom. Du hade ju dom bredvid dig under mötet och efter mötet så samlades dom ihop. Jag fick dom för att gå till registratorn och registrera dom», påpekar vittnet.

«I dina minnesanteckningar i sista stycket så står det... *dock kommer detta undertecknade förslag på förlikning.* Vad var det som undertecknades då?»

«Jag tror det var undertecknat av dig.»

«Du menar, du har skrivit att det undertecknats av mig?»

«Ja det var undertecknat av dig, men Dennis ville inte skriva på.»

Tobias förtydligar skillnaden mellan formavtalet som både Kenneth och Tobias skrivit på i förväg och agendan som Alhagen undertecknade på mötet.

«Formavtal har vi skrivit på i förväg, det som menas här är vår agenda. Det är därför jag frågar om du kommer ihåg?»

«Ja, jag kommer ihåg bergsäkert 100 procent att Dennis inte skrev under vid mötet den 30 juni 2016.»

Tobias funderar ett tag varför svarar hon inte på frågan så han försöker en gång till.

«Då kan vi tolka att det här är en förfalskning?»

«Han skrev inte under», svarar sekreteraren iskallt utan att blinka.

Tobias känner att han inte kommer längre. Den här damen har tränat på sin roll ordentligt inför rättegången. Han ställer några frågor till om hur det fungerar med andra fakturor på kommunen men det blir övervägande svar som inte leder någonstans. Han väljer att stoppa förhöret och han vänder sig till domaren och säger.

«Jag har inga fler frågor. Jag tror vi ger oss där.»

Domaren tackar Lisa Henning för att hon varit närvarade och frågar om hon äskar ersättning för tiden hon varit i rättssalen. Lisa Henning svarar att hon inte äskar någon ersättning. Hon ler mot advokat Bond som nickar åt henne och kommunalrådens Lisa Henning lämnar salen.

Domaren kallar Paul Lönndal till vittnesbåset. Dörren öppnas och en stilig man av medellängd kliver in i rättegångssalen. Han har fin hållning och är iklädd en snygg kavaj och en brandgul skjorta under. Ett par italienska handsydda skor omsluter fötterna. Han ser lite spänd ut men det spända försvinner när får syn på Tobias och Kenneth. Han ler nu mot presidiet.

Paul ser att salen är större än vad han hade trott. Han lägger märke till att kanslichefen och kommunjuristen sitter på åhörarläktaren. Paul undrar, lite irriterat, varför de sitter där, de har ju hyrt in en advokat att sköta rättegången. Är det någon som ska vara här, så är det ju politikerna i kommunstyrelsen.

Paul tar ett par djupa andetag, äntligen får man komma in och berätta sanningen. Det hade han sett fram emot eftersom han följt den här tvisten länge och sett alla dokument. Han vet att företaget haft rätt hela tiden. Nu får han chansen att vittna. För att det ska bli bra för kommunen och invånarna och för att den här pågående diskrimineringen mot företaget måste stoppas.

Domaren pekar mot vittnesbåset mitt framför presidiet och ber honom sätta sig. Du ska först svära eden, sedan ska du höras av Tobias Modin och efter det av svarandens advokat Vera Bond. Paul nickar mot Tobias och advokat Bond. Paul undrar lite för sig själv om hennes man heter James, han ler i mjugg. Domaren tittar på honom och säger.

«Du säger efter mig. Jag Paul Lönndal.»

«Jag Paul Lönndal.»

«Lovar och försäkrar.»

«Lovar och försäkrar.»

«På heder och samvete.»

«På heder och samvete.»

«Att jag skall säga hela sanningen.»

«Att jag skall säga hela sanningen.»

«Och intet förtiga tillägga eller förändra.»

«Och intet förtiga tillägga eller förändra.»

«Du har nu avlagt ed, och du är medveten om att du från och med nu är under sanningsförsäkran.»

«Ja.»

«Bra, ljudbandet går nu och det är Paul Lönndal som ska förhöras av kärandens ombud Tobias Modin. Jag lämnar därför över ordet till Tobias Modin.

Tobias tackar för ordet och mjukstartar förhöret.

«Kan du beskriva för domstolen vad som hände i det här ärendet som vi har uppe idag, dagarna innan midsommar 2016, vad som hände då?»

«Vi hade ett miljömöte hemma hos mig och jag hade under en längre period försökt få tag i Dennis Alhagen angående ett förlikningsmöte. Jag har tidigare varit politiker och känner Dennis Alhagen väl. Jag hade ringt och sökt honom och den här dagen då vi sitter i möte ringer min telefon. Det är Dennis Alhagen som ringer till mig och vi pratar en stund. Han vet ju vad det gäller, jag hade skickat mejl och talat om varför jag ville träffa honom i det här ärendet. Då blir det så att vi småpratar, eftersom vi känner varandra sedan tidigare. Efter en stund så kommer jag in på själva kärnfrågan och det gäller ju det här mötet med Tobias Modin och Kenneth Carling, angående musikaffärn och förlikningsmöte. Det vi kommer överens om i samtalet är att det måste få ett slut, då det här har pågått sedan 2012 och bolaget har lidit stor skada. Efter en stund, när vi är klara med vårt samtal, berättar jag för Alhagen att Tobias Modin sitter bredvid mig. Jag lämnar över telefonen så att Tobias får prata med Alhagen.»

«Jag vill bara säkerställa, du är helt säker i det här samtalet med Dennis Alhagen att ni är överens att det här ärendet ska få ett slut i form av en förlikning?» förtydligar Tobias.

«Ja.»

«Det är du hundra procent säker på?»

«Ja.»

«Du lämnade alltså över telefonen till mig? Kan du beskriva för domstolen vad det är som händer då? Vad hör du då i samtalet?»

«Jag hör ju inte allt, jag hör ju en del och det är ju det att man går igenom en form av agenda, vilka dokument som ska finnas med i ett kommande möte, det är vad jag kan intyga.»

«Bara lite kort. Kan du beskriva lite mer för domstolen vem du är och vilket engagemang du haft i politiken.», fortsätter Tobias.

Paul förtydligar.

«Nu är inte vi här för min skull», klargör Paul och fortsätter.

«Men som sagt, jag har varit politiker och företrädde KD som grupp- och partiledare i Nynäshamn inför valet 2010. Min mentor Stig Nyman, var före detta vice ordförande för Stockholms läns landsting. En mycket god vän som tyckte att det här med relationer och demokrati var väldigt viktigt. Så jag är väldigt tacksam över de sju år jag tidigare varit politiker. Mina vänner då var ju Ebba Busch som var kommunalråd i Uppsala och Lars Adaktusson som satt nere i Bryssel. Flera av mina vänner har jag ju fortfarande kvar inom politiken. Ja, det var ju lite om mig.»

«Du är alltså inte politiker just nu?»

«Nej, min efterträdare idag är kommunalråd i Nynäshamn, Anna Pistone för KD.»

«Om du skulle jämföra med dina kunskaper och det du erfarit. Du har ju varit partiledare och du har suttit i fullmäktige och i kommunstyrelsen. Om du skulle jämföra bolagets och kommunens kunnande när det gäller avtal och sådana här saker, hur skulle du beskriva det för domstolen?»

Paul ser lite sorgsen ut men svarar snabbt.

«Jag vill inte gärna säga något negativt om min kommun eftersom jag fortfarande bor och verkar i Nynäshamn. Men det är ju så att det räcker att titta på Svenskt näringsliv och olika utredningar som man kan följa. Där är det ingen skön läsning när det gäller rankingen på vår kommun. När det gäller bolaget har jag ju faktiskt fått jobba med dem och där har jag sett vilket fint engagemang dom har när det gäller miljön. Dom här koncepten som dom har företrätt när det gäller att vara rådgivare till Upphandlingsmyndigheten, Energimyndigheten och före detta energiminister Baylan. Dom har ju haft föreläsningar på Almedalen där jag har fått vara med och träffat före detta EU-politiker och riksdagsmän. Så jag har stort förtroende för Tobias och Kenneth som sitter här.»

Tobias tackar Paul Lönndal för vittnesmålet. Kenneth tänker att fy fan vad skönt att det kommer in en människa och berättar sanningen i stället för att sitta i vittnesbåset och ljuga, som kommunens representanter gjorde. Hoppas domstolen antecknat det, det går ju inte att missa.

Domaren tittar på advokat Bond och frågar.

«Har kommunen några frågor till vittnet?»

Vera Bond sträcker på sig och svarar att hon har några frågor, så hon får ordet.

«Bara så att jag förstår, du satt bredvid Tobias vid mötet hemma hos dig?»

Paul tittar på henne med ett vänligt leende och svarar snabbt.

«Vi hade ett miljömöte eftersom vi jobbade tillsammans i ett företag där dom var konsulter till företaget jag företrädde. Bland annat var vi på föreläsningar under Almedalsveckan där vi bland annat träffade energiministern. Nu hade vi ett miljömöte hemma hos mig den här aktuella dagen när Dennis Alhagen ringer.»

«Så det var telefon som…»

Paul svarar innan meningen har klingat ut.

«Ja det var telefon.»

«Det var inte telefonsamtal på högtalaren?»

«Nej, utan vi sitter vid mitt köksbord.»

Paul förstår att advokaten försöker få till att han inte hört samtalet och tänker.

Vi satt ju så nära att både Kenneth och jag hörde det mesta av samtalet. Både Alhagen och jag vet ju att Alhagen ville att Tobias skulle ha med sig agenda och en färdig faktura och han svarar henne.

«Det här är inte första gången jag hjälper kommuninvånare. Det här är fjärde gången som det har hänt liknande saker. Jag värnar om demokratin och jag försöker göra så bra saker som man bara kan.»

Advokat Bond inser att hon inte kan motbevisa sanningen efter Pauls vittnesmål och väljer att avsluta förhöret. Hon tackar honom. Paul tackar domarna och reser sig och lämnar rättssalen.

Dagen lider mot sitt slut. Parterna har framfört sina yrkanden och anföranden. De tre vittnena har svurit eden och under sanningsförsäkran tillfört sina iakttagelser. Domaren konstaterar belåtet inför församlingen att dagen flutit på som planerat. Hon nämner att det som återstår i den här huvudförhandlingen är parternas slutpläderingar. Det betyder att domstolen inte behöver ta till reservdagen för att hinna slutföra den här rättegången.

Först ut att slutplädera är alltid käranden. Domaren lämnar därför ordet till Tobias.

Tobias och Kenneth hade under lunchpausen och eftermiddagens korta paus noga antecknat vilka viktiga detaljer Tobias ska framföra i företagets slutplädering.

Förutom en väl utformad beskrivning om att kommunalrådet Alhagen och hans sekreterare farit med en mängd osmakliga osanningar inför domstolen, betonar Tobias att det här målet går under rubriken *avtalsbrott*. Tobias menar att det är ostridigt att kommunen godkänt fakturan. Det första som hände var att Alhagen tog emot fakturan och såg till att den blev diarieförd. Fakturan är därmed godkänd och den är registrerad på rätt plats i myndigheten Nynäshamns kommuns system. Det andra som skedde var att fakturan inte blev bestriden inom de tio dagar den var utställd på. Inte heller efter trettio dagar hade kommunen bestridit företagets faktura. Tobias förtydligar, för domstolen och åhörarna, att det är fastställt i lagstiftningen att man måste bestrida en faktura inom trettio dagar.

Det vill säga, har man inte bestridit en faktura inom trettio dagar så betyder det att man godkänt fakturan och beloppet på den. Det som är häpnadsväckande och sannolikt och ett fruktansvärt tjänstefel är att, efter 33 dagar är det en sommarvikarie utan behörighet som olagligt bestrider fakturan. Saken blir inte bättre av att den sommarvikarien året efter anställs som ny kommundirektör.

Journalisten gör flera stödanteckningar eftersom han förbjöds att spela in parternas framföranden live i rättssalen. Han förstår nu hur simpelt det här målet egentligen är. Det blir nu helt givet att det ligger något större eller andra bakomliggande krafter och lurar i det här målet. Under dagen har han sett företaget lägga fram bevis efter bevis som styrker att företaget gjort allt rätt och givetvis ska företaget erhålla sin ersättning. Han tittar noga på domaren och även på advokaten Bond. Sedan följer han noga beteendet hos de två kommunala tjänstemän som idag ägnat en hel arbetsdag till att sitta här i rättssalen.

Han noterar att ingen av de två bryr sig om det Tobias så solklart bevisar och styrker. Ingen noterar något, de nästan gäspar och det syns att de i princip är helt ointresserade. De två kommunala tjänstemännen och kommunens advokat har till och med övergått till att nonchalant läsa sms och roar sig med att chatta på Facebook. Det går en iskall rysning genom journalistens ådror.

Plötsligt går det upp för honom att omgivningen redan vet att kommunen de facto vunnit den här bataljen. Helvete också, tänker han.

Jag måste boka ett möte med det här kommunalrådet Alhagen. För fjärde gången under dagen tar han upp aktbilaga 23 ur sin väska, där han förvarar målets dokument. Han tittar på Alhagens namnteckning igen. Det är ju för tusan helt säkert att Alhagen skrivit på och godkänt fakturan. Han inser också att det är hundra procent givet att det är någon eller några som har intresse av att sabotera för Tobias och Kenneth.

Tobias är nu i slutet av slutpläderingen. Han har upplyst domstolen att sommarvikarien inte hade laglig rätt att bestrida fakturan. Enligt kommunallagen är det endast kommunens fullmäktige som kan besluta om kommunens inriktning och om avtalade fakturor ska bestridas, vilket de inte gjort än idag. Om tvivel på fakturans riktighet uppstår ska kommunen omedelbart bjuda in företaget till möte och genomgång av fakturans underlag.

Företagets slutplädering är även tydlig med att framhålla hur tunga de senaste åren varit. Sakligt redogör Tobias hur kommunledningen gång på gång diskriminerat företaget. Han är noga med att framhålla att kommunen ofta gör fula efterhandskonstruktioner, i stället för att göra om och göra rätt.

Tobias betonar hur viktigt det är att man förstår att kommunen är invånarna och ingenting annat än invånarna. Kommunledningen är heller ingenting annat än invånarnas förlängda arm. Företaget har kämpat på alla möjliga sätt i sina förberedelser och under hela dagen med att upprätthålla demokratin och påvisat i grund hur kommunledningen brustit med att följa kommunallagen.

Till sist påvisar Tobias för domstolen något som alltid borde betraktas av högt uppsatta jurister och även av politiker. Kenneth och Tobias har flera gånger senaste åren räknat på parternas ekonomiska förluster kontra lönsamheter som ärendet kan inbringa.

Tobias förklarar sakens pinsamhet. Om kommunen betalar sin skuld till företaget kan företaget åter bli verksamt och återigen anställa personal. Den utvecklingen ger kommunen skatteintäkter och dessutom slutar kommunledningen att skada kommunens anseende, vilket ger kommunen dubbel vinst. I den förklaringen framgår lite av det Paul framhöll när han vittnade, det vill säga att flera granskningar visar att Nynäshamns kommun är fientligt inställda mot företag och att kommunen är nästan sämst bland landets 290 kommuner när det gäller att följa lagar och regler.

Det har blivit allmänt känt att kommunledningen tolkar lagboken som djävulen tolkar bibeln. Faktum är att det medfört att många företag valt att bosätta sig hos grannkommunerna. Det är helt enkelt för stor risk att investera tid eller pengar i en kommun med en ledning som misskrediterar invånare och företagare på det här viset.

Sammantaget är det på det viset att kommunen tjänar många miljoner kronor och får ett gott anseende om fakturan betalas. Omvänt blir det givetvis så att kommunen förlorar anseendet och väldigt många miljoner kronor om fakturan inte betalas.

Tobias avslutningsord blir att om domstolen dömer kommunen till vinnare, då får det här målet två förlorare. Men om domstolen dömer den där musikaffären till vinnare, då får målet två vinnare.

Domaren ser betänksam ut, tiden stannar en stund. Tobias och företagets slutplädering blir omtumlande även om hon i princip slagit ihop boken och nu bara sitter och lyssnar. Hon vet så väl att hon, som chefsdomare, fått överta målet efter den muntliga förberedelsen i målet. Hon minns hur allt började för henne med att den domare som hade målet från början kom fram till att företaget har rätt i sin sak och den domaren kom fram till att kommunen ska betala fakturan med ränta.

Att erbjudas tjänst som chefsdomare är ju först hedersamt. Men i steg två, när det kan betyda att domstolen får direktiv att döma vid sidan av lagparagrafer och underlåta fördel till myndigheter, känns det inte bra och det är exakt så nu. Chefsdomaren Carina Oredsson märker att församlingen väntar på att hon ska be advokaten Vera Bond framföra kommunens slutplädering.

Advokaten Vera Bond tackar för ordet. Hon gillar läget och framför självsäkert att kommunen inte är betalningsskyldig. Hon menar att kommunalrådet Alhagen och sekreteraren samstämmigt framfört att Alhagen inte signerat agendan eller godkänt företagets faktura.

Bonds slutplädering är mycket kort. Journalisten märker hur tydligt det är att saken redan är avgjord. Han noterar att kommunens advokat inte ens bemödar sig att motargumentera företagets viktiga bevisning att kommunens kommunalråd Dennis Alhagen på egen hand signerat avtal som ger ett bolag 64 miljoner kronor.

Hon bemödar sig inte heller motargumentera det att Alhagen också satt sin namnteckning på den här musikaffärns agenda, och det uppenbara att kommunen de facto gynnat bluffbolag och före detta kommunalrådet Babsans bror med mera. Journalistens sista anteckningar är att detta är nog det jävligaste han någonsin bevittnat.

Advokaten tackar för sig. Hon vänder sitt ansikte mot presidiet och levererar ett varmt leende. Nu är det äntligen dags för hennes härliga stund.

Chefsdomaren Oredsson ler lite förläget tillbaka, hon vet också vad som nu ska hända. Det är tid för advokaten att lämna in det belopp hon erhåller för arbetet hon utfört. Församlingen tittar nyfiket på Bond när hon skrider fram till presidiet och överlämnar ett dokument. Domaren tar emot dokumentet och talar ut i högtalarsystemet att Advokat Bond debiterar 215 000 kronor för sin insats. Om kommunen vinner målet ska företaget betala det till kommunen.

Tobias tittar på Kenneth och viskar.

«Dra mig baklänges, 215 000, det är ju helt crazy.»

«Ja, det kan inte stämma, i så fall skulle hon lagt ner ungefär 200 timmar på det här.»

«200 timmar är ju full tid i fem veckor. En månad har 160 timmar.» Kenneth viskar tillbaka att han såg hur tjänstemännen på läktaren flinade när dom hörde beloppet. Dom vet ju att det inte kostar dom någonting och att dom snart får skicka faktura med samma belopp till oss.

Tobias nickar förstående till Kenneth och tillför med låg röst att vissa advokater saknar empati inför lagarna. Hon vet mycket väl att hon är på plats olagligt, eftersom ramavtalet hon har endast medger rådgivning till kommunen.

«Ibland undrar man hur mycket vi ska råka ut för. Hur faan kommer det sig att dom alltid kommer undan alla jävla tjänstefel», suckar Kenneth så stort att hans utandning skulle kunna fylla en hel zeppelinare med luft.

Alla förutom domare och sekreterare lämnar rättssalen. Tobias och Kenneth träffar journalisten utanför. Han har riggat upp mikrofoner och kamera och gör en kort intervju med dem. Han går sedan fram till kommunens två tjänstemän Conny Wahlgren och Yvette Pålsson och frågar om han får ställa några korta frågor till dem angående målet de nyss bevittnat.

Conny Wahlgren blir mörk i ansiktet och fräser att de inte vill bli intervjuade. Journalisten undrar varför han brusar upp, han vill ju bara ställa några frågor. De två tjänstemännen säger inte ett ord utan glor bara ilsket på honom. Han går tillbaka till Tobias och Kenneth.

«De blev jättesura när jag frågade om jag fick göra en kort intervju. Vad är det för fel på dom där två?» undrar han förvånat.

Tobias skrattar till lite och förklarar.

«Allt runt det här ärendet med musikaffärn är jättekänsligt. Det är många tjänstemän som vet att det inte har gått rätt till, men dom får inte uttala sig. Då får dom antagligen kicken. Det är så här vi har haft det i åtta år. Dom kommer försöka tiga ut det här tills vi dör.»

Journalisten tittar allvarligt på Tobias och Kenneth och säger.

«Det här förhöret med Alhagen var ju rena parodin. Jag ska ringa upp honom och be honom klargöra vissa saker han sa idag.»

«Ja, gör det. Han ljuger så mycket att han inte riktigt vet vad han har sagt och när han har sagt det. Men vi kan väl hålla kontakten?» undrar Tobias.

Journalisten lämnar över ett visitkort och säger.

«Jag kommer att höra av mig till er. Ert ärende är intressant för vår mediekanal. Vi ses igen.»

Tobias och Kenneth skakar hand med den sympatiske mannen. Han vänder och går nerför trappan. När de också gör kväll ser de att tjänstemännen redan försvunnit, ljudlöst. Precis som deras föregångare, Klamcavski och Fast, alltid gjorde fyra år tidigare, säger Kenneth. De skrattar försynt åt de trista tjänstemännens beteende och går nerför trapporna.

Tobias och Kenneth lämnar Södertörns tingsrätt och går mot pendeltågsstationen i Flemingsberg som ligger fem minuter bort. Tobias tittar på Kenneth.

«Jaha, vad tror du om det här?»

Kenneth försöker tänka klart och dröjer lite med svaret.

«Jag vet inte, förra rättegången var jag säker på att vi vunnit och det gick åt helvete. Den här gången har jag en sämre känsla.»

«Samma här. Alhagens och hans sekreterares vittnesmål var ju så intränat samstämmiga.»

Kenneth stannar till och tittar tillbaka mot tingsrätten och säger ilsket.

«Det som stör mig mest är att den där jävla ynkryggen Alhagen satt där i rättssalen och hånskrattade varje gång han nämnde vårt företag vid namn. Jag hade sådan jävla lust att hoppa över bänken och ge på honom en smäll, som Peter Forsberg sa i TV. Märkte du också att han satt och flinade?»

Tobias vänder sig om och blickar mot tingsrättsbyggnaden.

«Ja, men jag var tvungen att bita ihop och hålla mig lugn, annars hade jag kommit av mig därinne. Men jag håller med, vilken liten människa han är. Han har vetat om allt i vårt ärende, men har tigit om bedrägerier och hållt sig i bakgrunden i åtta år. Fattar du, i åtta år har han levt med alla de här lögnerna om bluffbolag, hur hans kollega Babsan ordnade för sin bror från Malmö och en massa annan skit.»

De vänder sig om och går vidare mot pendeltågsstationen. Kenneth som fortfarande inte riktigt kan släppa rättegången fräser.

«Mesproppen Alhagen, den där lille Pisse-Nisse och Östling. Vilket jävla clownparti dom är Liberalerna i Nynäshamn. Dom borde fanimej avgå alla tre.»

«Lugn, dom kommer snart att försvinna, dom har gjort bort sig alla tre, på flera vidriga sätt.»

Det kommer upp på skylten att nästa tåg mot Älvsjö avgår om två minuter. Kenneth tänker att då är man hemma om ungefär en timme då.

15:e och sista ronden Skatteparadiset

Vi måste vara riktigt smarta nu, hur arga och besvikna vi än är så gäller det att vara smarta nu tänker Paul. Han minns orden från Janne Josefsson på SVT:s Uppdrag granskning.

«Ni måste bli fler och ni måste bli hårdare.»

Många Nynäshamnsbor hade uppmärksammat den där musikaffärns kamp för överlevnad, en mängd mutbrott gjorde att modiga invånare fått nog och tipsat Uppdrag granskning att granska kommunledningen i Nynäshamn.

Paul vet att Josefsson varit i kontakt med Tobias några gånger eftersom han var väldigt intresserad av att se de bluffakturor som kommunledningen tagit emot och betalat i mer än tio år. Tyvärr lade Uppdrag granskning ner programserien som hette Kommungranskarna och programmets ledstjärna Janne Josefsson valde även att sluta sitt arbete på Uppdrag granskning.

Krisläget är nu värre än någonsin. Paul har just läst tingsrättens domslut för fjärde gången på två veckor. Varje gång han läser domslutet blir han så arg att håret står rakt upp på hans huvud. I domslutet står det att kommunen inte behöver betala företagets faktura. Tingsrättens chefsdomare har inte brytt sig om sanningen i ärendet.

Det otroliga är att domaren i tingsrätten inte beaktat Pauls vittnesmål. Eftersom han är oberoende och har observerat både kommunen och företaget så är det givet att domaren ska beakta det han säger. För Paul är det också en hederssak att kliva in i en domstol för att berätta hela sanningen och inget annat än sanningen under sanningsförsäkran.

I ärendet kunde han berätta att det var kommunalrådet Dennis Alhagen som kontaktade honom för att få till ett förlikningsmöte och avtal med musikaffärn. Lik förbannat har tingsrätten bedömt någonting annat. Han ser också i domslutet att kommunen inte håller sig till sanningen.

När Paul parkerar bilen på gatan utanför poliskontoret i Huddinge tar han tre långa djupa andetag. Idag ska han förhöras av polisens jurist Susanna Ahlgren. I och med att Alhagen och Isakssons sekreterare Lisa Henning for med osanning under ed i tingsrätten så beslutade sig herrarna Paul, Kenneth och Tobias att anmäla att de bevittnat mened.

Polisförhöret gick smidigt och bra, Paul påvisade och intygade att Alhagen ljög i tingsrätten. Polisens jurist informerade honom att hon redan förhört Kenneth och Tobias. Enligt tingsrättens ljudinspelning med Alhagen och sekreteraren så råder det inga som helst tvivel om att kommunens företrädare begått mened. Det vill säga, kommunens företrädare har ljugit efter att ha svurit ed i domstolen.

På väg till bilen ringer Paul upp Tobias och berättar att förhöret gått bra. Han berättar för Tobias att han trott att det här var en intervju, men juristen informerade att mened är ett extremt allvarligt brott. Polis och åklagare har skarpa direktiv att prioritera utredningar när det finns misstanke om att någon ljuger efter att svurit ed i domstol därför går samtalet med honom under rubriken polisförhör.

Tobias berättar att juristen sagt det till honom också. Det otroliga i det hela är att det inte är säkert att polisen förhör Alhagen och sekreteraren. Det är åklagaren som bestämmer varje steg polisen ska ta. Trots att polisens jurist också granskat och kommit fram till att kommunalrådet Alhagen med 100% säkerhet ljuger i domstolen så kan åklagaren välja att lägga ner målet.

Det äventyrar mitt blodtryck tänker Paul när han startar bilen och styr från Huddingepolisen, söderut mot Nynäshamn. Han försöker lugna sig med några positiva tankar som han alltid gör när blodtrycket rusar. Den här gången måste ju åklagaren ingripa med stålhand. Ett så allvarligt brott som solklar mened i domstol kan ju inte, i vårt kära fosterland, läggas ned.

Helt lugn blir han ändå inte. Tobias farhågor om att Grönros faktiskt gick fysiskt till poliskontoret i Nynäshamn och anmälde att de skulle förhöra honom för att han hade bevis på att kommunledningen ljög i rättegången mot musikaffärn.

Två gånger gick Grönros till polisen och anmälde sin iakttagelse, ändå blev han inte inkallad till förhör. Och nu har Pauls goda vän och gentlemannen Arvid Grönros somnat in för gott och är begravd på Skogskyrkogården i Stockholm.

Fan, det är nått skumt med allt detta, åååh vad jag hatar Nynäsandan och den offentliga sektorns tystnadskultur. Han får en idé. Jag måste ta ett riktigt seriöst möte med Griswalld igen. Han sitter bergis inne med superviktig information, tänker Paul.

Snabbt som blixten fixar han ett möte med Griswalld. De träffas i Nynäshamns centrum på kafé Thorsan, eller förresten, det gamla välkända anrika kafé Thorsan heter numera Espresso House.

De valde ett lokalt kafé eftersom Paul tycker att man alltid ska ta tillfällen i akt och gynna det lokala näringslivet. Så varför inte dra politikerna ut ur kommunhuset så ofta det går. Han märker redan från start att Griswalld verkar lite obekväm innanför kavajen när de sätter sig på en bra plats med en varsin kaffe. Känslan är att han vet att Paul kommer pressa på honom ordentligt.

Tänk så rätt det var. Paul ställde raka och genomtänkta frågor om kommunledningens och om Griswallds moderata kollegors agerande angående musikaffärn. Han berättade även att liberalen Alhagen satt och tokljög för domaren i rättssalen.

«Varför gör ni så mot hederliga företagare?» undrar Paul som försöker hålla sig själv lugn och harmonisk.

Griswalld ser ändå hur upprörd Paul är innerst där inne. Han har också sett hur mycket vänner Paul har. De har suttit där på kaféet i cirka tjugo minuter och nästan alla som kommer in på kaféet går fram och hälsar och kramar om Paul. Det verkar som mer än hälften av folket i stan känner Paul och de tycks verkligen gilla honom också.

Paul tittar bekymrat på Griswalld igen. Han tänker, varför svarar han inte? Har han fått en stroke eller vad är det med karln? Han tjänar nästan 60 000 i månaden som politiker och så fort frågan om musikaffärn kommer upp så blir han knäpptyst. Han ställer frågan igen.

«Kom igen nu, säg något. Varför gör ni så här mot Kenneth och Tobias? Du har ju också sett och sagt tidigare att dom har rätt i allt.»

Den lurige Griswalld märker att han inte kommer undan frågan. Just nu mår han inte bra, magen bubblar värre än någonsin. Han kommer vara lojal med Henry så som han bestämt med Henry sedan lång tid tillbaka. Han har bedömt att hans lön och personliga belöningar är viktigare än några invånares rättvisa.

Men han gillar Paul väldigt mycket och vill inte bli osams, så det är lika bra att frångå sin stund av tystnad. Trycket är jobbigt, det här ärendet tar verkligen hårt på honom. Egentligen vill han bara springa och fly sin kos. Han tittar sorgset med stora vattniga ögon på Paul och frågar lite glömskt.

«Förlåt jag tappade tråden. Vad var det du ville du veta?»

«Jag frågade varför gör ni så här mot Kenneth och Tobias?» upprepar Paul resolut.

«Dom kommer aldrig få någon ersättning, oavsett vad som kommer fram!»

«Det är fel svar Griswalld! Hur kan du säga något så otroligt korkat?»

«Det är bara så. Politikerna har bestämt så», påvisar Griswalld ståndaktigt.

«Vad i helvetet säger du? Kommunen är ju till för invånarna och det är ju kommunen som ska ersätta deras skador eftersom kommunen orsakat den här misären.»

Griswalld släpper handbromsen och tänker att det är lika bra Paul får höra sanningen.

«Politikerna i kommunen har i hemlighet, under bordet, beslutat att den där musikaffärn under inga som helst omständigheter ska få någon ersättning.»

Paul känner att han håller på att explodera. Hur fan kan det vara möjligt? Förvisso ser han att Griswalld ser ut som om han ska börja böla snart, men det märks också att politikern har mod att sitta och vara lojal i de korruptas krets. Han försöker hålla sig lite lugn och tillägger.

«Under inga omständigheter säger du. Tror du verkligen att du och dina politikervänner kommer att komma undan med det?»

«Vad tänker du göra åt det då?» svarar Griswalld och försöker vara listigt tillbaka.

Paul tittar Griswalld intensivt i ögonen riktar ett pekfinger mot honom och fräser.

«Du, bara så du vet. Nu vet jag vad du och dina vänner går för. Precis som jag är duktig på att öppna dörrar så kan jag också stänga dörrar. Jag hoppas för allas skull att du går hem till kommunhuset och ser till att ni ändrar er.»

Griswalld vet att han varit mullvad till sin ledare Henry och läckt en massa information som hjälpt kommunens ledning stjälpa Kenneth och Tobias. Helst vill han bara slippa allt, så han testar att finta Paul med lite snyfttaktik. Kanske det lättar upp stämningen.

«Det snackas så mycket om det här, jag får så mycket kritik. Jag funderar på att ta familjen och flytta upp till Ångermanland.»

Paul tittar förvånat på den sorgsne politikern sen tänker han. Bra idé, säg till så hjälper vi dig att packa.

Hej Tobias, hur mår ni? Ring mig så fort du kan. Det finns bevis på att ni hela tiden varit förda bakom ljuset.

«Rösten! Det var inte igår», viskar Tobias för sig själv när han läst sms:et som kom tidigt på morgonen när han låg och sov. Sängliggande ser han på mobilen att klockan är halv åtta. Dags för ett ångkokt ägg och att brygga lite morgonkaffe. Han vet att Andes Andes ringer klockan åtta.

När Andes Andes har sin fikarast brukar de diskutera kring de allmänna handlingarna Andes Andes begärt ut från kommunens diarium. Det har visat sig att teamets detektivarbete inte bara är nödvändigt, det är till och med livsnödvändigt.

Fritidsdetektiverna som de själva kallar teamet som kämpar allt de förmår mot en empatilös kommunledning är numera kraftigt försvagat sedan Grönros tvingades lämna jordelivet och förflytta sin själ upp till det evigt vidunderligt njutningsfulla himlaspelet. Samtidigt kan de ofta hitta extra energi när de tänker på hans kloka ord. Han var ju troligen världens bäste pådrivare. Han var pålitlig, han grävde alltid till botten i problem och han ville alltid göra sitt absolut bästa för alla ovetande invånare.

Rösten vill berätta något. Tobias vet inte om han orkar höra mer men självklart tar nyfikenheten över. Han struntar i ägget men brygger två muggar kaffe. Han dricker i princip alltid en halv mugg men den här morgonen känns det som det kan behövas en extra mugg färdig och klar i bryggaren.

Till ljudet av en sörplande gammal skruttig kaffebryggare ringer han upp Rösten. Hon svarar efter en signal.

«Hej Tobias, bra att du ringer. Jag har några viktiga saker att berätta. Ni är offer för en mycket stor konspiration.»

«Okej, det är inga goda nyheter du har nu förstår jag.»

«Nej tyvärr är det mycket dåliga nyheter. Allt har varit noga planerat. Hur ni än gjort i tingsrätten och i hovrätten så skulle ni förlora. Men ge inte upp, försök hitta nya krafter. Kommunen är skyldig och enligt lag ska de ställa allt till rätta för medborgare som drabbats av tjänstefel med mera», påvisar Rösten.

Hon vet att hon måste kämpa febrilt för att Tobias ska orka se ljuset i tunneln, även om hennes information antagligen kommer få honom att säcka ihop totalt. Den risken måste hon ta.

«Vad menar du med tingsrätten och hovrätten?» undrar Tobias.

«Håll i dig nu Tobias. Eller sätt dig ner en stund så ska jag försöka dra detta på ett förståeligt sätt.»

«Okej, klockan är fem i åtta. Samtidigt som vi pratar skickar jag nu ett sms till min vän Andes Andes att jag ringer honom senare, annars ringer han mig om ett par minuter.»

«Aha. Jag vet nog vem Andes Andes är. Folk i kommunhuset vet att han begär ut handlingar kring olika beslut som kommunledningen gjort. Han gör ett superjobb som avslöjar många brister och brott», tillägger Rösten.

«Vi är ett team som är fritidsdetektiver och Andes Andes är nog vår tuffaste detektiv. Utan honom hade vi inte vetat att det är en korrumperad maffia som styr över Nynäshamns invånare.»

«Verkligen bra att han begär ut handlingar, kommunens diarium är till för alla, särskilt för invånare och politiker. Det är ett jätteviktigt bibliotek som måste användas. Om man inte använder det så vet ingen vad som hänt och ingen människa kan minnas alla beslut och underlag i huvudet. Diariet är lika viktigt som politikers Facebooksidor, fast dom gillar inte att du läser dokument i diariet», påpekar Rösten lite skämtsamt men ändå bestämt.

Tobias skrattar till och svarar.

«Hahaha, det var bra sagt. Nu sitter jag ner och har två muggar kaffe upphällda bredvid mig. Behöver jag hälla upp en stadig mugg whiskey också?» undrar han stillsamt. Trots att han förstår att giljotinen strax ska skilja hans huvud från övriga kroppen, så vill han roa dem båda något i samtalet.

«Nej då, ingen whiskey nu, men jättebra med en extra mugg starkt kaffe.»

«Okej, jag är redo, låt oss börja.»

«Det jag ska berätta för dig kan nog ingen människa tro att det är sant, men det är sant.»

Först berättar Rösten att hon också valt att bli en privatdeckare, och hon har tagit en hel del hjälp av vänner och vänners vänner. Hennes röst har övergått från klingande trevlig ton till ett lite hest viskande tonläge. Tobias känner rysningar, efter några sekunder med luren mot örat känner han hur han fryser och ändå blir händerna fuktiga av svett.

Känslan av hopplösheten han får är nu starkare än någonsin, den upplevs värre än när han och Kenneth nåddes av beskedet att kommunen förfalskat avgörande dokument. Syftet kan bara vara att slakta deras lilla men älskade företag i tingsrätten. Han lyssnar och lyssnar, nu stående och vandrande fram och tillbaka i den slitna lilla stugan han hyr in sig i.

Samtidigt som Rösten sakligt berättar om det vidunderliga hon lyckats gräva fram bälgar Tobias i sig båda muggarna med kaffe. Ve och fasa, tänker han, den sista klunken smakade inte gott. Han fyller muggen med vatten och sveper det och försöker andas lugnt, trots att nerverna i kroppen fått honom att skaka och frysa.

Granskning som Rösten med vänner gjort visar att chefsdomarna Pernilla Lind och Maylis Ohgren som beslutade i musikaffärns mål i tingsrätten 2014 sannolikt var mutade. De springer alltid efter politikens pipa och belöningen för det har givit dem posten som Sveriges riksåklagare och riksåklagarens närmste tjänsteman.

Chefsdomarna i musikaffärns mål har snyggt och prydligt avancerat till att bli två av Sveriges absolut högsta jurister. De två domarna har skaffat sig makten att godtyckligt hjälpa de makthavare som behöver hjälp. Inget litet företag kan så klart uppnå rättvisa när det också handlar om chefsdomares karriärer.

Efter att domaren Pernilla Lind blev lagman på Södertörns tingsrätt, har ett vedervärdigt ordspråk bland insatta jurister växt fram. *Gå inte till Södertörns tingsrätt om du söker rättvisa. De kan hjälpa till med förlikning. Men följa lagar och skipa rättvisa existerar inte där.* Den gedigna granskningen Tobias får ta del av visar att Pernilla Lind innan hon blev tingsrättens högsta chef, dvs lagman på Södertörns tingsrätt var hon chefsdomare i Svea hovrätt, inte nog med det, hon var dessutom ledamot i Svea hovrätts styrelse.

Det blir tyst en stund. Rösten gör ett kort uppehåll. Hon lyssnar i luren, hon ger utrymme ifall Tobias vill säga någonting. Hon undrar så klart också om han mår bra och om han förstår kopplingarna med chefsdomarna. Men han kan inte prata, han förstår. Han har satt sig ner i soffan igen.

Rösten är ivrig att få dela med sig av sin information, så hon ångar på lite till.

«Vi vet att Svea hovrätt nekade att pröva ert mål, trots uppenbara lagbrott. Det har sin förklaring. Den ordinarie domaren som hade hand ert mål i tingsrätten byttes ut. Chefsdomarna i tingsrätten tog hand om ert mål själva. När chefsdomarna övertog målet skickade kommunens upphandlingschef in ett förfalskat dokument till chefsdomarna. Allt gick ut på att ni skulle tystas. När ni snubblade på alla hemliga upphandlingar och bluffbolag så blev ni en fara för makthavare och deras skatteparadis på hemmaplan», poängterar Rösten samtidigt känner hon svårigheter att prata på grund av en stor klump av ångest i halsen. I flera år var hon anställd i kommunhuset där de här maffiametoderna utvecklades.

Tystnaden gör att Tobias vill kommentera med en tanke som nu kom till honom.

«Det förklarar varför Svea hovrätt inte ens svarade oss. Vi ringde flera gånger och frågade varför det tar sådan tid. Sedan kom ett brev att hovrätten lagt ner vår ansökan om prövning. De vägrade också att motivera varför.»

«Vi har grävt i det också, ni kommer inte få resning och Svea hovrätt kommer lägga ner det senaste tingsrättsmålet också. Vi har bett erfarna ekonomer och jurister att granska era mål och alla kommer fram till att ni har rätt. Det är några chefsdomare som satt stopp för detta och ingen vågar gå emot. Gör man det riskerar bli av med sin lön och sin karriär i rättsväsendet», påpekar Rösten.

«Vi har förlorat allt vi äger och har. Vi har alltid följt lagarna och vi har betalat skatt till de här personernas löner i mer än 70 år tillsammans. Jag är plus 55 och Kenneth är plus 60. Fy faan, dom som utbildats och har lön för att hjälpa visselblåsare och förhindra brott njuter av egennyttan och härligheten. Dom har skapat ett eget himlaspel som skatteparadis», pustar Tobias nedslaget och han känner sig helt knäckt.

«Det finns mer. Tyvärr.»

«Jag var rädd för det. Är vi i fara också», undrar Tobias och spetsar öronen.

«Det kan vara så, men jag och mina kontakter tror inte någon vågar gå till attack. Visserligen har ni lyckats komma över många bevis på mutor med mera. Men etablissemanget är nog nöjda med att ruinera er och på så sätt låta er lida.»

«Vi har fått några hotbrev. Men jag är inte rädd för någon och Kenneth är inte heller rädd. Vi har bestämt oss för att avslöja så många mutbrott och svågerpolitik vi kan», påvisar Tobias.

«Ni gör det väldigt bra, men var försiktiga och tänk på att ni halkat in i det allra heligaste och ni stör det moderna tjuveriet. Förr hade banditer svart luva och smet in genom fönster. Idag klär sig tjuvarna i kavaj och i kommunhusen delar dom skattemedel till varandra. Lagarna låtsas dom inte om, dom använder makten i stället.»

«Gentlemannatjyvar. Lite har vi förstått och vi har bevis på att dom delar ut stora belopp, ibland miljonbelopp i fickan till dom som begått brott. Dom köper varandras tystnad med höga löner och hemliga fallskärmar så att inte ens en torped kan få dom att erkänna eller ange brott.

Sa han torped? Det var ordet jag just skulle använda angående en riktig bluffmakare, tänker Rösten och fortsätter.

«Bara så att ni vet. Det finns en person som verkar ha varit torped när han var ung och han har lurat staten på många miljoner kronor. Han är toppolitiker nu.»

«Jaha, det finns en sådan också och vem är det?» undrar Tobias spänt och nyfiket på samma gång.

«Henry Bovenius. Du känner honom som toppolitiker för Moderaterna i Region Stockholm och numera som kommunalråd för Nynäshamn.»

«Hoppsan, jag borde förstått att det är honom du menar. Vi har fått flera indikationer på att han är hopplöst empatilös och att han är rena penningmaskinen till sig själv», poängterar Tobias.

«Bara så att ni vet. Han har skattefifflat. Bland annat har han flyttat 100 miljoner kronor till skatteparadiset i Panama.»

«Vad i helvete säger du. Förlåt att jag svär så förbannat. Sa du 100 miljoner svenska pengar?»

«Ja du hörde rätt. Det är rena penningtvätten. Henry har kommit över 100 miljoner kronor som han förvarat på en skum bank i Schweiz. Myndigheter i Schweiz misstänker att den banken sysslat med enorma summor av penningtvätt. I alla fall, plötsligt överför Henry 100 miljoner kronor från den banken till ett eget konto i Panama. Sedan börjar han plocka stora summor pengar i egen ficka därifrån», förklarar Rösten och det hörs på hennes röst att hon är mäkta irriterad.

Tobias ställer nyfiket en fråga.

«Hur många vet om det här då?»

«Snart vet många. Skatteverket har spårat upp Henry. Nu tillhör han en av 350 svenskar som är avslöjade med att smita från skatt genom att flytta pengar till Panama.»

«Jisses vilket himmelrike. Tänk att vissa människor aldrig kan vara nöjda. Åker dom i fängelse för det där då?» undrar Tobias.

«Väldigt få straffas, så fort de upptäcks tar de hem pengarna och betalar skatten med lite böter.»

«Hur slutar det här för Henry mån tro?»

«Henry är inte som andra. Han vägrade betala trots att Skatteverket och domstol dömt honom till att betala in cirka 4 miljoner i undanhållen skatt för sina privata uttag i Panama. Dessutom åker han på att betala böter på mer än 500 000 kronor för att han fifflat. Han överklagar till Högsta förvaltningsdomstolen nu.»

«Satan i gatan. Oj förlåt, nu svor jag igen. Men hur har han kommit över 100 miljoner kronor då? det är ju sanslöst mycket pengar», undrar Tobias som börjar förstå att Henry är hundra gånger mer kriminell än någon tidigare anat. 100 miljoner i cash till ett konto i Panama borde ju finnas en känd affärsverksamhet bakom, tänker han.

Rösten som är uppe i varv, svarar snabbt.

«Det har vi inte lyckats spåra ännu. I domstolen säger Henry att han ärvt pengarna från sin estniske mamma. Men det ser ut att vara en ren lögn. Journalister i Tallinn har grävt djup och kollat mammans bouppteckning och så vidare. De hittar ingenting som styrker ett sådant arv.»

«Mmm jag förstår, Henry är tydligen känd för att alltid fara med osanning. Du nämnde något om torped. Menar du Henry då?» undrar Tobias.

«Ja. Det var länge sedan. Henry är uppväxt i Sundbyberg lite norr om Stockholm. Enligt säkra källor drev Henry in pengar åt sin mammas lilla fastighetsbolag. Det fanns hyresgäster som var fattiga och låg efter med hyran. Det sägs att han drev in pengar från dem med ränta och sedan redovisade han inte räntan till hyresvärden trots att det var hans egen mamma», förklarar Rösten.

«Vilken pajas. Och nu tjänar han mer än riksdagsmän på kommunalpolitik.»

«Ja så är det. Henry Bovenius rymmer från att betala skatt och samtidigt betalar alla andra skattebetalare honom cirka 1 miljon kronor om året som politiker. Han sitter just nu på 21 politiska stolar. Dessutom har han tidigare köpt ett par fastigheter jättebilligt av kommunen?» inflikar Rösten med en stor suck.

«Helt otroligt. Jag trodde Babsan, Isaksson och den lille Alhagen saknar omdöme som politiker, men Henry verkar ju slå alla rekord, man blir ju skiträdd på riktigt», poängterar Tobias.

«Möjligen kan han anlita någon elak torped. Själv är han nog för feg för att röra någon. Hur än det är så är Henry ett skolexempel på farliga politiker. De följer aldrig grundlagarna och de orsakar kapitalförstöring med andras pengar. Samtidigt bara växer och växer hans egen förmögenhet.»

«Jag förstår vad du menar», suckar Tobias.

De samtalar några minuter till. Rösten avslutar med att berätta om professor Olle Lundin, som efter noggrann granskning riktat sylvass kritik om mutbrott. Professorn i förvaltningsrätt har i media påvisat att de båda chefsdomarna som ansvarade för musikaffärns mål är föremål för givande och tagande av muta när de tillträdde som Sveriges riksåklagare och riksåklagarens närmaste medarbetare.

De enas om att Rösten mejlar Tobias riksåklagarens CV som styrker hennes tjänster som chef och styrelseledamot i Svea hovrätt och Södertörns tingsrätt. Tobias ber även Rösten sända allt hon och hennes vänner grävt fram om professor Olle Lundin.

En timme senare läser Tobias mejlen. Han blir återigen skräckslagen. Det här är mer än vad normala människor ska klara av.

Sms signalen ljuder i Kenneths iPhone 6. Mobilen börjar bli sliten och framför allt, modellen är nu omodern. Det struntar jag i tänker Kenneth när han tar upp sin mobiltelefon och läser sms:et. Det är från Tobias.

Ta med din bärbara dator och kom ut. Jag är hämtar dig om tjugo min.
Vi har fått superviktig info från Rösten!

Kenneth är inte direkt känd för att komma i ordning blixtsnabbt, men idag kom han ut samtidigt som deras gamle trotjänare, Mitsubishi Grandis ljusgrön metallic årsmodell 2006, stannar till framför porten. Kenneth öppnar bildörren och kränger sig hyfsat smidigt in i bilen och spänner fast säkerhetsbältet.

«Morsning, hur är det?» börjar Kenneth och tittar lite oroligt på Tobias.

«Tjena, jag fick låna vår gamla bil ett par dagar, så jag tänkte att vi åker ut på Ringvägen. Det är inte bra med mig. Fick frossa och är så jävla arg och mitt tålamod håller på att ta slut. Jag har vidarebefordrat några mejl till dig och även till Paul och Andes Andes.»

De orden förstår Kenneth. Är det något de båda är specialister på så är det att ha tålamod.

«Okej. Förstår att något gått snett igen, är vi mer lurade än vi trott?» undrar Kenneth. Hans fråga är givetvis mitt i prick och det beror på hans medfödda förmåga att låta magkänslan styra sina tankar.

«Vi är så grundlurade att det inte ens går att begripa! Och det finns så onda och fräcka personer i kommunledningen så om vi berättar det så finns det inte en chans att någon kommer att tro oss.»

Samtidigt som de åker mot kustvägen Ringvägen, för att komma nära havet och där med deras norra ögon skåda himlaspelets magnifika färger, ber Tobias Kenneth att ta fram laptoppen och logga in till inkorgen på sin Gmail.

På den slingrande kustvägen ut mot himlaspelet återberättar Tobias allt som Rösten grävt fram och mejlat dem. Kenneth läser de viktiga detaljerna på skärmen. Kenneth tycker det är riktigt intressant att hon har vänner som är professionella granskare och att dom tillsammans vill göra allt de kan för att motverka korruptionen i deras så vackra hemstad.

En riktigt intressant sak som ingen tänk på tidigare är att bara en enda av de toppolitiker och av de högsta kommundirektörerna som styr kommunen är från Nynäshamn. Rösten var säker på att det är en orsak till att så många miljoner skattemedel bara försvinner. Sannolikt finns inte det så viktiga medfödda samvetet. Äkta känslor för ansvar saknas nog när deras rötter tillhör andra kommuner. Det som hägrar är pengar och karriär.

Babsan är en äkta skåning, Henry är från Solna eller Sundbyberg, Isaksson är från Haninge, den nye Griswalld är från vettet, skojar Kenneth. Griswalld verkar härstamma från Ångermanland. Det är faktiskt bara den unge liberalen Alhagen som härstammar från Nynäshamn.

När det gäller kommundirektörerna så bor de inte ens i kommunen. De två senaste är Britta Engborg och Tore Forselius. Den sistnämndes direktörslön är 110 000 kronor i månaden och de bor och betalar sin skatt i Stockholm stad. Det är ganska fantastiskt om man så säger, som den gamle ikonen Evert Taube skulle ha sagt.

Tillsammans i bilen vid en plats nära det som kallas Drottningviken dikterar de en välskriven anmälan till specialpoliser på Underrättelseenheten NOA i Stockholm.

Agent 007 med rätt att leva och låta dö

Han kom från vidderna eller från ingenstans, plötsligt syns han. Det måste vara han, tänker Tobias när han ser kommissarien med raska långa steg på övergångsstället. Kommissarien bär de coolaste svarta solbrillor man sett, han har kort ljusgrått hår. Idag klär han sig i röda tajta jeans och toppar med en blå kavaj ovanpå en ljus alldaglig pikétröja. I vänster hand bär han en svart fyrkantig dokumentportfölj.

I polisens högkvarter på Kungsholmen i Stockholm likställs kommissarien med agent 007. Det är nämligen han som har rätten att låta mutbrott leva eller dö. Hans namn är Lars Östlund. Det är kommissarie Östlund som leder NOA:s polisarbete inom mutbrott och korruption. Polisens nationella operativa avdelning (NOA) ersatte den tidigare Rikskriminalen 2015. Det är den polisenhet som leder landets nationella operativa verksamheter och det är NOA som kan besluta om polisiära resursförstärkningar i hela landet.

Det är NOA som ansvarar för Sveriges nationella insatsstyrka, polisens flyg, vårt nationella bombskydd och sektionen för särskilda insatser. På avdelningen NOA krävs riktigt smarta och tuffa poliser De ska utreda brott som penningtvätt och finansiering av terrorism och korruptionsbrott.

«Är det Tobias?» säger mannen när han kommer fram till porten där Tobias står väntande.

«Det stämmer. Välkommen till Nynäshamn.»

«Tack. Är det här vi ska in?» undrar Östlund med ett stramt leende samtidigt som han sträcker fram höger hand och de skakar hand med varandra.

«Det stämmer. Min kollega Kenneth väntar oss uppe i hans lägenhet. Vi tänkte att det är lugnast att vi sitter där i fred i stället för på något kafé.»

Kommissarie Östlund nickar instämmande och går in genom porten när Tobias slagit in den fyrsiffriga portkoden och håller upp dörren till kommissarien.

Det var ett rejält handslag den karln hade, tänker Östlund när hissen beger sig upp mot våning fyra. Han studerar Tobias kroppsspråk för att se hur det står till med hans nerver. Som suverän kommissarie ute på fältet och på väg in i anmälarens lägenhet måste han iaktta och uppfatta varje avvikande detalj.

Något känns skumt. Eller är han bara trött? Klockan är snart två på eftermiddagen, en timmes bilresa från polishuset på Kungsholmen till parkeringen intill Lidl i Nynäshamn och han fick ju läsa minst fem dokument som tyder på korruption med grova mutbrott i Nynäshamn. Jobbig dag? Knappast.

Men det är något som stör. Fast det känns inte som det har med Tobias att göra, han verkar vara lugn och mer glad än nervös. Östlund kämpar med att hålla sin agent 007 stil, han memorerar Tobias klädsel och att han själv är längre och smalare än Tobias. Eftersom han själv är 188 cm över havet så uppskattar han att Tobias är 181 cm.

På våning fyra kliver de ur hissen och Tobias ringer på dörrklockan. Kommissarien tycker allting är ännu skummare i trapphuset än i hissen. Det är inte särskilt kallt i huset så han fryser inte. Han märker att Tobias tittar konfunderat på honom och det gjorde han i hissen också, konstigt tänker Östlund som blivit ganska bekymrad.

«Ska du ha solglasögonen på nu?» undrar Tobias lite blygsamt.

Helvete också, har jag dom på? Undra på att allt kändes skumt. Att ha dom här solbrillorna på inomhus blir ju som att ha gråstarr och vara färgblind samtidigt. Nu gäller det att spela oberörd för att inte förlora det psykologiska polisövertaget, tänker Östlund.

«Nejdå. Jag bara vilar ögonen lite extra. Brukar göra så ibland när jag vill vara hundra procent fokuserad på uppgiften.»

Dörren öppnas samtidigt som han drar upp solglasögonen och de fäster bra uppe på hans skalle.

Kommissarien märker att Kenneth också har ett stadigt förtroendeingivande handslag.

Det var en trendig konstapel tänker Kenneth när han ser de tajta röda byxorna, den moderna kavajen och de där slimmade svarta spegelsolglasögonen på huvudet. Tobias och Kenneth uppskattar Östlunds ålder till någonstans mellan sextio och sextiofem.

Ett väldigt intressant möte i Kenneths vardagsrum påbörjas. Det blir ett konstruktivt möte om korruption. Tobias och Kenneth visar dokument efter dokument som styrker att kommunledningen befogar över en väldigt stor korruption och det finns flera fall av misstänkta mutbrott till digniteten grov förseelse.

Kommissarien ser dokumenten, han förstår att poliserna på NOA som först utredde några av dessa dokument blev exalterade och propsade på att kommissarien själv måste kopplas in på de är fallen.

Men det finns ett stort problem. Oavsett vad som läggs på bordet så är det åklagaren som bestämmer om förundersökning ska inledas. Inte nog med det. Polisens revisorer måste beräkna kostnader för att granska brotten innan dom godkänner att NOA får starta utredningar, kort sagt, det måste finnas budget för att sätta dit kriminella.

Den grymma sanningen om ekonomisk brottslighet och olika former av tjänstefel är att mer än 90% aldrig ens utreds. Bovarna har alltså stora fördelar gentemot polis och hederliga medborgare.

Stämning i vardagsrummet blir ganska avslagen när kommissarien berättar om hinder för polisens agenter att ta fast bovar och banditer. Han och hans kollegor ser ofta hur skattemedel betalats ut på ett olagligt sätt. Men det är sällan någon blir gripen.

«Vi blir ju förhörda som nu när vi tipsar er om bedrägerier», upplyser Kenneth och fortsätter.

«Är det inte bara för er att boka möte med politikerna och kommundirektören och förhöra dom med dokumenten på bordet? Det tar ett par timmar av er tid. Dom kan ju inte ljuga för er om ni använder dom här dokumenten och det är ju faktiskt deras egna dokument.»

«Alla utom Henry kommer ju skita på sig och erkänna direkt. Det går ju inte komma ifrån de här tjänstefelen», tillägger Tobias.

«Tyvärr så fungerar det inte så. Revisorerna och åklagarna bestämmer om vi får gå vidare i alla ärenden», påtalar Östlund och han märker att luften sakta går ur karlarna framför honom.

«Tänk vilken härlig värld det har blivit för de som börjar med mutor i offentliga sektorn. De blir inte ens förhörda fast grova mutbevis ligger på polisens bord. Inte undra på att korruption i alla mätningar ökar som bara fan i Sverige», poängterar Tobias lätt upprörd samtidigt ser han att kommissarien ser rätt skamsen ut av den hårda och korrekta slutsatsen.

«Visselblåsare förhörs och brottslingar störes ej. Det måste vara höjden av dumhet», konstaterar Kenneth.

«Trösten är att ingenting läggs ner helt och hållet. Ärendena ligger kvar fast i en slags vila. Skulle någon i framtiden kunna styrka att en politiker eller tjänsteman får en bil eller en sommarstuga av någon de hjälpt eller någon de gynnat. Då kan åklagaren finna skäl till att starta en förundersökning», tillägger Östlund och ber herrarna att fråga sina vänner om någon känner till den typen av gåvor i kommunledningen.

Kenneth och Tobias ser genom fönstret ned på gatan hur kommissarien, med sina långa kliv och solbrillorna på huvudet, i hög fart sneddar över Nynäsvägen bort mot Lidl där han parkerat den svarta civilpolisbilen.

Trots det sanslöst oroväckande med att smarta insiderbrott i princip blir helt skyddade av ett uselt fungerande rättssystem, kunde de inte annat än skratta åt situationen och åt den gänglige kommissarien. De såg honom forsa fram i sin samhällstjänst genom att informera modiga visselblåsare i samhället, att mutbrott faktiskt lönar sig.

«Först sa han att åklagarens regler är att beordra förundersökning när det finns material som visar att åklagaren kan anta att brott föreligger. Men sedan fanns det inte tid eller pengar att förhöra de som antas ha stulit miljontals skattepengar och gynnat vänner. Man trodde ju att polisens kommissarier åtminstone var i närheten av Gunvald Larsson och Beck. Men de verkar ju inte ens vilja förhöra bovar», menar Tobias uppgivet.

Kenneth tänker till en sekund och frågar sedan med glimten i ögat.

«Nä, ska du ha en stänkare?»

Segerfesten

Billig rosé och vanligt bubbel. Det borde väl vara champagne på borden, tänker Alhagen missnöjt när han ser att det står Cava, Prosecco och Pommac på flaskornas etiketter på bordet. Han går fram till fönstret och tittar lite sydost mot horisonten. Han tänker att där borta ligger Gotland och fortsätter man simma över Östersjön några veckor till så landstiger man i Polen.

Ett underbart himlaspel uppenbarar sig framför honom. Han befinner sig i kommunens egen kafeteria på våning åtta. Sedan några år tillbaka har Alhagens kontor varit på våning sju. Kontoret har troligen Sveriges vackraste utsikt mot öster, iallafall om havsutsikt och ytterskärgård som går ihop med himmlen ger höga poäng.

Jisses vad bortskämd hans själ varit med utsikten och den synbara miljön på arbetsplatsen. Utsikten ja. Utsikten är ju också namnet på konferensanläggningen som han smusslade in 64 miljoner kronor till. Det har gått några månader sedan han vittnade i rättegången mot den där musikaffärn. Han undrar fortfarande hur i helvete Kenneth och Tobias kunde vaska fram att kommunledningen med honom själv i spetsen försåg ägarna till konferensanläggningen med alla miljoner.

Några groteskt fula och mörka moln bildas vid horisonten. De är långt bort men han ser tydligt att de går ihop och sakta närmar sig. Är det ett tecken? Alhagen tänker på hur han medvetet ställt upp på att ljuga både i och utanför domstolen och på hur kommunledningen tagit pengar ur kassan och helt enkelt mutat tjänstefolk till tystnad med avgångsvederlag.

Kommer Henry att offra någon? Är det min tur att sväva ut ur kommunhuset med en kappsäck full med pengar? Alhagen lägger märke till de mörka molnen igen, det så vackra himlaspelet är i full gång nu. Solen strålar från väster ut mot havet i öster. Men de mörka nästan svarta molnen från havet som sakta glider mot honom gör att han fryser och ryser av destruktiva känslor.

Han börjar nynna på en gammal Dylan låt och försöker låta som Axel Rose i Guns and Roses.

«That long black cloud is coming down on me. Knock knock knocking on heavens door. Yeah yeah yeah.»

«Står du här och sjunger eller drömmer du?»

Han rycker till och vänder sig hastigt om. Oj vad pinsamt. Centerpartiets ledare Magda Gryt Gunther har kommit in i kaféet och placerat sig precis bakom honom, utan att han märkt det.

«Oj, hej. Jag kom lite tidigare, så det bara blev att jag står och drömmer mig bort en stund.»

«Jag förstod att du gått upp hit. Jag var förbi ditt kontor och du var inte på plats. Hur mår du egentligen?» undrar hon och iakttar Alhagen noga.

«Vet du att revisorerna gräver och granskar min nämnd och min förvaltning för fullt?»

«Jag vet det, ryktet går som en löpeld i alla korridorer.»

«Jag känner på mig att jag är utsedd som syndabock. Jag kommer inte att få ansvarsfrihet, min politiska karriär tar slut nu», suckar Alhagen uppgivet.

«Ta det lugnt nu Dennis, vi ska styra skeppet på rätt kurs igen. Jag tycker att du varit lojal i kommunledningen och jag kommer göra allt jag kan för att rädda dig.»

«Okej, då kan jag lita på dig då, i alla fall.»

«Jadå. Men oj vilka svarta moln, där ute på havet», utbrister hon och fäster blicken på det inkommande stora fenomenet Alhagen lagt märke till den senaste kvarten.

«Ja. De dök upp jättefort. När jag kom hit syntes de knapp. Jag får obehagskänslor av det där, det liknar nästan ett monster som delar ut karma.»

«Men Dennis då. Tänk omvänt. Tänk så här, oj oj vilket magiskt himlaspel vi får lagom till segerfesten», tröstar Gryt Gunther.

«Jag har tänkt på en sak ganska länge Magda», viskar Alhagen samtidigt som han sorgset tittar ner på fönsterbrädan i stället för ut mot havet och himlen.

«Vad är det du har tänkt på Dennis?»

«Det är väldigt många politiker och tjänstemän som tvingats sluta här i huset.»

«Jag vet att det är ett stort problem. Samtidigt måste du tänka att vi fått bra betalt», poängterar hon.

Alhagen fortsätter att titta på molnen och pustar.

«Jag vet det. Jag kunde köpa ett stort fint hus och jag har garderoben full av dyra kläder. Men man ska ju må bra också. Jag har ju suttit i kommunstyrelsens arbetsutskott och styrt kommunen. Först med Babsan, sedan med Isaksson och nu med Henry och ingen av dom följer lagar och regler.»

«Jag vet det Dennis. Dom vill bestämma på sitt eget sätt och alla vet att dom har behövt din röst för att styra skeppet. Vi andra vet att du inte mått bra av alla lagbrott och mutpengar som år efter år delas ut en våning ner», instämmer Gryt Gunther.

«Tänk om Babsan och Isaksson och Henry bara hade erkänt att det fanns en insider i kommunhuset som tog emot bluffakturor och att kommunen förstått att man inte ska gynna vänner, utan nu ska kommunen börja upphandla lagligt. Då hade den där musikaffärn inte behövt gå till domstol och ingen invånare hade behövt gräva i diariet efter alla våra andra dokument.»

«Ja du. Det är många som undrat varför kommunalråden gjort allt för att skydda dom som var inblandade i det där bluffbolaget», inflikar Gryt Gunther.

«Tre kommunjurister lämnade huset. Två unga oerfarna tjejer har fått bli kommunjurister och nu kämpar dom med näbbar och klor för att dölja alla lagbrott. Kommunalråden har anställt kommundirektörer som fått olagliga avtal med miljonbelopp och galet höga löner. Och dom har i sin tur gjort samma lagbrott med sina underchefer.»

«Dennis, håll ihop nu. Jag vet att det är åt helskotta men försök att tänka positivt är du snäll», ber Gryt Gunther.

«Men när tar det här helvetet slut? Det är ju sjukt med pengar och i slutändan är det ju faktiskt invånarnas pengar det handlar om», väser Alhagen.

«Vi vet det. Alla i ledningen vet det. Du vet också att Henry är nummer ett. Han bestämmer och han vill ha det precis som det är. Vi måste också få tjäna bra med pengar. Vi gör ju mycket för kommunens bästa, också.»

«Vi kommer få sparken Magda. Tack vare vänner till Kenneth och Tobias i den där musikaffärn så blir fler och fler invånare medvetna om vad som händer här inne. Det känns som om halva stan blivit privatdetektiver. Sanningen är på väg att komma i kapp oss, Magda. Märker du inte det?»

«Äh, jag bryr mig inte om det. Jag har det bra som politiker. Jag slipper jobbet som barnskötare och pensionen blir ju så mycket bättre», kvittrar hon belåtet.

Alhagen vill inte lyssna på hennes idiotiska åsikt. Hans oro har tagit över och det dåliga samvetet fortsätter mala i hans inre.

«Babsan fick sluta, Torgny Nordqvist i sossarna fick sluta, i Liberalerna fick Östling sluta. Nils Nilsson fick fly till politiken i Huddinge, Marre som fick mutstolen till vänstern fick sluta och skum-Manson i vänstern fick också fly sin kos till slut. Jag pratar om topparna i kommunstyrelsen och ordföringar som egentligen ville vara kvar i politiken. Babsan blev ju helt vansinnig när hon tvingades säga upp sig», påpekar han irriterat.

«Jag vet det och under kort tid slutade också minst 11 av 41 ledamöter i fullmäktige. Men det gör inget. Du ser ju själv att vi kan livnära oss och fortsätta i samma anda.»

«Jag har på känn att jag blir nästa politiker som måste gå. Revisorerna har tydligen upptäckt att det fattas minst en miljard i samhällsbyggnadsnämnden. Allting är så otroligt misskött», tillstår Alhagen och ser fruktansvärt besviken ut.

«Men det är ju inte bara ditt fel, Dennis!»

«Självklart inte, men Henry och Isaksson som styrt alla nämnder kommer inte att erkänna att dom är högst ansvariga. Dom kommer garanterat inte att avgå självmant. Jag känner på mig att det är jag som kommer få skulden för allt», tillägger Alhagen och han tittar sorgset på centerkvinnan och sedan tittar han på de svarta molnen ute på havet igen.

De har slut på ord. Även om de försöker att inta en rakryggad hållning så ryser båda två invärtes av de sagda orden och av de ondskefulla svarta molnen som hela tiden närmar sig platsen där de regerar. Det fattas bara att resten av himlaspelet med dunder och brak blir ett enda stort åskväder.

Klockan närmar sig utsatt tid. En efter en i kommunledningen droppar in för att fira segern i tingsrätten och att Svea hovrätt åter nekar den där musikaffärn prövningstillstånd.

Kanslichefen Conny Wahlgren har vant sig att servera politikerna. Han är den som ofta delegerats till att torka av damm på presidiet och talarstolen på fullmäktiges sammanträden.

Ledningen talar om charmtrollet som går raka vägen mot toptjänstemannaroller. Om en politiker i Alliansen säger «Hoppa Wahlgren» så svarar han direkt «Hur högt?» Sedan hoppar och hoppar han så att alla makthavare ska se hans fantastiska känguruskutt.

Wahlgren ser i de inbjudnas ögon att han borde öppna flaskorna och börja servera församlingen bestående av kommunens toppolitiker i Alliansen (Moderaterna, Liberalerna, Kristdemokraterna och Centerpartiet). På plats är även de högsta tjänstemännen från kommunstyrelseförvaltningen med kommundirektör Forselius som frontman.

De unga kommunjuristerna Yvette Pålsson och Sandra Johannesson ser att kanslichefen fumlar när han ska öppna flaskorna så de rycker in och hjälper till att servera. Det visar sig snabbt att de flesta tänker köra bil hem så två flaskor Pommac tar slut direkt.

Trevligt tänker Griswalld som har gångavstånd hem och därför mer än gärna trycker i sig några extra glas rosé och cava.

Det råder en olustig spänning i lokalen och det tisslas och tasslas om en man. Han är den ende som är sen. Alla har tittat på klockan och märkt att den mytomspunne mannen är sen. Tillställningen kan heller inte börja på allvar utan att deras store ledare är på plats.

Samtliga i kommunledningen har nåtts av den ofattbara nyheten att deras ledare överfört 100 miljoner kronor till ett privatkonto i Panama. De vet att syftet med att öppna konto i Panama är att smita från att betala lagenlig skatt här hemma i kommunen. Alla är nu livrädda att det här ska läcka ut till väljarna och invånarna och att de måste komma till sin ledarens undsättning. Vid det här laget har de blivit duktiga på att undanhålla eller förvränga sanningen

Henry Bovenius kliver in i kommunhusets entré. Receptionisten är på väg att släcka och stänga receptionen för dagen och bege sig hemåt. Hon ser Henry. Utan att säga något nickar de till varandra. Henry känner på sig att hon tänker «Jaså du kommer till jobbet så här sent, din satans skattesmitare». Han ler lite för sig själv, som vanligt är han helt oberörd även om hans privata hemlighet nyligen läckt ut.

I hissen upp rättar han till kavajen. Med ett fast grepp om skärpet på byxorna och med en kraftig vänster höger ryckrörelse med magen drar han upp byxorna och fixerar dem så de hänger lite bättre, rakt fram och snyggare på handtagen på bäckenet. Han viker ut kavajen och luktar sig själv i armhålan. Oj då, jag kanske skulle ha mummat upp mig, tänker han. Han ler för sig själv och tänker att det kan väl vara bra att lukta lite knegare. Han struntar i att smita in på toaletten och fräscha upp sig. Det är ju jag som är kung så jag bestämmer själv, tänker han och ler för sig själv.

Den inbjudna församlingen hör att den siste men inte minst betydande deltagaren kliver in på kommunens kafé. De vänder sig mot entrédörren för att med artighet nicka välkomnande till sin ledare.

Med ett självbelåtet flin på läpparna stegar Henry Bovenius fram mot församlingen.

«Vad trevligt. Jag ser att alla är här. Hoppas att ni alla fått lite gott i glasen», inleder han och tar själv ett glas från bordet.

«Jadå. Vi har försett oss av dryckerna och lite tilltugg», svarar Griswalld och flinar nöjt och övriga i lokalen lägger märke till det pinsamma. Det syns och hörs att snålvattnet rinner i hans mungipor när han pratar.

Församlingen sätter sig lite huller om buller efter att Henry intagit stolen som har en placering som liknar en ordförandes position i ett rum. Alhagen brukar ha sin plats som vice ordförande direkt till höger om sin ordförande. Men med tanke på hur han mår idag väljer han att sätta sig på behörigt avstånd. Alhagen är inte alls bekväm i sin roll längre, han är väldigt medveten om att han kommer tvingas lämna in sin avskedsansökan och lämna politiken väldigt snart.

«Som ni alla vet har vi haft ännu en domstolsprocess med den där musikaffärn. Glädjande nog har kommunen vunnit mot musikaffärn igen. Vi är också ganska säkra på att vi äntligen lyckas knäcka dom två ägarna till företaget för evigt. Eller vad säger ni som arbetar på förvaltningen? Har vi lyckats sänka den där musikaffärn för gott?» inleder Henry med ett leende och han visar tydligt med blickar och prat att han vill att kommundirektören och kanslichefen ska ge en tydlig beskrivning på hur de äntligen lyckats oskadliggöra Kenneth och Tobias.

Kommundirektören Forselius vidarebefordrar med en nickning till sin kanslichef Wahlgren att det är Wahlgren som ska ge svaret. Wahlgren som alltid är villig att brösta upp sig och vara kontorets hjälte, reser sig upp. Självsäkert tackar han för förtroendet och spänner fram sin bröstkorg.

Han berättar att de skickat in betalningskrav på musikaffärn till Kronofogden. Det rör sig om två krav. Sammanlagt kräver kommunen musikaffärn på drygt 365 000 kr.

Sade han Kronofogden? Politikerna i kommunledningen blev bleka och stela som skyltdockor. Det blir dödstyst i rummet. Efter någon sekund bryts tystnaden av Griswalld som hostar till så att det stänker till ur både näsa och mun. Han har satt bubblet i fel strupe och fått ångan från kolsyran rätt upp i näsan när han tog en lite för stor klunk cava.

Knallröd i ansiktet och handen mot munnen och näsan rusar han mot närmaste toalett. Ingen bryr sig om att titta på Griswalld när han fumlar sig fram mellan borden. Det är ingen som reagerar på att han har satt i halsen. Fler personer har just svalt bubbeldryck men de har varit mindre glupska, så de har ändå fått ordentligt med luft och kan därför sitta kvar.

Henry satte inte sin rosé i halsen. Han läppjar bara och passar på att njuta av kanslichefens finfina instick. Efter en stunds tystnad tillägger Henry att Kronofogden är det värsta som kan hända ett mindre företag. Han förklarar att även om företaget får in eller har beställningar på flera miljoner kronor så blir det ett ofrivilligt totalstopp i företaget.

Det beror på att ingen leverantör kommer att skicka produkter eller sälja till musikaffärn, eftersom de vet att Kronofogden går in och lägger beslag på företagets pengar. Det här är första steget till näringsförbud, menar Henry och han känner sig väldigt nöjd och belåten.

«Så det som händer, är att musikaffärn först blir av med alla tillverkare som de köper produkter av, sedan, med blixtens hastighet, blir de också av med alla kunder», tillägger Henry och hans patenterade självbelåtna lite sneda flin visar sig igen. Men det är bara kanslichefen som ser det. Övriga i rummet stirrar bara i skräck rakt ner i golvet. De tänker samma sak.

Kommunledningen har förfalskat de viktigaste dokumenten. Ingen människa har haft lagenlig fullmakt att företräda kommunen i ärendet.

Dessutom, politikerna i fullmäktige är de enda som enligt lag kan besluta om en kommun ska ge någon tjänsteman fullmakt och att anlita Kronofogden mot ett företag. Men kommunledningen har i flera år undanhållit ärendet från fullmäktige. Allt de har gjort är ingenting annat än enorma kränkningar mot musikaffärns ägare.

Och det är inte nog med det, kommunledningen har kontinuerligt kastat Kenneth och Tobias lagenliga bestridanden och deras skrivelser i papperskorgen. Församlingen vet nu att tystnadskulturen har segrat.

Vilken jävla segerfest! Sakta lyfter en efter en sin blick från golvet och lite nervöst börjar de snegla på varandra. De sneglar på den store ledaren som har placerat sig strategiskt i rummet.

Idag har det också spridit sig att han är en skattesmitare av värsta rang. Förvisso är det inte så förvånande om man tänker på hur Henry Bovenius fungerar. Men ingen hade anat att han på riktigt väljer att låta kommunens högsta tjänstemän helt sonika mosa Kenneth och Tobias liv och deras musikverksamhet med hjälp av Kronofogden. Dessutom med kostnader som kommunen enligt lag själva ska stå för.

Alla i lokalen har länge vetat hur fräck han är inom politiken, särskilt med fördelning av de arvoden de alla erhåller. Påfundet i kommunledningen är så enkelt. Det går att göra av med hur mycket pengar som helst, eftersom det kommer in nya skattepengar hela tiden.

Kanslichefen Wahlgren vet inte om kommunledningen gillar eller hatar det som sägs på festen. Han ser att alla i kommunkaféet tappat hakorna. Men det skiter han totalt i nu. För just nu gäller det att ligga bra till hos the big leader. Det kommer att ge honom toppjobb och en vrålhög lön i framtiden. Så han passar på att brösta upp sig lite till.

«Jag har även ringt och påskyndat Kronofogden. Så man kan säga att den där musikaffärn redan är oskadliggjorda. Vår taktik har lyckats så bra att alla deras krediter och företagslån har hamnat hos Kronofogden nu.»

Församlingen är fortfarande stum av förvåning. De vet inte om de ska fira och skratta eller om de ska gråta. Alla vet att kommunen fifflat och lurat den där musikaffärn. Men ingen kunde förutse att Henry och förvaltningen skulle fortsätta mörklägga Isaksson och Babsans bedrägerier.

Det pågår alltså en medveten omänsklig slakt av två enskilda invånare. Det sker för att skydda brott och brottslingar. Taktiken ser ut att lyckas, så nu ska det segerfiras på våning åtta. Den översta finvåningen i kommunhuset.

Alhagen tittar i smyg runt på de andra i lokalen, för att se om någon vågar eller är på väg att yttra sig. Men det han kan konstatera när han tittar runt bland de korrupta kollegorna i kommunledningen är att hela ligan verkar ha drabbats av andnöd nu. Jo, han upptäcker att det faktiskt finns en man i församlingen som inte tycks bry sig ett dugg om stundens allvar.

Det är Griswalld, han är tillbaka från toaletten nu och han andas åter igen in luft i sina lungor, samtidigt som han sörplar i sig ännu mer cava ur ett vanligt vattenglas. Alhagen funderar lite på att Griswallds efternamn passar ganska bra in på hans beteende. Han är faktiskt ganska grisig av sig och han kunde väl hellre ha valt ett glas med stil än ett vanligt vattenglas till bubbeldrickan han bälgar i sig av.

Kanslichefen Wahlgren fortsätter sin framfart med att stolt förklara för kommunledningen de stentuffa konsekvenser han lyckats fixa till.

«Ingen behöver vara orolig. Det är helt givet att musikaffärns och Kenneths och Tobias tid är helt över. Vi kan bekräfta det då företaget kommer att drabbas av skyhöga räntor. Det blir ränta på räntorna också», tillägger han samtidigt som han smilar belåtet åt Henrys håll. Han kunde ha stannat där men han gillar läget och eftersom han vill briljera ännu mer, inför Henry och församlingen, så tillägger han.

«De kommer alltså drabbas av det som ibland kallas för galopperande räntor hos Kronofogden. Räntorna och skulderna hos Kronofogden kommer öka enormt varje månad. Vilket betyder att kommunen med säkerhet går segrande ur striden.»

Nu är status och detaljerna i ärendet klarlagt. Vilket betyder att ledningen i myndigheten Nynäshamns kommun stolt kan fira segern. Samtidigt vet de involverade personerna att i själva verket kommer kommunen att förlora massor av skatteintäkter. De vet också att kommunen förlorar alla mervärden som företaget med dess totala omgivning av olika människor skulle ha inbringat.

Musikaffärn kan aldrig mer kan sälja något. Slakten är så brutal att invånarna Kenneth och Tobias aldrig kommer att kunna betala ens ett öre till kommunen. De var visselblåsare och de hade stått upp för att motverka bedrägerier som pågått i kommunhuset i över tio år. Utmärglade och kränkta går de nu mot en för tidig död och deras kära företag är ur tiden. För evigt.

Församlingen på segerfesten är mycket väl medvetna om att det här ärendet redan kostat flera miljoner och alla förstår att kommunen aldrig kommer få in någon ränta eller några andra intäkter från musikaffärn.

Dock är det oviktigt. Det som är högsta prioritet är att sanningen stannar inom väggarna och att behålla och öka politikers arvoden och öka chefslönerna i kommunhuset. Även om vissa på festen innerst inne inbillar sig att de är omtyckta, så vet de också att det här ärendet redan bidragit till ett allt större politikerförakt och de vet att Nynäshamns kommuns anseende starkt ifrågasatts.

Ute på stadens gator och torg talas det mer och mer öppet om den nakna sanningen och den nya sortens moralhaveriseter.

De mörka molnen ute på havet har nu parkerat längs stadens kustlinje. Samtidigt som segerfesten lider mot sitt slut har himlaspelet övergått från det underbara till det otäcka. Församlingen på våning åtta har bästa utsiktsplatsen till havet mot öster. De ser att skådespelet där ute till havs går i linje med stämningen på deras fest eller nödvändiga möte, eller vad det nu ska kallas. Solens ljusa strålar kämpar för att bryta sig igenom Satans kolsvarta moln.

Hundra miljoner kronor, konto i Panama, inför rätta om skatteflykt i domstol och så vidare har i två timmar gnuggat hjärncellerna i huvudet på församlingen. Budskapet tycks till och med skaka om huvudet på korrupta.

Henry har känt vibrationerna från första sekunden han klev in i kommunhuset. Hans tankar nu är, undrar vem som inte kan hålla truten och tvunget måste fråga om pengarna han överfört till Panama. Några börjar samla in glasen för disk och det drar ihop sig till hemgång. Henrys senaste tanke är, om frågan dyker upp, får jag inte börja stamma. Alla här vet ju inte att jag stammar när jag blir pressad.

«Henry! Jag såg i tidningen att du varit i domstol mot Skatteverket. Är det där bara nonsens i den artikeln eller finns det något allvarligt bakom det?» undrar Alma Varinne samtidigt som hon tindrar med ögonen mot Henry.

Där kom den alltså. Som en blixt från satansmolnet utanför. Oväntat? Nej, förr eller senare kommer nyfikenheten att ta över. Den frågan är till och med lika intressant som slakten av visselblåsarna Kenneth och Tobias.

Hur kan en människa ta ut miljonbelopp av skattebetalarna och sedan gömma sina egna pengar i andra skatteparadis? Hur sjuk har politiken blivit?

Henry känner att hans rosa ansiktsfärg hastigt ändras till blodröd. Halsen börjar svida av hettan och av syrligt rinnande svett. Hon av alla, hur fan kan hon sätta mig i sämre dager inför hela jävla kommunledningen. Jag har ju lovat henne kanonbra lön som vår politiska sekreterare, tänker Henry ilsket. Men som alltid visar han ingenting och han håller sig kolugn.

Alla blickar riktas mot Henry. Knallröd på halsen och i ansiktet drar han sin uttänkta eminenta lögn.

«Jaha, har det varit i t..t..t..tidningen? Ne..ne..ne..nej då. Det där är inget att bry sig om. Jag har faktiskt begärt en egen utredning för att betala korrekt skatt på ett gammalt arv. Så det som står i tidningen är inte helt korrekt», svarar Henry iskallt och han är själv förvånad att han stammade ytterst lite.

Griswalld är nära sätta sista bubbeldrickan i halsen också. Han sväljer ett par extra gånger, sedan reser han sig upp och går runt i lokalen och anför hur löjlig media är som rotar i politikers privatliv bara för att förvränga och leta fel. Han poängterar saken högt och tydligt så att alla ska höra hur duktig och seriös Henry egentligen är. Ingen säger något men i tankarna instämmer ingen i församlingen.

Henry följer scenariot noga. När han märker att frågan blåst över vinkar han till sig Varinne och viskar i hennes öra.

«Varför tog du upp det?»

«Lugn Henry. Lita på mig. Jag vet vad jag gör. Det var för ditt eget bästa», viskar hon tillbaka.

«Hur menar du då?» undrar Henry.

«Alla här inne och i kommunhuset har pratat om Panama som ditt skatteparadis hela dagen. Ingen trodde du skulle ta upp det. Jag hade tänkt berätta för dig att jag på ett listigt sätt kan förbigå alla misstankar om penningtvätt genom en lite harmonisk fråga om ärendet. Men du var sen hit så jag hann inte berätta för dig i förväg.»

«Okej bra, då förstår jag. Men gör inte om det utan att jag godkänt det. Jag gillar inte överraskningar.»

«Snart lämnar jag mitt parti och blir din sekreterare och då blir allting mycket lättare att planera», kontrar Varinne glatt.

«Ja så är det. Då blir du en politisk vilde i fullmäktige också och du ska rösta som oss i varje fråga, glöm inte det. Men nu vill jag att du ber Griswalld att komma hit, jag behöver prata med honom. Sedan kan du mingla och pigga upp stämningen här innan alla går hem. Det är ju du expert på», beordrar Henry och ger tydliga order för att påminna henne vem det är som alltid bestämmer.

«Jag fixar det», kvittrar Varinne förstående, smeker snabbt Henry på axeln och går omedelbart till Griswalld.

Griswalld går med ett brett leende fram till Henry. Han hoppas innerligt att Henry minns att han lovat att vad som än händer så kommer han att vara Henry lojal. Hjälpen han fått med sin tomt och det stora huset och för att inte tala om alla politiska positioner gör ju att han i både ur och skur kommer att vara lojal till Henry.

De talar med låg volym till varandra om Varinnes, enligt Henry, onödiga fråga. Det är uppenbart för dem att hon har flirtat in sig i Moderaternas partiledning för att själv ta sig till i gynnsamma positioner. De vet också att de är beroende av henne nu eftersom det valtekniska samarbetet med lokalpartiet Sorundanet och Pensionärspartiet håller på att kollapsa. De har inte längre majoritet i fullmäktige utan Varinne och hennes vänkrets.

Varinne har lovat att hjälpa Henry med några medlemmar till. Hennes politiska utspel i lokalpartiet Sorundanet har rört om rejält i fullmäktige och ingen blir förvånad om det snart blir fler politiska vildar som ansluter sig under Henrys vingar.

Men det finns ett stort problem, ett hot. Det finns en man i fullmäktige som ingen lyckas muta eller styra över. Henry undrar om Griswalld kan rubba denne Douglas Ledin genom att sprida elak propaganda i på Facebook med sin skapade Facebookfigur Clarence Thörn.

Tyvärr går inte det längre. Griswalld viskar till Henry att en av deras medlemmar i partiet, en brandman vid namn Jonny Norén har läckt ut att Clarence inte finns i verkligheten. Det är risk för värsta fiaskot att fortsätta använda bluffiguren Clarence Thörn, nu vet i princip alla att det är Griswalld som är Clarence Thörn.

Men det kommer gå bra ändå, lugnar Griswalld. Varinne har god hand med flera stycken i Sverigedemokraterna så de kommer att kuppa och göra livet surt för Douglas på varje möte. Vi kommer till och med värva över några av SD killarna till oss.

Henry lyssnar och mår riktigt bra igen. Han känner sig som Clint Eastwood i Dirty Harry. Svetten på halsen och den ilsket röda färgen har avtagit. Med mungipan lite på sned, som Clintan när han har en cigarr i munnen, väser han till Griswalld.

«Okej bra. Stick to that plan, håll den planen. Vi måste avväpna den där Douglas, han snokar och ställer frågor om allt. Förutom våra förfalskningar mot den där musikaffärn så har han börjat rota i ärendet när jag hjälpte mitt grannföretag med tillstånd att bygga bryggan nere vid sjön Muskan.»

«Menar du bryggan som de byggt hemligt på kommunens strand-skyddade mark, tog du ett ordförandebeslut om det? undrar Griswalld nyfiket.

«Ja. Jag ville hjälpa företaget, det är ju mina grannar så det är bra för värdet på min gård också. Douglas och några till har tagit ut doku-ment gällande det och det kan sluta med att jag åker dit för tjänstefel. Ni måste få bort den där Douglas från min rygg», tillägger Henry bestämt, fortfarande med väsande ton.

«Jag vet det. Han har upptäckt att våra ordförandebeslut är olagliga. Jag har haft flera samtal med honom om mina ordförandebeslut. Det blir bråk varje gång och han följer lagboken strikt. Jag förstår din oro. Vi ska göra livet riktigt surt för honom.»

«Bra. Hur är det med Alhagen? Han ser ut som om han sålt smöret och tappat pengarna», väser Henry.

«Han mår troligen skitdåligt. Han känner nog på sig att han inte kommer få ansvarsfrihet. Tack vare revisorernas granskning i hans nämnd viskas det om kapitalförstöring i hela huset. Han vet nog att hans dagar är räknade och han tycker det är orättvist att just han får skulden för allt.»

«Jag kan förstå honom», fnissar Henry lite skadeglatt.

«Han har också varit den som i parti och minut räddat alla som gjort tjänstefel mot den där musikaffärn också», tillägger Henry lite försynt så att ingen märker hur road han är när andra straffas för saker han själv borde stå till svars för.

Griswalld som nu känner av bubblet han pumpat i sig är nyfiken och inte lika diskret som han brukar vara. Så han undrar nyfiket.

«Jag måste bara få fråga en sak. Har du verkligen ärvt 100 miljoner kronor?»

«He he, jag förstår att du är nyfiken på det. Men jag kan inte svara på någonting, ännu. Ärendet är i Kammarrätt och jag ska klaga i Högsta förvaltningsdomstolen. Jag måste vinna tid», svarar Henry diskret.

«Okej. Ska jag tolka det som att dom där stålarna är heta då? Jag frågar dig för hela partiet kan få stora problem med väljarförtroendet tack vare dig nu», poängterar Griswalld.

«He he, det är min business om jag har ärvt pengar, eller inte. Var inte så nyfiken. Som sagt, jag behöver lite mer tid.»

Eftersom Henry flyttat upp Griswalld från plats trettio till nummer två på Moderaternas kommunvalslista och Griswalld även tilldelats tjänsten som heltidspolitiker för Barn- och utbildningsnämnden väljer han, som den gode lärjungen han vill vara, att för stunden lägga sin nyfikenhet åt sida.

Nästa dag, på en helt annan plats, sitter två män på en bänk vid havet. De är helt ovetande om kommunledningens hemliga segerfester. Deras blickar är riktade mot en havsörn som kretsar högt över havet. Den kretsar så högt att den ibland ser ut att sväva ovan skrämmande svarta moln som liksom dagen innan parkerar längs kusten utmed den lilla staden.

Havsörnen verkar inte gilla molnet. Den tar några majestätiska varv på himlen, som om den studerar krafterna i molnet innan den sakta försvinner ur synhåll. Lika plötsligt och mäktigt som den dök upp försvinner den. Utan ett enda vingslag glidflyger den rakt in i himlaspelet.

Det är ganska kallt och ruggigt. Kenneth tar fram sin laptop och ger förslaget att de lyssnar på låtarnas låt. Tobias tittar på Kenneth och nickar instämmande. Kenneth söker en liveversion av den låten på Youtube. Låten har ett långt och underbart vackert intro och Kenneth tar i lugn och ro fram två små glas och en literflaska ur sin ryggsäck och häller upp i glasen lagom till första versen börjar.

So, so you think you can tell, heaven from hell...

«Man kanske inte kan säga att vi föll med flaggan i topp direkt. Men en artonårig superb Caol Ila har vi förtjänat», tycker Kenneth.

«Jepp! Det har vi. Tror du verkligen att dom aldrig kommer att backa?»

«Jag vet faktiskt inte. Men om en kommun tar av skattebetalarnas pengar och delar ut en miljon i fickan till olika chefer för att det aldrig ska uppdagas att bedrägerier förekommit. Ja då backar dom nog aldrig.»

«Jag har så svårt att förstå att dom vågar bryta mot lagar och till och med dela ut hemliga avgångsvederlag år efter år», suckar Tobias.

«Jag undrar vad Grönros skulle bidragit med om han fått vara hos oss några år till?»

«Jag är säker på att han hade bokat möte med riksåklagaren och fortsatt pressa polisens utredare om att kommunen ljög i domstolen. Han var jävligt ledsen över att han inte blev kallad till förhör om det han såg och hörde i rättssalen.»

«Tänk att vi sitter på hans favoritplats nu», säger Kenneth sorgset.

Tobias lyfter glaset mot himlen.

«Skål på dig där uppe Grönis, vart än du håller hus.»

«Jepp, skål Grönis, vi ses nog snart. Fast vi har inte gett upp riktigt än.»

«Han sa ofta att brott inte ska löna sig och det är vi vanliga människor som måste arbeta för rättvisan», avslutar Tobias.

«Mmm, det där var starka grejer det, den värmde hela hjärtat och halva kroppen. Vi häller väl upp en till. Så njuter vi av den till sista versen.»

Ur den slitna gamla laptoppen ljuder nu den magiska sången av Pink Floyd. De blundar och vilar från himlaspelet en stund och med sina whiskyglas i handen sjunger de med ljudliga stämmor sista versen.

How I wish, how I wish you were here
We're just two lost souls
Swimming in a fish bowl
Year after year
Running over the same old ground
What have we found?
The same old fears
Wish you were here

Innehåll